Kottan ermittelt

Schussgefahr

Helmut Zenker

KOTTAN ERMITTELT

SCHUSSGEFAHR

Kriminalroman

Der Drehbuchverlag
Wien

Inspektor gibt's kan?
In Wien schon!

DENN:

Ersterscheinungsjahr: 1979
Überarbeitete Ausgabe
Herbst 2005
Copyright © 2005 Der Drehbuchverlag, Wien
und Jan Zenker
Alle Rechte vorbehalten
Überarbeitete Ausgabe: © Jan Zenker
Lektorat: Katharina Haendl
Umschlagbild: Josef Pfister
Umschlaggestaltung: Olivier Milrad
Herstellung: Books on Demand GmbH, Norderstedt
Printed in Germany
ISBN 3-902471-16-6
www.drehbuchverlag.com

Die Hauptpersonen

Erwin Haumer, 44
Gauner mit Ideen, lebt und stirbt und lebt und...

Elfriede Kahlbeck, 32
Hausfrau mit Hang zur Heimarbeit.

Edvin Lund, 34
Kommt aus Dänemark und lebt von Toten eigener Herstellung.

Ilona Rössler, 21
Gibt bezahlte Interviews.

Gerald Wiesinger, 17
Steckt im ersten Waffengeschäft.

Adolf Kottan, 41
Immer noch Major im Wiener Sicherheitsbüro. Zurzeit nicht einmal suspendiert.

Paul Schremser, 55
Dezernatsleiter, lebt derzeit auf einem großen Fuß, weil er im Toto gewonnen hat.

Alfred Schrammel, 50
Unbedeutender Autor und Kriminalist, bricht einen Rekord und kein Herz. Als Trio sind die Kriminalbeamten *Kottans Kapelle*, die die österreichische Pop-Szene auch nicht revolutionieren wird.

Jakob Uhrmacher, 53 – Alfons Stoiber, 45 – Robert Pellinger, 44
Bilden ein Trio, das sich nicht der Musik verschrieben hat.

Heribert Pilch, 55
Bester Polizeipräsident aller Zeiten, will gegen eine Kampagne kämpfen.

Heinz Bauer, 54
Stiefbruder und Chef der Staatspolizei.[3]

Renate Murawatz, 27
Leichtes Mädchen, das mit Hilfe von Kardinalschnitten schon ziemlich schwer geworden ist.

Außerdem: allerhand Tag- und Nachtmenschen, wenige Zeugen und zahlreiche Ahnungs- und Alibi-Lose. Der Roman spielt Ende der achtziger Jahre in Wien und Umgebung. (Angaben ohne Gewähr.)

Von mir für mich[1]

Hinweise und Ratschläge für den Benutzer

1. Herzlichen Glückwunsch zu Ihrem neuen Buch, das Sie mühelos in einem Tag auslesen können. Sie haben sich für die Ausführung ohne Fernbedienung, Schlummerautomatik und Versicherungsschutz entschieden. Ihr neuer Kriminalroman ist ein österreichisch-deutsches Qualitätsprodukt. Über Vorgänger und Fortsetzungen informiert Sie gerne der Buchhändler Ihrer Wahl.

2. Grundlegende Richtung
KOTTAN ERMITTELT – SCHUSSGEFAHR will eine motivierende, geistige Plattform und Orientierungshilfe auf anspruchsvollem Niveau sein. Der Autor bemüht sich seit 20 (in Worten: zwanzig) Jahren um das fruchtbare[2] Gespräch zwischen Wissenschaft, Kunst und Glauben. Der Roman versteht sich somit als konstruktive Austragung gesellschaftlicher Auseinandersetzungen mit weltanschaulichem Hintergrund. Er orientiert sich an den geistigen und sittlichen Werten der Heimat. An der österreichischen Identität, am Willen zur Aufklärung und Schadenfreude.

3. Möglicherweise weist das vorliegende Buch noch Druckfehler oder denktechnische Mängel auf. Die Angaben in diesem Roman werden jedoch regelmäßig überprüft und in eventuell folgenden Ausgaben nicht korrigiert.

4. Dieses Produkt kann ohne Änderungen von ungeerdeten, neutralen Personen gelesen werden.

5. Das Innere des Buches steht unter Spannung. Der Umschlag sollte zur eigenen Sicherheit, obwohl es sich nur in seltenen Fällen um tödliche Spannung handelt, nicht entfernt werden.

6. Plazieren Sie das Buch so in den Händen und vor dem Körper, dass die Luft gut um das Buch zirkulieren kann. Es muss überschüssige Wärme gut abgeben können. Aus dem gleichen Grund sollten Sie keine Deckchen oder Wäsche auf das Buch legen.

7. Die Einhaltung von Punkt 6 ermöglicht und erleichtert zudem rasches Wiederfinden.

8. Beachten Sie bitte, dass das Buch nach jeder Seite einen Ventilationsschlitz eingebaut hat. Wenn durch diese Schlitze Wasser, Stearin oder dergl. in das Buch gelangen, kann der Inhalt Schaden nehmen.

9. Reinigen Sie den Umschlag mit einem weichen antistatischen Lappen. Spiritus oder andere Lösungsmittel sollten nicht verwendet werden.

10. SCHUSSGEFAHR darf nicht einmal in Leihbüchereien gestohlen werden.

11. Dieses Exemplar gehört: ─────────────────────
─────────────────────────────────────

12. Dieses Buch entspricht keiner EG-Norm; schon gar nicht der EG-Richtlinie 76/889/EWG.

13. Es gelten die Klauseln B39, B57 und E604.

14. Die Anschaffung eines Zweitexemplars wird ausdrücklich empfohlen. Es besteht Weiterempfehlungs-Pflicht.

15. Remember Roy Orbison.

Ein Fall wird kommen

> *We're on a road to nowhere*
> *Come on inside.*
> **David Byrne**

»Ein Bourbon muss doppelt sein«, sage ich, »sonst taugt er nichts.«[4,5]

»Bis jetzt, Kottan«, behauptet *mein* Polizeipräsident, »sind Sie mir nur als unermüdlicher Biertrinker aufgefallen.«

Heribert Pilch ist ans offene Fenster getreten. Sein beliebiger Blick über die dunstige Stadt ist derzeit von afrikanischen Moskito-Netzen getrübt. Ich lasse die Whiskyflasche nicht aus, weil ich noch nicht weiß, was die ungewohnte und plötzliche Menschenfreundlichkeit des Präsidenten bedeutet. Was kann er wollen? Einen schmeichelnden Artikel im *Polizeilichen Beobachter*? Meinen Rat in privaten Schwierigkeiten? Ein paar Floskeln für seine bald täglichen Pressekonferenzen? Dass ich und nicht er in *Aktenzeichen XY* zu Gast war, wird ihm nicht gefallen haben.

»Müssen Sie es spannend machen?«

»Nein.«

Also fehlen ihm nur (wie immer) die richtigen Worte. Seine plötzlich ausgestreckten Arme zielen auf seinen bombastischen Schreibtisch. Auch seine unausgesprochenen Sätze klingen wie Anklagen und Befehle.

»Was soll ich machen?«

»Die mittlere Lade öffnen.«

Ich widme ihm geballtes Desinteresse, weil ich weiß, dass er oben im Schreibtisch nur Fliegenklappen in drei Größen aufbewahrt. Pilch lässt seine Arme nicht sinken. Sein Gesicht verändert sich in eine dunkle Gewitterwolke. Ich ziehe die quietschende Lade heraus. Unter den geputzten Fliegentötern liegen drei gefaltete, karierte Ringblätter.

»Lesen Sie«, zittert die Stimme vom Fenster her.

Das erste Blatt kann man allerdings nicht lesen. Mit schwarzem Kugelschreiber hat ein graphisch bescheidenes Talent einen Galgen mit Schlinge, einen Dolch, einen Sarg und sechs Rufzeichen gekritzelt. Ich blicke Pilch an, der jetzt sein halb volles Slibovitz-Glas umklammert. Er nickt: weitermachen! Auf dem zweiten Blatt steht in verwackelten Blockbuchstaben: »Herr Polizeipräsident, ich fordere Sie auf zurückzutreten.« Ich kann ein Grinsen nicht zurückhalten. Auf dem letzten Blatt ist ein düsterer Wald von unterschiedlich großen Friedhofskreuzen zu sehen.

»Ist das eine Drohung?«

»Möglich«, sage ich.

»Alle drei Blätter waren in einem Umschlag. Wer denkt sich diesen schrecklichen Satz aus?«
»Ich weiß es.«
Das Glas des Präsidenten zerschellt auf dem Parkettboden.[6] Sein entsetztes Gesicht fragt: »Name?«
»Karl Kraus.«
»Der Blumenhändler aus Floridsdorf?«
»Nein.«
»Aber wenigstens polizeibekannt?«
»Seit 1919.«
»Verstehe ich nicht«, gibt Pilch leise zu. »Und Sie scheinen das erwartet zu haben.«
»Die Aufforderung hat nur einem Ihrer Amtsvorgänger gegolten. Der Kraus hat das damals sogar plakatieren lassen.«
»Wo?«
»In ganz Wien.«
»Was ist aus ihm geworden?«
»Er ist gestorben.«
»Zurecht«, findet Pilch. »Und der Brief an mich ist nicht ernst gemeint, meinen Sie?«
Ich zucke kurz hintereinander die Schultern. Pilch zuckt zurück, überquert den Scherbenhaufen und stellt sich in Geruchsnähe auf. Der Schweiß durchbricht die Fesseln seines englischen Rasierwassers.
»Kottan, Sie haben ab sofort einen Fall.«
»Nebenbei?«
»Haben Sie einen anderen?«
»Noch nicht.«
Der Präsident wendet sich ab, bleibt mit traurigen Augen vor einem kreisrunden, hellen Fleck auf dem Boden stehen. Genau da ist bis vor zwei Wochen der große, präsidiale Philodendron gestanden. Während einer persönlichen Abmahnung Schrammels, hat der Sicherheitsbürokater, der auch auf seinen Namen *Oberst* nicht hört, in den großen Topf geschissen. Schrammel, der einschreiten wollte, hat wegen des Gestanks noch dazugekotzt. So was hält der beste Philodendron nicht aus.

Zufahrt

*Aber als ich näher kam, sah ich,
dass die Ruinen bewohnt waren.*
Angela Carter

Der weiße Golf, ein Funkstreifenwagen, hält am gelben Streifen vor einer durch Rotlicht gesperrten Kreuzung. Über die Außenseite der Windschutzscheibe krabbelt bedächtig ein grauer Käfer. Er glänzt in der schon tiefen Nachmittagssonne. Im nächsten Moment wird er vom Scheibenwischer erfasst, den einer der beiden uniformierten Polizisten im Wagen eingeschaltet hat. Der Käfer kollert auf die Motorhaube, kommt auf dem Rücken zu liegen und stellt sich tot.

Sirene und Blaulicht machen nur die Passanten neugierig. Sie könnten unterbleiben, während Hannes Schwandl und Franz Kölminger im Polizei-Golf zur angegebenen Adresse in der Hellwagstraße fahren. Schwandl und Kölminger sind seit zwei Jahren eine der regelmäßigen Besatzungen der Funkstreife *Irene eins*. Die Regelmäßigkeit wurde nur durch regelmäßige Erkrankungen Kölmingers und Urlaube unterbrochen.

Schwandl lenkt den Wagen. Er ist 34, schmal, nicht besonders groß, höchstens im Sitzen, und riecht nach *Camay Classic*. Seine Gesichtshaut ist ständig gerötet. Zwei Talgdrüsen auf dem Rücken, die längst hätten aufgeschnitten werden müssen, zwingen ihn zu vorgebeugter Haltung über dem Lenkrad, um den schmerzhaften Kontakt mit der Rückenlehne zu vermeiden. Schwandl schweigt. Außer den Geräuschen des Motors sind nur das Pfeifen und Brummen des Polizeifunks und die monotone, nie stolpernde Stimme des Sprechers zu hören.

Um 14 Uhr 20 wurden sie zu dem Unfall auf dem Handelskai geschickt. Vorher war Schwandl durchaus gesprächig. Meistens berichtet er von seiner Frau Paula Katharina, knapp über 30; ziemlich ausführlich berichtet er, vor allem über ihre Phantasie auf sexuellem Gebiet. Wenn nur die Hälfte der Berichte stimmt, denkt Kölminger, müsste sie mindestens Olympia-Turnerin sein; in einer sowjetischen Mannschaft.

Der Fahrtwind bläst den Käfer endgültig vom Auto. Kölminger, unverheiratet, 27, einigermaßen übergewichtig, sitzt in seiner üblichen Haltung auf dem Beifahrersitz: linke Hand auf dem linken Oberschenkel, die rechte Hand in der Plastikschlinge zwischen den Seitenfenstern. Kölminger, in seiner Freizeit fast ausschließlich Hobbykoch, duftet immer nach irgendwelchen Gewürzen; an drei von fünf Tagen nach Estragon.[7]

Seit 13 Uhr sind die beiden im Dienst. Im Bezirk gab es die *gewöhnlichen* Vorfälle: ein Ladendiebstahl im Konsumgroßmarkt, ein aufgeregter Kontrollor der städtischen Verkehrsbetriebe mit einem eingeschüchterten, türkischen Schwarzfahrer, eine geringfügig am Fuß verletzte Passantin, die von ihrem Schäferhund Fritz gegen ein vorbeifahrendes Moped gezogen wurde. Im Augarten randalierten ein paar Jugendliche (das heißt: sie spielten Gitarre ohne Genehmigung) und erschreckten damit einerseits einen Hundebesitzer, der augenblicklich die Polizei antelefonierte, andererseits mehrere Eichkätzchen, die nicht telefonierten.

Dann kam die Unfallmeldung über Funk. Die Streifenwagen *Jakob I* und *Wilhelm* befanden sich bereits am Unfallort, als Schwandl und Kölminger eintrafen. Ein Auto der Marke Opel, Typ Ascona, war zuerst (nach übereinstimmenden Augenzeugenberichten) gegen ein Verkehrsschild (Tempo 50), danach gegen den entgegenkommenden Lastwagen einer Möbelfirma geprallt. Der Wagen wurde gestaucht, zurückgeschleudert, landete auf dem Dach und fing rasch Feuer. Der winzige Feuerlöscher, mit dem der nur leicht verletzte Lastwagenfahrer ankam, erwies sich als funktionsuntüchtig. Der Motor des Opels explodierte. Das Feuer konnte von anderen Autofahrern mit schweren Decken schnell gelöscht werden, weil der Tank des Opels offensichtlich leer war.

Der Fahrer musste von der Feuerwehr mit Schneidbrennern aus dem Wrack geschnitten werden. Der Rettungsarzt stellte fest, dass der Mann *höchstwahrscheinlich* schon vor dem Ausbrechen des Feuers tot war: Quetschungen im Brustbereich, Schädelzertrümmerung. In der zum Teil verbrannten Jacke des Toten auf dem Rücksitz wurde ein Führerschein gefunden, ausgestellt auf den Namen Herbert Kahlbeck; außerdem ein ansonsten leeres Fahrtenbuch, das den gleichen Namen und eine Adresse im 20. Bezirk enthielt. Der Rettungswagen nahm schließlich den durch die Explosion doch schwerer verletzten Lastwagenfahrer mit.

Hellwagstraße vier bis acht ist ein etwa 20 Jahre alter Wohnblock mit Genossenschaftswohnungen. Kölminger ist als erster aus dem Auto gestiegen. Er will schon über das verdreckte Trottoir zum Haus.

»Stiege zwei«, liest er von seinem mitgebrachten Zettel ab.

»Zusperren«, sagt Schwandl mit einem beiläufigen Blick zur rechten Wagentür.

Er ist unbestritten der Anführer. Kölminger macht die paar Schritte zurück und versperrt den Polizeiwagen. Letzte Woche ist die dritte schriftliche Erinnerung (in Form einer Ermahnung) eingetroffen, die Dienstfahrzeuge unter allen Umständen abzuschließen; auch bei nur kurzfristiger Entfernung von den Fahrzeugen. Im vergangenen Jahr sind acht Funkstreifenwagen gestohlen worden. Einer ist bei einem Banküberfall verwendet worden, zwei sind überhaupt nicht mehr aufgetaucht.

»Tür drei«, sagt Kölminger, als sie bei der richtigen Stiege ankommen.

Links neben dem Hauseingang ist ein unübersichtliches Namens- und Türnummernverzeichnis mit rechteckigen Klingelknöpfen angebracht. Schwandl läutet an.

»Ja«, meldet sich eine krächzende, vermutlich weibliche Stimme über die Gegensprechanlage.

Schwandl beugt sich zum eingebauten Mikrophon: »Polizei«, sagt er und unterstreicht jede Silbe mit ausgebreiteten Papst-Armen. »Entschuldigen Sie. Können Sie uns aufmachen?«

Die weibliche Stimme ist nicht mehr zu hören, nur ein kurzer Summton. Kölminger drückt die Eingangstür auf. Die Wohnung Nummer drei liegt im Hochparterre. Eine dünne Frau, 35 vielleicht, mit extrem kurz geschnittenen, schwarzen Haaren, steht auf der geflochtenen Türmatte vor der Wohnungstür. Sie steckt in einem grasgrünen Kostüm. Lustige Augen hat sie, stellt Schwandl resigniert fest. Er hat keine Übung im Überbringen von Todesmeldungen.

»Frau Kahlbeck?«, fragt er. Den Namen liest er schon wieder von seinem Schwindelzettel ab.

»Ja«, sagt die Frau auf der Türmatte. Ihre Stimme klingt hier im Stiegenhaus keineswegs krächzend. »Sie werden sich ja ausweisen können.«

Schwandl bestaunt zuerst seine Uniform, dann die seines ständigen Begleiters.

»Vor einer Uniform liege ich nicht gleich auf dem Bauch«, erklärt Frau Kahlbeck und lacht.

»Wir sind wirklich von der Polizei«, sagt Schwandl. Er hält ihr seinen Dienstausweis mit dem Republikadler hin Und noch einmal beteuert er: »Entschuldigen Sie.«

»Dürfen wir jetzt hineinkommen?«, fragt Kölminger.

»Nein«, knurrt Frau Kahlbeck und bewegt sich nicht von der Fußmatte. Über ihre Stirn zieht sich eine einzige, aber standhafte Falte. Schwandl prallt zurück, als ob er gegen eine Mauer gelaufen wäre. Er überlegt. Falsch: Er will überlegen.

Kölminger unternimmt einen weiteren Versuch: »Es ist eine ernste Angelegenheit, Frau Kahlbeck.«

»Von mir aus«, sagt sie gelassen, schiebt die Wohnungstür auf und lässt die beiden Polizisten in das verflieste Vorzimmer. Ein paar bunte Plastikkleiderhaken sind in die schlampig tapezierte Wand geschraubt.

Eine geschlossene Glastür führt in die Küche, eine angelehnte Kiefertür ins Wohnzimmer, aus dem lautes Husten zu vernehmen ist.

»Haben Sie Besuch?«, will Schwandl gleich wissen.

»Ja. Ein Bekannter.«

»Was ist los, Elfi?«, ist eine Stimme von drinnen zu hören; gleich darauf wieder das Husten.

»Polizei ist da!«, schreit Frau Kahlbeck.

»Wie viel?«

»Zwei Stück!«

Der Bekannte taucht jetzt in der Wohnzimmertür auf; offenbar ein guter Bekannter: in langer Unterhose, offenem Hemd, ohne Schuhe, unrasiert.

»Natürlich«, stellt er fest. »Wer kommt sonst schon zu zweit?« Er macht die Tür von innen zu, um sich seinem nächsten Hustenanfall zu widmen. Laurel und Hardy dürfen ohne seine Zeugenschaft agieren.

»Entschuldigen Sie«, sagt Schwandl zur bereits geschlossenen Tür.

Frau Kahlbeck glaubt, das Husten des Mannes im Wohnzimmer kommentieren zu müssen. »Er raucht filterlose Zigaretten«, meldet sie.

Schwandl schickt dem mittlerweile schwitzenden Kölminger zwei hilflose Blicke. Wer soll es der Frau sagen? Und wie?

»Es ist wegen ihres Mannes«, sagt Schwandl endlich.

»Kann ich mir nicht vorstellen«, antwortet Frau Kahlbeck verwundert. »Wieso?«

»Ihr Mann ist tot«, erklärt Schwandl.

»Na und?«, meint Frau Kahlbeck ohne Aufregung. »Das ist mir doch bekannt.«

»Wer hat Sie verständigt?«

»Das Spital selbstverständlich«, sagt sie und mustert die Beamten misstrauisch. »Per Telegramm.«

»So schnell geht das?«

»Er ist ja jetzt über ein Jahr tot.«

Schwandl kennt sich nicht mehr aus und hebt hilflos die Arme. *Der Situation ist er nicht gewachsen.* Er schaut Kölminger an. Er wünscht sich direkt, dass Kölminger jetzt die Initiative übernimmt, obwohl er sonst keine Zweifel aufkommen lässt, wer bei *Irene eins* der Duo-Chef ist.

»Kurz nach zwei ist ein Unfall passiert«, verkündet Kölminger. »Ein Mann ist tot. In seinen Taschen haben wir einen Ausweis Ihres Mannes gefunden. Heißt Ihr Mann nicht Herbert mit Vornamen?«

»Doch.« Frau Kahlbeck nickt. Ihr scheint etwas einzufallen. »Vor ein paar Monaten war einer da, von einer Versicherung. Zumindest hat er gesagt, dass er von einer Versicherung ist. Der hat mir erzählt, dass der

Herbert eine Lebensversicherung abgeschlossen hatte. Um die Versicherungssumme beanspruchen zu können, würde er ein Dokument oder einen Bildausweis brauchen.«

»Sie haben ihm den Führerschein ausgehändigt?«

»Warum nicht?«

»Und?«

»Der Mann hat sich nicht mehr anschauen lassen.«

»Von welcher Versicherung will er gewesen sein?« Die Fragen stellt schon wieder Schwandl, der Kölminger nicht mehr zu Wort kommen lässt.

»Keine Ahnung.«

»Hat er einen Namen genannt?«

»Ja.« Kölminger zückt den Kugelschreiber. »Den hab ich vergessen.«

»In welchem Spital ist Ihr Mann gestorben?«

»Im Allgemeinen Krankenhaus.«

»Woran ist er gestorben?«

»Ist das wichtig?«

»Wahrscheinlich nicht. Er ist auf jeden Fall tot?«

»Garantiert.«

Bevor sich Schwandl noch einmal entschuldigen kann, verabschiedet sich Kölminger salutierend und befördert seinen älteren Kollegen auf den Gang. Frau Kahlbeck legt die Kette vor und geht ins Wohnzimmer. Den fragenden Blick des Mannes beantwortet sie, indem sie sich mit dem rechten Zeigefinger gegen die Stirn tippt.

Schwandl hat seine Talgdrüsen völlig vergessen und quietscht im Auto auf, als er sich auf den Fahrersitz zwängt. Kölminger gibt den Vorfall an die Funkzentrale durch. Erst dann startet Schwandl den Wagen. Er lenkt ihn zur Donau, auf den Handelskai, am Unfallort vorbei. Das Wrack wird eben mit einem Autokran auf einen Lastwagen gehoben. Ein paar windfeste Passanten beobachten und diskutieren noch.

»Was machen wir jetzt?«, sagt Kölminger.

»Nichts«, antwortet Schwandl. »Die Geschichte ist erledigt. Für uns zumindest.«

»Komische Geschichte«, sagt Kölminger.

»Ja«, gibt Schwandl zu. »Sollen *wir* herauskriegen, wer sich da ins nächste Leben pilotiert hat? In einer halben Stunde ist Dienstschluss.«

Als Schwandl anfängt zu überlegen, ob er beim nächsten Würstelstand für einen gepfefferten Hot Dog anhalten soll, werden *Irene eins* und einige andere Funkstreifen zum Schlachthof St. Marx beordert. Eine Kuh hat sich selbständig gemacht und ist bereits auf dem Gürtel in Richtung Südbahnhof unterwegs. Kölminger grinst.

»Gib Gas, Cowboy«, sagt er.
Der Unfall und der Besuch bei Frau Kahlbeck in der Hellwagstraße sind bereits vergessen. Schwandl und Kölminger können nicht wissen, dass sie morgen ein unterschriebenes Gedächtnisprotokoll des Gesprächs mit Frau Kahlbeck im Morddezernat abgeben müssen.

1

> *Ich will nicht nur Angst haben vor dem*
> *Verrücktwerden, ich will verrückt werden.*
> **Thomas Bernhard**

Seit drei Jahren ist Kottan, 41, nachweislich Major und damit der ranghöchste aktive Beamte im Morddezernat.[8] Offizieller Dezernatsleiter ist allerdings Paul Schremser, und Präsident Pilch, der als Vorgänger Schremsers an Ermittlungen im Außendienst selten teilgenommen hat, mischt sich mit Feuereifer bei jeder Gelegenheit ein. Mit stets leichter Aufregung und Ungeduld überwacht er Kottans Vorgangsweisen und mangelhafte Protokolle. Am grauen Schild neben der Tür zu Kottans Büro steht A. Kottan. A bedeutet immer noch Adolf.

Kottan fährt allein im ächzenden Dienstwagen, gähnt, atmet mehrmals tief und geräuschvoll ein und aus. Im Rückspiegel entdeckt er auf der linken Wange einen Bluttropfen. Eine Erinnerung an die eben absolvierte Akupunktur-Sitzung, die seiner immer noch kaum beweglichen, linken Gesichtshälfte nützen soll. Müdigkeit ist die einzige sichere Reaktion auf die jedes Mal mehr werdenden Nadeln. Der Nerv, der für die Gesichtslähmung verantwortlich ist, zeigt sich praktisch unbeeindruckt. »Heute keine Aufregungen mehr!«, hat die Akupunkteurin wie immer befohlen. Die schiefe Uhr im Armaturenbrett tickt lauter als Kottans Herz: das einzige Extra. Eine Armbanduhr trägt der Major seit Jahren nicht. Er ist fest davon überzeugt, ohne Uhr weitaus pünktlicher zu sein.

Auf dem Handelskai trifft Kottan auf eine Polizeiabsperrung und flackernde Lichtspiele in Blau.

»Wir haben da vorn einen *Knaller* mit drei Toten«, berichtet ein Polizist. »Die Straße ist gesperrt. Fahren Sie da hinunter.« Als sich der Polizist näher zum halb geöffneten Seitenfenster beugt, erkennt er den Major. Jetzt salutiert er und sagt: »Meine Verehrung.«

Kottan ist letzte Woche zum zweiten Mal in 15 Jahren in *Aktenzeichen XY* aufgetreten; in der österreichischen Spätabendsendung, in der neben den ersten Reaktionen immer noch unermüdlich eifrige Polizeibeamte oder mutige Bankangestellte präsentiert werden: als Männer des Monats. Frauen sind selten dabei, auch unter den mutigen Bankangestellten. Der TV-Moderator hat Kottan als beispielhaften Mörderfänger vorgestellt. Die Einheitszeitung brachte sogar eine verjährte Fotografie von Kottan (bei der Verhaftung eines 76jährigen Eifersuchtsmörders) mit der blöden Zeile: Fast ein Maigret.

»Wollen Sie doch durch?«, fragt der Polizist und zeigt zur 50 Meter entfernten Unfallstelle.

»Danke. Ich halte mich an die Umleitung.«

»Es ist nur *ein* Toter«, gibt der Polizist leise zu und zuckt bedauernd die Achseln.

Kottan biegt ab. Er kann nicht wissen, dass er beinahe den ersten Lokalaugenschein zu seinem neuen Fall unternommen hätte. Der Auftritt im Fernsehen liegt ihm noch immer im Magen. Der TV-Moderator, Fachmann des Österreichischen Fernsehens für Übertragungen von Reitturnieren und Shuttleflügen ließ Kottan kaum zu Wort kommen. Kottan ist in Gedanken noch manchmal damit beschäftigt, was er in der Sendung bei welcher Gelegenheit hätte sagen können oder müssen. Er schlägt mit der rechten Hand auf das Lenkrad. Die Kantinenmahlzeiten hat er ein paar Tage lieber ausgelassen, um den gepolterten Witzen der Kollegen zu entgehen. Auch in der außerpolizeilichen Öffentlichkeit ist Kottan als *der Polizist mit dem halben Gesicht* im Gespräch gewesen.

Alfred Schrammel, 50, dritter und kleiner Mann im Morddezernat, hat die komplizierte Textverarbeitung des Polizeicomputers endlich im Griff. Was liegt näher, als das Können mit einem Brief auszuprobieren? Briefe verfasst Schrammel nur, um auf Bekanntschaftsanzeigen zu reagieren. Heute hat ihn ein einsames und ausführliches Inserat einer 41jährigen zum Pfeifen und Schwärmen gebracht.[9]

Als Schremser lautlos hinter ihm auftaucht, flüchtet Schrammel aus dem keimenden Text, landet aber ausgerechnet bei *Paratrooper*, der an sich geliebten Hubschrauber- und Fallschirmspringer-Jagd. Der Dezernatsleiter kommentiert seine doppelte Beobachtung nur mit einem schmalen Blick und lässt zwei Rauchschwaden seiner Mentholzigaretten zurück. Schrammel beginnt den Brief von vorne:

Liebe Unbekannte!
Ihre werte Anzeige hat mich, leitenden Staatsangestellten, 49/177/74, erfahren und anpassungsfähig, sehr beeindruckt. Ich möchte Sie unbedingt kennen lernen. Rufen Sie mich bitte nach 18 Uhr unter der Wiener Telefonnummer 43 22 818 an. Oder schreiben Sie mir kurz mit handschriftlichem Lebenslauf an: Alfred Schrammel, Albertgasse 17, 1080 Wien. Ich freue mich ehrlich auf Ihre erfreuliche Nachricht.
Mit hoffnungsvollen Grüßen
Ihr
Alfred Schrammel

Der Kriminalbeamte lässt den Text ausdrucken. Dann gibt er sein ohnehin gefälschtes Alter mit 47 an, ersetzt anpassungsfähig durch aufrichtig und lässt noch einmal drucken. Weil er im Dezernat keine Spur Schremsers entdecken kann, beginnt er mit der Abfassung einer Detektivgeschichte, was bisher nur eifrigen Heimarbeiten vorbehalten war. Der erste Satz lautet in der dritten, vorläufig letzten Version: *Das Telefon auf dem Schreibtisch von Inspektor Freddy Fogg läutete wütend.*

Im Büro öffnet Kottan das Fenster. Der erste wärmere Tag des Jahres. Trotzdem wird bis zum Monatsende vorschriftsmäßig weitergeheizt. Die Einrichtung des Zimmers ist einfach: zwei große Schreibtische in der Mitte, drei Kästen, ein Kleiderständer, eine Waschmuschel, ein Spiegel mit Sprung, ein kleiner, undefinierbarer Blumenstock auf dem Fensterbrett, der Wandplan (in verblichenen Farben) von Wien, das colorierte Bild des Bundespräsidenten, dessen Blick Kottan in jeden Winkel des Büros verfolgt. Auf dem Schreibtisch, bei dem Kottan gewöhnlich sitzt, steht noch die Kaffeeschale von gestern. Kottan legt die Hand auf seinen Bauch, der im letzten Jahr zugenommen hat. Bei einer Größe von eins 77 wiegt er immerhin 86 Kilo.

Der Schreibtisch des Dezernatsleiters ist zehn Zentimeter breiter und fünf Zentimeter höher als der Tisch des Majors. Schrammel hat seinen kleinen Arbeitsplatz im Nebenraum beim Computer. Paul Schremser ist 55, fett und Brillenträger. Er hat dunkle, volle Haare mit echten Locken, eine breite Nase und versteckt sich gern in Steireranzügen und Hubertusmänteln. Vor Jahren hat er bei einem Verkehrsunfall das rechte Bein verloren. Er wäre eigentlich längst fällig für die Frühpension oder den ausschließlichen Innendienst. Präsident Pilch hat, um Kottan zu quälen, Schremser zum Dezernatsleiter aufsteigen lassen.

Vor seinem Unfall war Schremser im Raubdezernat beschäftigt und sowieso ein durchaus aussichtsreicher Kandidat auf die Leiterstelle beim *Mord*. Seine Gedanken spricht er nur aus, wenn er sich alles genau überlegt hat und sicher ist. Trotzdem ist er aber im ganzen Haus für seine zynischen Kommentare bekannt. Doch gerade der Zynismus (in jede Richtung) ist der Ausgangspunkt für Gemeinsamkeiten mit Kottan. Auf die immer seltener gestellte Frage, wie er sein Bein verloren habe, antwortet Schremser prompt mit Hundeblick: »Raucherbein. Und das zweite rauche ich mir auch noch weg.« Dafür hat er vor zwei Wochen im Toto einen durchschnittlichen Zwölfer gemacht. Der Gewinn ist zwar noch nicht ausbezahlt, das von der Bank bereitgestellte Geld hat aber für sechs Hubertusmäntel, zwei außertourliche Casino-Besuche und bisher tägliche, exklusive Schlemmereien in verschiedenen Fresstempeln gereicht.

Schrammel hat gar keine zynische Dimension, dafür meistens ein Zuckerl oder einen Kaugummi (er bevorzugt Bazooka) im Mund. Seine Mischung aus Ehrgeiz und Untalent hat nur eine bescheidene Parteibuchkarriere zugelassen, die beim *Leutnant* angekommen ist und dort auch enden wird. Schrammel behält nichts für sich und ist mit Verdächtigungen und möglichen Motiven schnell bei der Hand. Er ist Junggeselle. »Prinzipiell«, wie er sagt. »Zwangsläufig«, sagt Schremser.

Die Verbindungstür zu Schrammels Zimmer ist immer geöffnet. Die Tür zum Büroraum auf der anderen Seite ist immer geschlossen. Dahinter verbringt die Sekretärin, Fräulein Domnanovics, zwischen halb neun und 16 Uhr ihre Wochentage. Die Doppeltür ist ein angemessener Schutz gegen das Schreibmaschinengeklimper.

Wie jedes Jahr im Frühling ist wieder die Aufforderung (in Befehlsform) als *interne Mitteilung* eingetroffen, auch bei sommerlichen Temperaturen nicht auf Krawatten im Dienst zu vergessen. Heuer ist sie zum ersten Mal von Heribert Pilch gezeichnet. Ein paar Kollegen aus Kärnten haben schon im letzten Jahr protestiert: So erkennt uns jeder Idiot auf den ersten Blick, war ihre einhellige Meinung. Kottan wird die Aufforderung wie jedes Jahr einstecken, mit nach Hause nehmen und schließlich dem Müllschlucker überantworten. In der leeren Kaffeeschale, auf dem eingetrockneten, braunen Rand klettert eine offenbar unzufriedene Wespe.

Die letzten Morde in Wien wurden tatsächlich umgehend gelöst. Es war auch kein schwieriger Fall dabei. Den letzten Polizeiakt hat Schremser am Vormittag mit Kottan abgeschlossen und an die Staatsanwaltschaft weitergeleitet. Eine 45jährige Prostituierte war in einem Hotel von einem Kunden erwürgt worden, weil sie ihm ihre Beinprothese bei der Abmachung vor dem Hotel verheimlicht hatte. Der Täter hatte sich zwei Tage später gestellt. Die einzige Aufgabe des Dezernats bestand darin, das Geständnis zu protokollieren und die Angaben im Geständnis zu überprüfen.

Zu Beginn des Monats wurde ein 23jähriger Arbeitsloser überführt, der bei einem Apothekeneinbruch den plötzlich auftauchenden Besitzer der Apotheke erschlagen hatte. Die Polizei hatte er selber zum Tatort gerufen. Keine Leute mit großen Absichten, weiß Kottan. Ausweglose Lebensläufe und Geschichten: Mord als Zufall und ohne Überlegung.

Kottan wartet nie auf einen Fall, erhofft sich auch keinen. Die Morde wiederholen sich: ähnliches Milieu, ähnliche Motive, ähnliche Vorgeschichten, eigentlich eine zu erwartende Aufeinanderfolge von Vorfällen, die einen wütend oder melancholisch machen. Einen cleveren, kühlen Verbrecher, bei dessen Verhaftung er sich vorbehaltlos freuen könnte, hält Kottan (zumindest was Mord betrifft) nicht einmal mehr in Kriminalromanen für möglich.

Den Versuch, etwas mehr Ordnung auf den Schreibtischen herzustellen, bricht der Major schnell wieder ab. In einem Nachrichtenmagazin liest er, dass eine amerikanische Flugzeugfirma Schmiergelder in Höhe von mehreren Millionen auf ein Konto in Liechtenstein überwiesen hat, nachdem sich die *Austrian Airlines* für die Anschaffung mehrerer Flugzeuge des amerikanischen Herstellers entschieden haben. Die Spitzenangestellten der österreichischen Fluggesellschaft legen, als diese Überweisung aufgedeckt wird, eine Liste vor, die ihre eigenen Namen enthält. Die amerikanische Firma bestätigt mit Unterschrift und Stempel: Die auf der Liste genannten Herren haben keine Bestechungsgelder von der Firma erhalten.

Den letzten Satz muss Kottan zweimal lesen. Dann kreischt er los. Der Bestecher selber liefert den Reinheitsausweis. Die Bosse der österreichischen Fluggesellschaft legen diese Liste ganz ernsthaft als Beweis vor. Niemand in der E. Z. und den verwandten Zeitungen regt sich darüber auf.

Kurz vor 16 Uhr taucht Schremser auf. Der Geruch nach Gulasch lässt nur den Schluss auf einen längeren Besuch in der Polizei-Mensa zu. Schremser überfliegt den Artikel, den ihm Kottan über den Schreibtisch schiebt.

»Verrückt«, sagt Schremser und legt das Magazin weg.

Schrammel, der seine Geschichte verlassen hat, kommt aus dem ersten Stock. Jerabek vom *Suchtgift* ist zum fünften Mal Vater geworden. Nach vier Mädchen der erste Bub. Das Kind soll nach dem heutigen Tag im katholischen Kalender heißen: Frowin.

»Verrückt«, sagt jetzt Kottan.

Schremser reißt eine Schachtel *Reyno* auf, nimmt sein Feuerzeug (von einer Partei, die nicht gewählt worden ist) aus der Jacke.

»Darf ich?«, fragt er und schaut Kottan an.

»Nein«, sagt Kottan.

»Danke.«

Schremser zündet sich die lange Zigarette an. Ein lächerliches Frageund Antwortspiel, das mehrmals in der Woche stattfindet. Immerhin bläst Schremser den Rauch an Kottans Kopf vorbei.

Das schwarze Telefon summt. Die Glocke hat schon ein Vorgänger Kottans entfernen lassen. Kottan hebt ab.

»Ja«, sagt er ruhig und zupft an der Stelle, wo früher sein Schnurrbart gewachsen ist. Im nächsten Moment springt Kottan auf. Schremser beäugt *seinen* Major mit Interesse, betrachtet dann bedauernd seine kaum angerauchte Zigarette, die er unters kalte Wasser hält und in den

Papierkorb fallen lässt. Auf die rechte Krücke gestützt wartet er das Ende des Telefongesprächs ab.

»Wohin?«, sagt Schremser.

»In die Leichenhalle«, sagt Kottan.

»Ich liebe Charterflüge.«

Schrammel, ohne Spur von Verständnis oder Ahnung, folgt mit langen Schritten.

Die Leichenhalle der Gerichtsmedizin und der Polizei befindet sich im Keller, wo sie ohnehin jeder vermuten würde. Das Wort Halle ist allerdings eine Übertreibung: ein geräumiges, aber niedriges Zimmer. Der Arzt, der neu ist, steht mit verschränkten Armen bei einem der fahrbaren Tische. In einer Ecke sitzt noch ein Mann in weißer Hose und Hemd. Ein Helfer, der blasse Ananasstücke aus einer Dose isst, in einem Tarzan-Heftchen liest und den drei Polizisten nur zunickt.

»Dr. Suhrada«, verkündet der Arzt. Er vertritt Dagmar Schett, die in der Sonne von Bali schmachtet.[11] »Wir hatten bis jetzt noch nicht das Vergnügen.«

»Nein«, sagt Kottan. Er wundert sich immer wieder, dass es hier unten stickig und warm ist.

»Ist uns als Unfallopfer unbekannter Identität überwiesen worden«, erzählt der Arzt und zeigt auf eine nicht zugedeckte, deformierte, männliche Leiche.

»Autounfall?«, will Schremser wissen.

»Ja«, sagt Dr. Suhrada fast unbeteiligt.

»Auf dem Handelskai?«, fragt Kottan.

»Ja«, sagt Dr. Suhrada noch einmal. Jetzt macht er ein erstauntes Gesicht. Schremser auch. Schrammel erst recht.

»Eigentlich wollten wir uns den Toten erst morgen vornehmen. Wir dachten, es ist nicht eilig.«

»Was ist dazwischengekommen?«, erkundigt sich Kottan.

»Einer vom Hilfspersonal hat was beim *Verladen* entdeckt«, sagt Dr. Suhrada lächelnd.

»Ich«, meldet sich der Mann in der Ecke, ohne aus seiner Lektüre hochzuschauen. Er streckt kurz einen Arm in die Höhe; wie ein Schüler, der ausnahmsweise eine Antwort weiß. Dann trinkt er die Dose leer.

»Die haben ja mittlerweile auch einen Blick für so was«, meint Dr. Suhrada etwas leiser. »Darf ich bitten?«

Der Arzt und die drei Kriminalbeamten nähern sich dem Leichentisch.

»Der Kopf ist zertrümmert«, berichtet Dr. Suhrada atemlos, »der Brustkorb mehrfach gequetscht, das sehen Sie ja, Brandverletzungen auf dem Gesicht, auf den Armen..., und hier ist der Schusskanal, direkt neben dem linken Ohr, den muss der Rettungsarzt übersehen haben. Der Schusskanal führt leicht aufwärts durchs Gehirn, die Kugel ist in der Schädeldecke stecken geblieben. Eine Gewehrkugel übrigens.«

»Wo ist die jetzt?«, fragt Schremser.

Dr. Suhrada spaziert zur Doppelwaschmuschel. Auf einer weißen Untertasse mit Goldrand liegt die bereits gereinigte Gewehrkugel. Der Arzt hält Schremser den Teller hin.

»Kann man aufgrund der Schussverletzung noch was sagen?«

»Was?«

»Entfernung?«, sagt Kottan, der neben der Leiche stehen geblieben ist.

Dr. Suhrada schüttelt den Kopf.

»Vermutlich ist der Schütze nicht im Auto gesessen.«

»Fotos?«

»Sind gemacht worden und schon in der Ausarbeitung.«

»Bei den Verletzungen und Verbrennungen wird ihn bestimmt niemand erkennen«, glaubt Schremser.

»Etwas schöner können wir ihn noch machen«, behauptet Dr. Suhrada.

Der Helfer hat sein Heftchen ausgelesen und eingesteckt. Er entdeckt Kottans Augen, die Neugierde spielen.

»Der Tarzan hat gewonnen«, sagt er schnell. »Wie immer«.

Schremser fährt unerschrocken, in Schrammels nur vorläufig stummer Begleitung, mit dem knarrenden Paternoster nach oben. Der Dezernatsleiter kann seiner Krückentechnik vertrauen. Er hat noch nie Schwierigkeiten beim Ein- und Aussteigen gehabt. Kottan geht gleich zum Wagen im Hof.

Schrammel stürmt im Büro sofort in seinen leichten Mantel und prüft die Dienstwaffe. Dann redet er drauflos, als ob er im Keller nicht dabei gewesen wäre.

»Wohin müssen wir genau?«

»Du musst nirgends hin«, bremst ihn Schremser. »Du besorgst uns die Unfallprotokolle von der Funkstreife.«

»Was für ein Unfall?«

»Handelskai, früher Nachmittag, ein Toter. Schon davon gehört?«

»Geht uns der Unfall was an?«

»Der schon.«

Der enttäuschte Schrammel hilft Schremser in seinen kurzen Hubertusmantel. Als Schremser schon wieder in der Tür zum Gang ist, hebt Schrammel den Telefonhörer ab.
»Wir rufen dich von unterwegs an«, sagt Schremser.
»Und dann?«
»Feierabend.«
Bevor Schrammel endgültig zu wählen beginnt, legt er den Kaugummi in den Aschenbecher.

Schremser steigt zu Kottan in den Dienstwagen, der noch im aufgemalten, vorgeschriebenen Rechteck im Polizeihof steht. Es hat zu nieseln begonnen. Für die Nacht werden sogar Schneeschauer vorhergesagt. Kottan springt der Wagen nicht sofort an.
»So ist das Leben«, kommentiert Schremser. »Sellerie, wie die Franzosen sagen.«[12]
Der Major gibt etwas mehr Gas, und der Motor kommt nun doch zögernd ins Laufen. Kottan lenkt den Wagen vom Polizeigelände.
»Was hältst du von unserer Leiche?«, fängt Schremser an.
»Ist sie schon *unsere* Leiche?«
»Vielleicht wird das endlich ein besonderer Fall. Auf den wartest du sowieso schon lang.«
»Blödsinn«, knurrt Kottan. »Vielleicht ist das überhaupt kein Fall. Kann ja wer in der Nähe Schießübungen veranstaltet haben.«
»Du glaubst, dem einen Unfall ist bloß ein anderer Unfall vorausgegangen?«
»Gar nichts glaub' ich.«
»Wieso hast du schon vom Unfallort gewusst?«
»Ich bin am Nachmittag da vorbei gekommen.«
Kottan saugt kräftig an seinem zuletzt plombierten Stockzahn. Der erwartete Geschmack stellt sich schnell ein. Die Straßen sind nass und glitschig. Auf dem Kopfsteinpflaster beim Gaußplatz kommt der Wagen ins Rutschen. Kottan schimpft, Schremser schnallt sich kommentarlos an. Nach weiteren fünf Minuten sind sie da.
Die beiden Beamten bleiben nicht lange im Freien. Die Bremsspuren der Zwillingsräder des Lastwagens sind deutlich zu sehen. Auf dem Trottoir liegt eine Radkappe des Ascona, die sich mit Regenwasser füllt. Zwischen der Straße und der Donau befinden sich mehrere Bahngeleise. Die Kreidemarkierungen der Polizei sind bereits von der Fahrbahn gespült. Schremser und Kottan beeilen sich zurück in den Wagen. Kottan wischt die Tropfen von seinem Übergangsmantel, Schremser von seinem Hut.
»Vom Pkw sind keine Bremsspuren da«, sagt Schremser.

»Der ist nicht mehr zum Bremsen gekommen.«

»Lässt sich also auch schwer feststellen, wo ihn die Kugel getroffen hat. Die Straße ist gerade. Der Wagen kann noch ein schönes Stück gerollt sein, bevor er aus der Richtung gekommen ist.«

»Geschossen ist von irgendwo da drüben worden«, sagt Schremser und zeigt mit seiner Krücke aus dem Fenster zur Donau. »Der Schütze kann neben der Straße gelegen sein oder auch von den Schienen der Uferbahn aus geschossen haben. Da ist nicht viel Betrieb.«

Kottan nickt und starrt in den Regen. Schremser greift nach seinen Mentholzigaretten und dem Feuerzeug. *Heizt Ihnen ein*, steht auf dem Feuerzeug.

»Willst du die Patronenhülse suchen?«

»Nein«, sagt Kottan rasch. Er macht schmale Augen dabei.

Schremser grinst und bestellt zwei Funkstreifen zum Unfallort. Die werden das gesamte Gelände bis zur Donau absuchen. Dann ruft er Schrammel an, der den Inhalt der Unfallprotokolle mitteilt, und vom vergeblichen Versuch der Funksteifenbesatzung *Irene eins* berichtet, einer mutmaßlichen Witwe die Nachricht vom Tod ihres Mannes zu überbringen.

2

Was für einen Zweck hat es, das Land zu beschreiben, das man durchquert?
Roger Garaudy

Kottan drückt den Klingelknopf neben der zerkratzten Tür. Kein Ton ist zu hören. Er versucht es ein zweites Mal, dann klopft er an. Ins Haus in der Hellwagstraße ist er gekommen, weil es ein Eilbriefträger in Lederuniform gerade verlassen hat. Schremser ist nicht mehr dabei. Kottan klopft noch einmal. Jetzt sind Schritte zu hören und eine Stimme: »Wer?«

»Polizei!«, antwortet Kottan.

Das Namensschild hinter Glas wird zurückgeklappt, ein Auge kommt zum Vorschein. Kottan zieht seine Blechlegitimation aus der Stecktuchtasche seines Leinenanzugs. Frau Kahlbeck öffnet die Tür. Kottan steht bereits auf der Matte.

»Schnell ist das gegangen«, freut sich Frau Kahlbeck sichtlich, schließt die Eingangstür hinter Kottan und schiebt ihn ins Wohnzimmer, in dem zwei Korklampen gedämpftes Licht verbreiten. Im Fernsehen befreit ein Handpuppen-Kasperl eine gekidnappte Prinzessin. Der Fernsehton ist nur leise zu hören. Frau Kahlbeck hat einen langen Morgen- oder Abendmantel mit gelben, lila und roten Blüten an. Die Tapete weist ähnliche Blumen auf. Neben der Zentralheizung hängen auf einem x-beinigen Wäschetrockner Pullover, Handtücher, eine karierte Schürze und Strümpfe.

»Sie haben mit meinem Besuch gerechnet?«, fragt Kottan, der schon auf ein unbequemes Fauteuil im skandinavischen Naturholzstil gedrückt wird. Die graue Sitzfläche ist so hoch, dass Kottan mit den Füßen den violetten Teppichboden nicht erreichen kann.

»Sicher. Ich hab Sie nicht zum Spaß angerufen. Hören Sie sich das selber an!«

Sie zeigt mit der rechten Hand zum Plafond, während sie mit der anderen Hand den Fernsehapparat ausschaltet und die Beleuchtung heller macht. Aus der Wohnung im ersten Stock sind Schreie einer Frau zu hören.

»Grässlich, nicht wahr?«

»Ja«, gibt Kottan zu.

»Seit zwei Stunden geht das schon so«, berichtet sie eifrig. »Eine Jugoslawin. Die kriegt ein Kind. Wahrscheinlich will sie es da oben kriegen und nicht ins Spital gehen. Ich kann das Geschrei wirklich nicht brauchen. Widerlich, nicht wahr?«

»Ja«, sagt Kottan, »aber es handelt sich leider um ein Missverständnis, Frau Kahlbeck.«

»Was soll das heißen? Sie sind nicht von der Polizei? Was ist das für ein Ausweis, den Sie mir gezeigt haben?«

Sie schlägt mit der flachen Hand auf ein niedriges Kästchen. Eine Trachtenpuppe fällt nach vorn auf die Nase, im Inneren des Kästchens beginnen Gläser und Flaschen zu klirren.

»Doch«, beschwichtigt Kottan. »Ich bin Polizist. Es ist wegen Ihres Mannes.«

»Nicht schon wieder!«

»Der Mann, bei dem der Führerschein Ihres Mannes gefunden wurde, ist möglicherweise ermordet worden.«

»Zufall«, meint sie.

»Erschossen.«

»Da ist bestimmt nicht der Falsche erwischt worden«, sagt Frau Kahlbeck kühl. »Der hat mich hereingelegt.«

»Sie hatten noch keinen Schaden.«

»100.000 Schilling hat er mir versprochen. Ist das nichts? Sie müssen ein ausgiebiges Gehalt haben.«

»Können Sie den Mann beschreiben?«

»Nein. Unauffällig. Schwarze Milanoschuhe mit Spitzen hat er angehabt, die heutzutage kein Mensch mehr anziehen will. Ungeputzt. Und der Anzug war ihm zu eng.«

»Haarfarbe, Größe?«

»Keine Ahnung. Leider.«

»Besondere Kennzeichen?«

»Keine, an die ich mich erinnern könnte.«

Aus der Wohnung im ersten Stock sind wieder die Schreie der Jugoslawin zu hören. Frau Kahlbeck schaut ungehalten nach oben.

»Hätte mich auch gewundert, wenn jemand wegen des Anrufs gekommen wäre. Jeder Schwachkopf, der auf Staatsbesuch ist, wird hundertfach bewacht. Normale Leute zählen ja einen Dreck. Hierher verirrt sich keiner.«

»Bestimmt kümmert sich wer darum«, sagt Kottan. »Was war ihr Mann von Beruf?«

»Er war in einem Rechtsanwaltsbüro beschäftigt. Mädchen für alles.«

»Woran ist er gestorben?«

»Das haben Ihre Kollegen ohnehin schon gefragt.«

»Sie haben keine Antwort gegeben.«

»Er ist erschossen worden.«

»Erschossen?«

»Halten Sie nichts von Zufällen, Herr Inspektor?«, spottet sie. »Ich schon. Und für Sie sind sie auf jeden Fall unumgänglich.«

»Warum?«

»Zufälle sind die besten Helfer der Polizei.«

»Glauben Sie?«

»Ich bin sicher. Ein Jagdunfall war das damals. Der Herbert war das erste Mal bei einer Jagd dabei. Ist vom Chef eingeladen gewesen. Nach drei Tagen ist er im Spital gestorben. Embolie oder was-weiß-ich. Noch was, Herr Inspektor?«

Normalerweise widerspricht Kottan, wenn er mit Inspektor angesprochen wird. Hierzulande ist jeder Polizist gleich Inspektor, obwohl es den Titel offiziell nicht gibt. Kommissar schon gar nicht.

»Nein«, sagt Kottan. »Ich bin schon weg.«

Er muss zweimal Schwung holen, bis er auf dem Teppich zu stehen kommt. Er geht voraus ins Vorzimmer.

»Wie spät ist es genau?«

»Gleich halb acht. Warum?«

»Ab 22 Uhr handelt es sich um Ruhestörung«, sagt Kottan mit Blick zur Decke.

Im Stiegenhaus hat Kottan sofort das Gefühl, als habe er etwas übersehen oder zu fragen vergessen. Sein vorläufiges Bild der Frau: unscheinbar, schnippisch, keinesfalls unsympathisch.

Bei der nächsten Kreuzung nimmt Kottan ein Taxi. Um 20 Uhr gibt die Ballettschule, in die Kottans Enkeltochter Sonja eingetragen ist, im großen Saal des Gewerkschaftshauses eine Aufführung. Sonja ist fünf. Kottan hat seiner Frau versprochen, pünktlich zu sein. Sie ist vor einer Stunde bereits mit dem scheppernden Skoda aufgebrochen, der vielleicht einmal gelb gewesen ist. In der linken Innentasche hat Kottan die eigens vorbereitete Krawatte, in der rechten das obligate, heute nicht verwendete Notizbuch. Er will sich die Krawatte umbinden. Es gelingt ihm nicht.

»Können Sie das?«, fragt er den Taxilenker.

»Sowieso«, grinst der Fahrer. »Macht fünf Schilling extra.«

»In Ordnung.«

Der Fahrer hält den Wagen am rechten Gehsteigrand an, schiebt seine Kappe aus der Stirn. Kottan rutscht im Fond nach vorn. Der Krawattenknopf wird ziemlich groß.

»Jeden Tag vor dem Spiegel fleißig üben«, empfiehlt der Fahrer, »dann ist das kein Problem.«

Über dem Handschuhfach ist ein winziger, japanischer Fernsehapparat befestigt. Im Moment läuft eine Sendung mit Ausschnitten eben angelaufener Kinofilme. In einem der vorgestellten Filme ist ein dünnes, vielleicht 15jähriges Mädchen mit großen Brüsten zu sehen. Der Taxifahrer schreit laut und unerwartet auf.

»Haben Sie das gesehen?«, brüllt er und schaut mehr auf das Fernsehbild als auf den Straßenverkehr. Er ist beeindruckt. »So ein dürrer Besen und solche Melonen!«

Kottan entdeckt auf dem Beifahrersitz eine angebrochene Packung mit Salzgebäck. Im nächsten Filmausschnitt wird das Mädchen in eine Absteige gelockt und von zwei Männern vergewaltigt.

»Geschieht ihr recht«, findet der Fahrer. »Läufiges Luder.«

Das Mädchen wird zu oralen Kontakten gezwungen. »Genau richtig«, bestätigt der Fahrer. »Bei meiner Frau kenn ich auch nichts anderes. Erstens kann sie es auf den Tod nicht leiden, zweitens hält sie dann für ein paar Minuten wenigstens den Schnabel.«

Kottan steigt lieber dreihundert Meter früher aus, weil der Taxilenker auch noch von einem Autounfall mit einem Diplomaten-Bimbo, der sich aufgeregt hat, weil er Bimbo genannt worden ist, glühend referiert. Den Fahrpreis gibt Kottan dem Fahrer abgezählt in die Hand. »Trottel!«, schreit der durchs hinuntergekurbelte Fenster und fährt mit quietschenden Reifen ab. Kottan muss laufen, weil es nach wie vor regnet.

Im Gewerkschaftshaus wartet Ilse Kottan. Sie ist schon einigermaßen ungeduldig gewesen, obwohl noch ein paar Minuten Zeit ist bis zum Beginn der Vorstellung. Sie sieht in der Vorhalle aus wie alle anwesenden Mütter, Tanten und Großmütter auch: die Augen mit Farben eingekreist, die Haare aufgesteckt, in einem zweifärbigen, rauschenden Kleid. Sie ärgert sich über Kottans zerknitterten Anzug und die regennassen Hosenbeine.

Die Vorstellung zieht sich hin. In einer einzigen Szene vor der Pause tritt Sonja auf. Mit zwei älteren Mädchen steht sie auf der linken Seite der Bühne im Scheinwerferlicht: als Baum im Wind. Sie hat nur die Arme gleichmäßig zu bewegen, auf denen je zwei Blätter aus Karton angebunden sind. Ilse Kottan war an der Herstellung der Blätter beteiligt. Sonja steckt in einer braunen Strumpfhose und einem rostbraunen Leibchen.

In der Pause trifft Kottan einen ehemaligen Schulkollegen, der gleich zwei Enkelkinder zu beobachten hat. Der Mann heißt Treu, schaut aber wie ein Überläufer in alten Spionagefilmen aus. Nach der Pause hat Sonja zweimal, dicklich und daher unbeholfen, um einen Tisch zu hopsen. Kottan findet es peinlich und duckt sich in seinem Sessel. Ilse Kottan will nichts auffallen. Die Ballettschule hat ihr und der Tochter die ebenfalls anwesende Mutter des Majors eingeredet. Kottan verlässt in Gedanken die Vorstellung. Ihm fällt ein, wer der Witwe Kahlbeck den Ausweis abgenommen haben könnte und jetzt wahrscheinlich tot in der Leichenhalle liegt. Er will Schremser anrufen, ihm von seiner Vermutung erzählen, wartet aber geduldig das Ende des Ballettabends ab. Den Müttern, Tanten und Großmüttern gefällt es vor der Pause, worüber sie in der Pause schwatzen können, und nach der Pause, worüber sie sich noch auf dem Heimweg begeistern.

Ilse Kottan hantiert im Badezimmer, während Kottan bei Schremser antelefoniert. Schremser ist noch wach. Im gestreiften Pyjama ist er vor seinem 200-Liter-Aquarium gesessen und hat die Geburt von 11 Schwertträgern beobachtet. Auch im Büro hat er ein kleines Glas mit Schleierschwänzen.

»Was ist?«

»Der Mann, der sich bei der Kahlbeck den Ausweis herausgeredet hat«, beeilt sich Kottan, »das muss der Haumer Erwin sein.«

»Du kannst recht haben«, sagt Schremser nur.

»Ich bin mir sicher«, behauptet Kottan.

Erwin Haumer ist ein mehrmals vorbestrafter Trickdieb und Betrüger, über den Kottan recht genau Bescheid weiß, obwohl Haumer mit seinen Taten und Vorstrafen nicht in sein Dezernat fällt. Haumer gilt als einer der Einfallsreichsten auf seinem Gebiet, ein Einzeltäter, der mit immer neuen Methoden *Erfolg* hat.

»Der hat seine Vorgangsweisen bis jetzt nie wiederholt«, meint Schremser.

»Den Versicherungstrick vielleicht schon«, glaubt Kottan. »Ist ja gut angekommen.«

»Wenn der Haumer *unser* Toter sein soll, ich hab ihn am Nachmittag nicht erkannt.«

»Ich auch nicht.«

»Der Größe nach könnte er es schon sein«, überlegt Schremser, der am Anfang seiner Laufbahn auch im Betrugsdezernat ausgeholfen hat. »Wir haben ja Fingerabdrücke im Archiv.«

»Die kannst du vergessen.«

»Warum?«

»Der Erschossene hat keine.«

»Die Verbrennungen?«

»Ja.«

»Verdammt«, sagt Schremser.[13] »Soll ich herausfinden, wo der Haumer wohnt oder gewohnt hat?«

»Sicher.«

»Der Opel, mit dem der Erschossene unterwegs war, ist übrigens gestern als gestohlen gemeldet worden. Von einem Altwarenhändler.«

»Hat der den Diebstahl beobachtet?«
»Ja. Das Auto ist direkt vor seinem Laden gestohlen worden.«
»Dann soll er morgen ins Büro kommen.«
»Ist schon bestellt für neun«, erklärt Schremser ruhig.
»Den Haumer-Akt lässt du ausheben.«
»Sowieso.«
»Gute Nacht.«
Schremser antwortet nicht mehr und hängt ein. Er setzt sich auf den breiten Sessel vor dem Aquarium. Mittlerweile sind es 14 winzige Schwertträger, die auf dem Boden eines Zusatzbehälters liegen, nur hin und wieder plötzlich hochschwimmen und fast nur aus Augen bestehen. Schremser verkauft die Fische, wenn sie größer sind, regelmäßig an die Tierhandlung im gleichen Häuserblock. Streng genommen ist das verboten, weil Schremser nicht Mitglied eines Züchtervereins und zum Züchten von Fischen nicht berechtigt ist.

Kottan holt sich eine Dose Bier aus dem Eiskasten: amerikanisches Ingwer-Bier, das er sich extra schicken hat lassen. Er verfügt über eine umfangreiche Bierdosensammlung im Buchregal. Mehr leere Bierdosen als Bücher sind da aufgereiht. Kottan hat sich, was sogar im Sicherheitsbüro bekannt ist, schon vor Jahren ein Heft angelegt, in dem er die verkosteten Biersorten persönlich bewertet. Das Bewertungsschema hat er aus der Einheitszeitung übernommen, die damit Filme klassifiziert.[14] Das Ingwer-Bier wird höchstens zwei, vielleicht nur einen Bewertungs-Stern bekommen, weiß Kottan nach dem dritten Schluck. Er schaltet den (gebraucht gekauften) Videorecorder ein, um die aufgezeichneten Nachrichtensendungen vom Tag zu sehen. Der Bericht vom *Unfall* auf dem Handelskai besteht aus wenigen Sätzen und wird durch ein Schwarz-Weiß-Foto ergänzt. Dann folgt eine Übertragung von der Eishockey-Weltmeisterschaft: ein einseitiges Match mit wenigstens vielen Toren.

Gerhard, der neuerdings auf Astronauten-Frisur schwört, kommt aus seinem Zimmer, kostet von dem Ingwer-Bier und findet es ebenfalls scheußlich. Er redet davon, dass er sich entschlossen hat, die Studienrichtung zu wechseln. Kottan fragt nicht, wohin Gerhard wechseln will. Kottan findet die Unentschlossenheit halb so aufregend. Er hat selber zehn Jahre auf dem Gymnasium verbracht. Beim Spielstand von 6 zu 1 kehrt Gerhard in sein Kabinett zurück.

Nach dem Match steigt Kottan auf den Balkon, von dem aus man nur den asphaltierten Innenhof und die vollgeparkten Autoabstellplätze sieht. Er raucht eine Zigarette, was er nur mehr selten tut: eine ziemlich ausgetrocknete *Kent*. Das Rauchen hat er ansonsten längst aufgegeben.

Der Regen hat aufgehört. Es riecht nach Regenwürmern, nicht nach dem im Radio angedrohten Schnee.

Das erste Mal hat Kottan von Erwin Haumer Notiz genommen, als der auf immer wieder gleiche Weise in zahlreichen Großkaufhäusern Diebstähle verübte und nur durch einen Zufall erwischt wurde. Haumer kaufte jedes Mal ausgiebig und vor allem teure Waren ein, zahlte an der Kasse korrekt und richtete ein paar auffällige Bemerkungen an die jeweilige Kassiererin. Auf dem Parkplatz vor dem Großmarkt räumte er die Einkaufstaschen aus, verlud die bezahlten Artikel ins Auto, ging wieder ins Kaufhaus, packte die gleichen Waren noch einmal in die Taschen im Einkaufswagen und nahm sich eine Kleinigkeit extra: mit Vorliebe Rasierpinsel. Bei der selben Kasse gab er dann vor, nur diese Kleinigkeit vorhin vergessen zu haben. Mit den vollen Taschen kam er leicht durch, weil sich die Kassiererinnen jedes Mal an Haumer erinnerten und nicht misstrauisch wurden. Auch bei Kontrollen vor Verlassen des Kaufhauses fiel er nicht auf, weil er ja einen Kassenzettel vorweisen konnte, auf dem alle Waren aufschienen, die in den Taschen zu finden waren. Er musste nur noch für den weiteren Vertrieb der zum halben Preis beschafften Waren sorgen.

Zu in Polizeikreisen fast sprichwörtlicher Perfektion brachte es Haumer auch beim wirklich nicht sehr neuen Herausgabe-Trick. Er zahlte (bevorzugt in kleinen Geschäften) mit einer großen Banknote, redete auf den Verkäufer ein, nahm schließlich den Geldschein wieder zu sich, ließ sich die Waren überreichen und außerdem auf den nur vorgewiesenen Schein herausgeben.

Der Versicherungstrick Haumers war ebenfalls simpel. Er fand die Namen verstorbener Männer durch Todesanzeigen in den Zeitungen und die passenden Adressen im amtlichen Telefonbuch. Einen Ausweis der Toten erhielt er fast immer ohne Schwierigkeiten, weil die Witwen gern an eine Lebensversicherung glauben wollten. Mit dem Ausweis eröffnete Haumer bei verschiedenen Geldinstituten Gehaltskonten, überwies sich selbst einen einmaligen Betrag und überzog dann die Konten. Im letzten Jahr flog er nur deswegen auf, weil er mit dem Personalausweis eines nach einem Herzinfarkt gestorbenen Sparkassendirektors ausgerechnet in der vom Verstorbenen vorher geleiteten Filiale ein Konto beantragte.

Kottan zertritt die Zigarette und schiebt den Rest mit einer Schuhspitze vom Balkon.

Seine Frau schläft schon, als er ins Schlafzimmer kommt. Er schaltet ihr Nachtkästchenlicht aus und tappt zu seinem Platz im Bett. Er schlüpft vorsichtig unter die Steppdecke, um Ilse nicht aufzuwecken. Sie schrickt trotzdem hoch, räuspert sich, dreht sich von Kottan weg und atmet bald wieder tief. Früher hat er sie öfter aufgeweckt, mitten in der Nacht; oder es zumindest versucht. Sie schläft nach wie vor nackt: eine alte Gewohnheit. Kottan liegt auf dem Rücken, mit offenen Augen, eine Hand unter dem Kopf, die zweite auf dem Bauch. Soll er froh sein, dass er ungestört überlegen kann?

Vielleicht hat sich eine der betrogenen Witwen an Haumer gerächt. Mit einem gezielten Gewehrschuss? Unwahrscheinlich, findet er selbst. Und wie hätte sie Haumer finden sollen? Er nimmt nicht an, dass die Funkstreifen beim Handelskai auf die Patronenhülse oder einen anderen Hinweis gestoßen sind.

Aus der Nachbarwohnung ist Klaviermusik zu hören. Jemand versucht sich an Etüden. Kottan ist nicht sicher, ob ihm die Schreie der mutmaßlichen Jugoslawin unangenehmer wären als das Geklimper. *Ich zähle bis hundert*, nimmt er sich schließlich vor, *dann gehe ich hinüber*. Der Klavierspieler bricht bei 62 mitten im Stück ab. Morgen will Kottan Erika Letovsky anrufen, die Langzeit-Bekannte, bei der er sich schon seit Wochen nicht gerührt hat. Dann fällt ihm Renate Murawatz ein, die 27jährige Prostituierte mit (nach eigener Definition) *altmodischem Programm*. Sie ist ihm bei Ermittlungen vor ein paar Monaten über den Weg geraten. Ihr ständig spöttisches Gesicht fällt ihm ein und die staubigen Spiegel, die ihr Bett im Hotel LAMM umgeben. Vom nahen Verschubbahnhof ist der hallende Zusammenprall zweier Waggons zu hören. Der Druckknopf der Nachtkästchenbeleuchtung strahlt wie ein Leuchtturm.

3

> »*Vielleicht möchten Sie sich übergeben,*
> *Mr. Campion*«*, sagte der Beamte in Zivil,*
> *um Rat und Hilfe bemüht.*
> **Margery Allingham**

Aus dem Autoradio spricht die (fast singende) Vorturnerin der Nation. 7 Uhr 35. Kottan stellt sich vor, wie er selbst auf dem Wohnzimmerteppich die angesagten Übungen mitmacht. Als die Sprecherin von den Zuhörerinnen und Zuhörern verlangt, *ein Bein unter einen Kasten zu legen*, dreht Kottan das Radio ab. Die Straßen sind wieder trocken.

Schremser zieht die Augenbrauen hoch, als Kottan den Büroraum betritt. Schremser sitzt an Kottans Schreibtisch und blättert im schon eingetroffenen Haumer-Akt. In der rechten Hand hält er eine Semmel mit dicken Knackwurstscheiben. Kottan wirft seine Lederjacke über den Kleiderständer und nimmt auf dem V-Sessel[17] Platz.

»Schon ein Ergebnis?«

»Nichts Besonderes«, sagt Schremser.

»Können wir was draus machen?«

»Kaum.«

»Dann mach es kurz.«

»Die Funkstreifen haben auf dem Bahngelände 70 Groschen, ein leeres Benzinfeuerzeug und zwei Präservative gefunden.«

»Weiter«, verlangt Kottan und seufzt.

»Die Funkstreife *Irene* hat ein Protokoll ihres Besuches bei der Kahlbeck abgeliefert.«

»Lese ich später.«

»Den Beifahrer aus dem Lastwagen, der am Unfall beteiligt war, hab ich selber befragt.«

»Hat er einen Schuss gehört?«

»Nein. Beschwert hat er sich über den andauernden Gesang seines Kollegen am Steuer.«

»Und?«

»Mario Lanza ist der angeblich keiner. Nicht ein einziger der Unfallzeugen hat einen Schuss gehört.«

»Wundert mich nicht«, meint Kottan geistesabwesend.

»Die Adresse vom Haumer aus dem Akt ist nicht mehr aktuell.«

»War zu erwarten. Wie willst du sie finden?«

»Ich schaue ins Telefonbuch oder beim Meldeamt vorbei. Ich liebe Dienstreisen.«

Kottan nickt und nimmt Schremser den etwa sechs Zentimeter dicken Akt aus den Händen.

»Ich bin vorhin bei *unserer* Leiche gewesen«, berichtet Schremser. »Keine brauchbaren Fingerabdrücke.«

»Hab ich dir ja gesagt.«

»Laut Akt leben die Eltern vom Haumer in der Nähe von Wien.«

»Ein Identifizierungsversuch wäre reine Zumutung. Es gibt nichts zu erkennen.«

»Und kein brauchbares Foto. Ich glaube...«

»Was?«

»Es ist der Haumer. Ich hab die Mikulic vom *Betrug* hinuntergeschickt. Die hat ihn oft genug vernommen. Ganz sicher will sie auch nicht sein.«

Schrammel taucht aus dem Nebenraum in der Verbindungstür auf.

»Ich bin da«, sagt er.

»Fütterst du die Fische?«, fragt ihn Schremser. Eine Suggestivfrage.

Schrammel geht zum Fensterbrett, holt das Päckchen mit den getrockneten Wasserflöhen und begibt sich zu den Schleierschwänzen. Er hat in der Nacht von einer ausführlichen Antwort der zärtlichen Lifestyle-Dame geträumt. Schremser bleibt auf dem Sessel, betrachtet Kottan, der das Protokoll der Funkstreife zu sich zieht. Der Dezernatsleiter hat noch eine Meldung: »Der Altwarenhändler sitzt draußen auf dem Gang.«

»Ist erst kurz nach acht«, sagt Kottan, der die Uhr über der Eingangstür fixiert.

»Der hat eben Angst«, meint Schremser, »dass er auf seinem Gerümpel sitzen bleibt, wenn er nicht im Geschäft ist.«

»Soll ich ihn bringen?«, bietet Schrammel an.

Kottan steht auf und geht zur Tür.

»Wie heißt er?«

»Kramml«, sagt Schremser.

»Herr Kramml!«, schreit Kottan auf den Gang hinaus, obwohl nur ein einziger, groß gewachsener, etwa 40jähriger Mann mit breiten Schultern auf der Bank vor der Tür sitzt, dem Kottan allerdings keineswegs den Altwarenhändler zutrauen würde. Wird auf Entrümpelung spezialisiert sein, erklärt sich Kottan im leeren Kopf.

Der Mann kommt ins Zimmer, schreitet an Kottan vorbei, greift nach Schremsers fettiger Hand und nickt Kottan bloß zu, der die Tür schließt.

»Ist ja hoffentlich erlaubt«, sagt er und befindet sich bereits auf dem eben vom Major verlassenen Sessel. Er will sogleich in Richtung Schremser loslegen.

»Ich stelle die Fragen«, sagt Kottan.

Kramml dreht sich überrascht zu Kottan um, macht noch einen unsicheren Blick zu Schremser.

»Stimmt«, meint Schremser. »Ich hab Frühstückspause.« Der Dezernatsleiter verzehrt als Dessert Brotschnitten, die er in sauren Rahm taucht.

»Wann ist ihr Auto gestohlen worden?«

»Gestern. Gleich nach elf. Ich hatte den Wagen direkt vorm Geschäft abgestellt.«

»Am Vormittag?«, fragt es unaufhaltsam aus Schrammel.

»Ist ja kein Nachtklub.« Kramml wendet sich sofort wieder Kottan zu. »Vom Geschäft aus hab ich den Burschen gesehen, wie er ins Auto gestiegen ist. Bis ich draußen gewesen bin, hat der gestartet und ist abgefahren. Durch die halbe Gasse bin ich nachgelaufen. Zwecklos.«

»Wie ist der Dieb so schnell in den Wagen gekommen?«

»Der war offen«, gibt Kramml zu. »Der ist immer offen, wenn er nur vor dem Geschäft ist.«

»Hat den Diebstahl noch wer beobachtet?«

»Ein Passant, der hilfreich sein wollte.«

»Wie?«

»Er hat sich die halbe Autonummer gemerkt.«

»Sie würden den Mann wiedererkennen?«

»Freilich, Herr Inspektor.«

»Inspektor gibt es keinen«, berichtigt ihn Schrammel ernst. Kramml versteht nicht, was damit gemeint ist.

»Sie haben den Mann doch nur kurz gesehen«, sagt Kottan.

»Nein. Der war eine halbe Stunde vorher bei mir im Geschäft, hat sich für Totenmasken und Musikerbüsten interessiert, der falsche Hund. Den erkenne ich jederzeit wieder.«

Schrammel schaut Kottan beinahe erwartungsvoll an. Kottan nickt zustimmend. Schrammel, der mitgeschrieben hat, steckt seinen Kalender ein, nimmt den Haumer-Akt vom Schreibtisch und verlässt eilig das Zimmer.

»Hab ich was Falsches gesagt?«, will Kramml wissen.

»Nein«, beruhigt ihn Kottan.

»Was hat der vor?«

»Moment«, sagt Schremser schmatzend.

Kottan holt sich im zweiten Büroraum einen Becher Kaffee. Er rührt schweigend zwei Würfelzuckerstücke in den koffeinfreien Filterkaffee: ein dünnes Schrammel-Produkt, das in einer Thermosflasche bei Temperatur gehalten wird.

»Krieg ich auch einen?«, fragt Kramml.

»Jetzt nicht«, bestimmt Kottan.

Nach vier Minuten ist Schrammel mit zirka zwanzig Fotografien zurück, die er Kramml im Paket in die Hand drückt. Schrammel keucht wie ein österreichischer Marathonläufer.

»Soll ich schauen, ob der Dieb dabei ist?«

»Mitdenken ist schön«, lobt Schremser. Er ist aufgestanden, schaut dem Altwarenhändler über die linke Schulter und stützt sich auf eine Krücke.

Beim sechsten Foto ist Kramml völlig sicher. (»Ich lasse mich in den Hals stechen, wenn er das nicht ist.«) Er hält das Polizeifoto aus Erwin Haumers Akt hoch.

»Danke«, sagt Kottan.

»Bekomme ich jetzt den Kaffee?«

»Selbstverständlich«, sagt Kottan und überreicht Kramml fünf Schilling. »Der Automat ist beim Stiegenabgang.«

»Der Haumer hat immer nur mit Leihwagen gearbeitet«, gibt Schremser zu bedenken, nachdem Kramml die Tür von außen zugedrückt hat.

»Wenn es ihm so einfach gemacht worden ist«, glaubt Kottan, »hat er sich eben eine Ausnahme erlaubt.« Er schaut sich das Bild Haumers genauer an. Zu enger Anzug, stellt er fest; wie die Kahlbeck gesagt hat.

Schrammel hat inzwischen von Kottans Schreibtisch das Blatt mit der Adresse der Frau Kahlbeck und deren Telefonnummer genommen. Er bekommt einen roten Kopf und lächelt Kottan verlegen an.

»Was ist los?«

»Hausfrau im besten Alter, charmant, diskret und lieb«, rezitiert Schrammel.

»Du kennst die Kahlbeck?«, fragt Kottan misstrauisch.

»Ich kenn ihre Telefonnummer«, erklärt Schrammel eifrig. »Steht jeden Tag in der Zeitung.«

»Wieso?«

»Bei den Hostessen.«

»Du spinnst ja!«, brüllt Kottan.

»Soll ich eine Zeitung holen?«, bietet Schremser an.

»Nein«, sagt Kottan; schon wieder leise. »Das gibt's doch nicht. Die schaut nicht so aus. Überhaupt nicht.«

»Die gnädige Frau geht auf den Strich«, höhnt Schremser, »und du merkst nichts.«

»Was ist mit deiner dringenden Dienstreise?«, erinnert ihn Kottan.

»Ich geh schon.«

Schremser verlässt wirklich, immer noch amüsiert, das Büro.

»Wieso weißt du über die Nummern aus der Zeitung so genau Bescheid?«, will Kottan von Schrammel wissen.

»Nur so.«

»Ja, ja«, sagt Kottan im gleichen spöttischen Tonfall wie eben noch Schremser. »Informiert sein ist alles.«

Jetzt weiß er auch, was er gestern in der Wohnung der Frau Kahlbeck übersehen hat. Die Strümpfe auf dem Wäschetrockner. Wer trägt heute noch Strümpfe?

4

*Jeder ist hin und wieder einmal deprimiert,
das ist ganz natürlich.*
W. R. Burnett

Kottan steht zum zweiten Mal vor der gläsernen Haustür in der Hellwagstraße, auf die *Glasnost in Wien????* gesprayt ist. Der Major tippt mit dem Daumen der linken Hand gegen die beschriftete Glocke.

»Ja«, meldet sich Elfriede Kahlbeck rasch.

»Kottan.«

»Haben Sie vorhin angerufen?«

»Nein«, sagt Kottan.

»Dann tut es mir Leid.«

»Polizei. Ich war gestern schon bei Ihnen.«

»Hört das gar nicht mehr auf?«

Kottan betritt das unbeleuchtete Stiegenhaus, geht den langen Gang nach vorn zur Wohnungstür der Frau Kahlbeck. Die Tür ist offen. Frau Kahlbeck sitzt mit übereinander geschlagenen Beinen auf der Couch im Wohnzimmer: im anscheinend unvermeidlichen Morgen- bzw. Abendmantel.

»Was ist jetzt wieder? Stehen Sie gern?«

»Sie sind registriert«, sagt Kottan schnell, mustert den Wandverbau und bleibt stehen. Sie reagiert kaum auf sein offensichtliches Wissen.

»Ist mein Mann deswegen nicht tot?«

»Ich hab gestern nichts gemerkt.«

»Ich weiß schon«, sagt sie und kichert ihn aus. »Ich schaue nicht so aus.«

»Sie hätten es mir sagen können.«

»Sie hätten mich fragen können. Was ändert das jetzt in Ihren geistreichen Ermittlungen?«

»Nichts ... voraussichtlich. Wie lang machen Sie das?«

»Fast ein Jahr. Wichtig?«

»Vorher nicht?«

»Nein. Der Herbert hat anständig verdient.«

»Bekommen Sie keine Rente?«

»Doch. Was glauben Sie, was die Wohnung kostet? Die Rückzahlungen und die Betriebskosten?«

»Sie hätten eine Arbeit annehmen können.«

»Einer Friseurin rennt keiner nach.«

»Wer zwingt Sie wirklich dazu?«

»Niemand zwingt mich. Nichts. Ich mach das nur für mich.«

»Glaube ich nicht.«
»Glauben Sie es eben nicht!«
»Spritzen Sie was?« Er fasst nach ihrem rechten Arm.
»Nein. Sie sind blöd.«
Kottan lässt ihren Arm los, mustert wieder den Wandverbau, weil er nicht weiter weiß.
»Ich passe schlecht in Ihr Programm. Oder? Es ist gar nicht so schwer, noch dazu, wo die meisten Typen, die hier aufmarschieren, enttäuscht sind von mir.«
»Und?«
»Das gefällt mir. Die fangen zu handeln an. Ich lasse nicht mit mir handeln.«
»Haben Sie keine Angst?«
»Luxus. Wozu?«
»Sie sind Amateur.«
»Irrtum. Ich bin fast perfekt.«
»Ja?«
»Eine neue Sprache hab ich obendrein gelernt.«
»So?«[18]
»Ja, Schatzi«, sagt sie.
Sofort hat sie einen ganz anderen Ausdruck im Gesicht.
»Lassen Sie das.«
Elfriede lässt sich nicht bremsen.
»Da legst das Geld hin. Wirst ja wissen wie viel. Was ist? Steh nicht so verloren herum, Schatzi. Hast kein Interesse an griechischen Wochen?«
»Hören Sie auf«, sagt Kottan. Er geht weiter zur nächsten Tür, die über einen engen Verbindungsgang ins Schlafzimmer führt.
»Geh nur voraus, Schatzi. Ich komm gleich nach!«
Kottan schaut sich mit neugierigen Augen, die Schrammel gehören könnten, im Schlafzimmer um. Die langen Vorhänge sind zugezogen. Ein gewöhnliches Doppelbett steht mitten im Zimmer.
»Normal«, sagt er und zuckt mit den Schultern.
»Nicht ganz«, sagt sie und zeigt mit dem rechten Mittelfinger nach oben. Auf dem Plafond über dem Bett ist ein Spiegel. »Als Detektiv sind Sie schwach.«
Kottan schleicht ins Wohnzimmer zurück. Unter der Lampe zieht er die Fotografie Haumers aus seiner Jacke.
»Ist das Ihr Versicherungsmensch?«
»Sowieso.«
»Bestimmt?«
»Hören Sie schlecht?«

Kottan steckt das Bild wieder ein. Über die Tapete wandert sein Blick zum Plafond.

»Was ist mit der Jugoslawin? Haben Sie sich ein zweites Mal beim Kommissariat beschwert?«

»Ich war bei ihr oben«, sagt sie leise. »Gestern noch. Alles erledigt.«

»Ein Bub oder ein Mädchen?«

»Verstehe ich nicht.«

»Was ist es geworden?«

»Die kriegt gar kein Kind. Die hat *nur* so Schmerzen gehabt und sich nicht in ein Spital getraut. Unterversichert oder gar nicht versichert.«

»Und?«

»Ich hab ihr die Rettung gerufen. War höchste Zeit. Blinddarmdurchbruch. Ich werde sie besuchen, am Nachmittag.«

»Nett«, sagt Kottan. Er interessiert sich nicht für Pfadfinder.

Eine heisere Glocke im Vorzimmer schlägt an.

»Besuch?«, fragt Kottan.

»Ja. Stammkundschaft … sozusagen. Der ist nett. Kriegt eine Fürsorgerente, schnorrt, spendet sogar Blut für Geld, damit er sich mich leisten kann. Verstehen Sie? Mich.«

Sie öffnet die Eingangstür. Ein alter, verwahrloster, nach Alkohol duftender Mann kommt ins Vorzimmer; ein Froschlächeln im Gesicht.

»Kannst vorgehen, Schatzi«, sagt sie in der Sprache, die Kottan schon kennt. Sie zeigt in Richtung Schlafzimmer. Der Mann braucht keinen Plan und geht wortlos weiter. Er schaut unter dem Blick des Majors durch.

»Und so einer muss sein?«, wundert sich Kottan, schon im zugigen Stiegenhaus.

»Der Strich ist kein Wunschkonzert«, sagt sie.

Die *Company*-Bar befindet sich im achten Bezirk: ein ehemaliges Kaffeehaus. Es ist wenige Minuten nach zehn Uhr, als Schremser den großen Gastraum betritt und den Messinggriff der Tür in der Größe einer Bowling-Kugel loslässt. Die Tür schließt von selbst und völlig geräuschlos. Der Betrieb im *Company* beginnt erst um elf, dauert dann aber bis vier Uhr früh an. An der langen Theke (fast Cinemascope-Western-Format, fällt Schremser unwillkürlich ein) steht Josef Weilhartner. Er erkennt den Kriminalbeamten sofort.

Außer Weilhartner, dem Pächter und Geschäftsführer der Bar, ist die Putzfrau, eine Jugoslawin, mit einem Emailkübel im Lokal unterwegs. An einem Tisch neben der Garderobe sitzen zwei junge Frauen. Die größere der beiden, eine Schwarzhaarige mit Rossschwanz, kurzem Rock und weißen Strümpfen, erzählt ziemlich enthusiastisch von einem

Rudel betrunkener Tiroler, die gestern ausgenommen worden sind. Die andere, eine ungekämmte Blonde, schlägt mit ihren Bleistiftabsätzen den Takt des Musikautomaten mit, in dem sich Rick Astley ausweint. Die Blonde hat den gestrigen Tag ausgelassen und ärgert sich über die entgangene Chance. Schremser beachten sie nicht.

Über den Tischen ist ein weitmaschiges Netz gespannt, auf dem am Abend eine Indonesierin mehrmals über den Köpfen der Gäste ihre Vorstellung gibt. Der Musikautomat ist fast ein Wegweiser. Von ihm führt ein schmaler Gang zu den rot gepolsterten Separées, die in der Nacht noch mit einer zusätzlichen Dosis Rot beleuchtet werden.

»Muss ich wieder wen finden?«, fragt Weilhartner und lässt den Griff der Espressomaschine nicht aus.

»Ja«, sagt Schremser, schon ganz nah.

»Wie oft noch?«

»Sind wir schon quitt?«

»Wer darf es heute sein?«, resigniert Weilhartner. Er weiß, dass er Schremser längst nicht mehr verpflichtet ist. Er weiß aber auch, dass eine Bemerkung Schremsers ausreichen würde, um eine eingehende Prüfung der Bar zu veranlassen. Und an der fixen Meinung, dass jeder Polizist ein Arschloch ist, wird Weilhartner niemals rütteln.

»Ein gemeinsamer Bekannter«, sagt Schremser schnell. »Der Haumer.«

»Interessiert Sie ein so kleiner Fisch?«

»Ja.«

»Was ist mit dem?«

»Ich will reden mit ihm.«

»Eine Ihrer aggressiven Plaudereien.«

»Ich kann ganz charmant sein.«

»Ich weiß.«

Dabei fällt Weilhartner automatisch ein, wie Schremser einmal mit den Krücken in der Bar abgeräumt hat. Den halben Schaden hat er der Versicherung unterjubeln können.

»Wo steckt der Haumer.«

»Keine Ahnung.«

»Das sagen Sie jedes Mal. Am Anfang.«

»Ich kann nicht jeden finden. Was liegt überhaupt vor gegen ihn?«

»Nichts«, gibt Schremser zu. »Ein Totenschein, soweit ich informiert bin.«

»Er hat...?«, fragt Weilhartner ungläubig.

Schremser schüttelt den Kopf.

»Er ist.«

»Ich muss telefonieren.«

»Von mir aus.«

Schremser dreht sich in den Gastraum um, stützt beide Ellbogen auf die Theke. Er richtet einen ausdruckslosen Blick zum Netz.

»Eine Extravorstellung gefällig?«, bietet Weilhartner an.

»Von Ihnen? Danke.«

Schremser beobachtet die beiden Frauen, die sich ein Tonic teilen. Weilhartner zieht sich in ein Nebenzimmer zurück. Mit ihm verschwindet auch das Gemisch aus Mund- und Rasierwasser. Jetzt überwiegt wieder der kalte Rauch hunderter Zigaretten der letzten Nacht. Schremser folgt dem Geschäftsführer nach wenigen Sekunden zur Tür, schiebt die Tür etwas auf und späht ins Zimmer: ein Raum ohne Fluchtmöglichkeit. Weilhartner hängt in einem ständig knisternden Korbsessel und wählt tatsächlich eine Telefonnummer.

Die Blonde hat inzwischen mit dem rechten Fuß ihren Schuh verlassen und versucht die Zehen zu spreizen. Schremser steht längst wieder an der Theke und gähnt, als Weilhartner aus dem Zimmer zurückkehrt.

»Nichts?«

»Doch«, nickt Weilhartner. »Ich hab die Adresse.«

»Her damit«, sagt Schremser, legt Block und Kugelschreiber auf die Theke und bläst seine Finger an wie ein Tennisspieler vor dem ersten Aufschlag.

»Springergasse 12. Zweite Stiege.«

»Im Hinterhaus?«

»Ja. Die Wohnung ist im ersten Stock. An der Wohnungstür steht Melzer.«

»Warum?«

»Glauben Sie, der ist so verrückt und schreibt seinen eigenen Namen groß an die Tür?«

»Warum nicht? Als kleiner Fisch?« Er klappt den Block zu und zeigt auf die volle Kaffeeschale auf der Theke. »Der wird kalt.«

»Sehr aufmerksam.«

»War es leicht?«

»Was?«

»Die Adresse herauszubekommen.«

»Ja. Was ist mit zusätzlichem Dank?«

»In Ordnung.« Schremser greift nach seiner zweiten, angelehnten Krücke. »Ich schicke Ihnen meinen Neffen vorbei.« Dass der Neffe erst zwölf ist, erwähnt er nicht.

Kottan sitzt allein hinter seinem Schreibtisch. Im krassen Gegensatz zur Wettervorhersage ist es ein fast heißer, windstiller Tag geworden: ein Temperaturunterschied zu gestern von fast zehn Grad. Der Umschwung ist einigen auch prompt ins Gehirn gestiegen. In Währing hat ein Steuerberater nach dem Frühstück seine Mutter aus dem Fenster geworfen, in Ottakring ein Kellner seine komplette Wohnzimmereinrichtung. Kottan fühlt sich auch ziemlich müde. Das Gesichtstraining vor dem halb blinden Rasierspiegel lässt er ausfallen.

Der Fall entwickelt sich langsam oder gar nicht. Die Identität des Toten ist noch immer nicht als gesichert zu bewerten, obwohl alle bekannten Umstände auf Erwin Haumer schließen lassen. Seit Jahren plädiert das Dezernat vergeblich dafür, von Vorbestraften außer Fingerabdrücken und Fotografien auch ein Blutbild herstellen zu lassen. Der Präsident kontert mit Kostengründen. Die Blutgruppe des Toten vom Handelskai ist bekannt: B1 positiv. Diese Erkenntnis hilft aber keinen Schritt weiter.

Um zehn hat Kottan eine auffordernde Meldung an die Presseagentur gegeben. Spitäler, in denen Haumer in Behandlung war, sollen sich bei ihm melden. Oder auch ein Zahnarzt, der ordentliche Behandlungskarten führt. Aufzeichnungen eines Spitals oder eines Zahnarztes könnten endgültige Gewissheit bringen. Der Major lässt außerdem Schrammel alle Anzeigen überprüfen, die in den letzten Wochen bei den Wachstuben des zweiten und zwanzigsten Bezirks eingegangen sind. Vielleicht sind Beschwerden über Schießübungen in der Nähe des Handelskais aufgetaucht. Kottan glaubt zwar nicht an einen Zufallsschuss, aber er will sicher gehen.

Schremser trifft kurz vor elf ein. Kottan sieht an seinem Blick, dass er die Adresse Haumers aufgetrieben hat. Schremser lässt sich geräuschvoll auf den Sessel fallen, auf dem vor zwei Stunden der Altwarenhändler seinen Diebstahlsbericht zum Besten gegeben hat. Der Dezernatsleiter belohnt sich mit einem Kokos-Jogurt, obwohl ihm das Wetter auch zu schaffen macht: Atemnot. Sein faltiger Hals bebt.

»Was hast du vor?«

»Wir gehen hin«, sagt Schremser. »Gleich.«

»Ohne Hausdurchsuchungsbefehl?«

»Hält uns nur auf.«

Gleich wird aber doch nichts draus. Polizeipräsident Pilch stürmt ins Zimmer, will ausnahmsweise nichts über den derzeitigen Fall wissen, nur, ob Schremser und Kottan schon beim Blutspenden im Parterre gewesen sind. Das Rote Kreuz führt heute seine jährliche Aktion im Haus durch.

»Wir müssen weg«, will sich Kottan herausreden.

»Soviel Zeit wird schon noch sein, Kollege Kottan. So viel Zeit wird sein müssen.«

Bevor Kottan oder Schremser etwas erwidern können, ist Pilch schon wieder auf dem Gang.

»Vampir«, knurrt Schremser.

»Auf die Weise werden wenigstens die Blutgruppen der Beamten erfasst«, sagt Kottan.

Der Präsident überwacht den Weg des Dezernats zur Blut-Station. Die Wiener Polizei, so sieht es jedenfalls Pilch, steht im jährlichen Wettstreit, was die gespendete Blutmenge angeht, mit der Gendarmerie. Bei der Popo, deren Ergebnis der Polizei zugeschlagen wird, sabotiert ohnehin sein Bruder, der keine Leute abkommandiert. Pilch glaubt in amüsierten Gedanken auch den Grund zu kennen. Der durchschnittliche Leberwert bei der Staatspolizei dürfte zumindest dreistellig ausfallen. Die jüngsten Artikel in Magazinen und Zeitungen, in denen die Stapo als Säufer-Truppe hingestellt wurde, haben Heribert Pilchs Herz mehr als erwärmen können.

Vor dem Paternoster treffen Kottan und Schremser auf Leutnant Meixner vom Raub-Dezernat, der anscheinend gerade vom Blutspenden kommt. Er drückt noch den linken Unterarm fest gegen den linken Oberarm.

»Das Sicherheitsbüro verblutet«, befürchtet er.

Kottan und Schremser stimmen ihm mit fast gleichzeitigen Kopfbewegungen zu.

Heribert Pilch hat sich hinter seinem Schreibtisch einen in der Höhe verstellbaren Drehhocker bewilligt, der stets auf der höchsten Stufe fixiert bleibt. Pilch hat so zwar hin und wieder Schwierigkeiten beim Besteigen des Hockers, dafür ist er beim Sitzen kaum kleiner als im Stehen. Bei der letzten, enttäuschenden Größenmessung (in der Abschlussklasse) ist der Präsident nur auf einen Meter 56 gekommen. Seither ist Pilch, mittlerweile fast 56, höchstens kleiner geworden. Seine Begegnungen mit Kottan verlaufen nur selten friedlich.

Pilch bereitet das föhnige Wetter genauso Probleme, allerdings nicht hinsichtlich seines körperlichen Zustandes. Wenn er außer jedem einzelnen Mörder, Räuber und Gauner und gelegentlich Kottan jemand als persönlichen Feind betrachtet, so sind das Fliegen, unverändert Fliegen, Fliegen in jeder Ausführung. Es gibt für Pilch nichts Unerträglicheres als Summen von Stubenfliegen und das provokant dröhnende Brummen von Fleischfliegen.

Dieser Tick des Präsidenten, der sich inzwischen als irreparabel erwiesen hat, ist im Sicherheitsbüro allgemein bekannt. Auch ein Uneingeweihter weiß über Pilch sofort Bescheid, wenn er sein Zimmer betritt. 60 Fliegenstreifen hängen in dem Bürosaal vom Plafond. Neben den drei Telefonen stehen sechs Fliegensprays stramm. Die Fliegengitter vor den Fenstern verhindern fast jeden Ausblick. Mit Ungeduld wartet der Präsident auf zwei Insekten fressende Pflanzen, die er bei einem Pflanzenversand in Salzburg angefordert hat.

Ein paar warme Tage noch wie heute und der erste größere Angriff der Kleinen Stubenfliege (*Fannia cannicularis*) ist unausbleiblich, weiß Pilch. Er greift mit der rechten Hand in sein Schulterhalfter, um sich zu vergewissern. Da steckt anstatt der Dienstwaffe eine Fliegenklatsche: ein filigranes Modell zum Aufklappen.

Ist der anonyme Mensch, der den Präsidenten von seinem Posten haben will, beim Präsidenten schon in Vergessenheit geraten? Nein! Ganz bestimmt nicht. In der Schreibtischlade liegt schon der nächste Schmähbrief in einem verschlossenen Kuvert. Heribert Pilch kennt ja jetzt die Schrift seines Feindes, fühlt sich aber (noch) nicht in der Verfassung, die mit Sicherheit schlechte Botschaft zu vernehmen.[19]

5

> *Ich ermorde niemanden in meiner eigenen Wohnung.*
> *Das ist der Gipfel der Ungastlichkeit.*
> **Jack Ritchie**

Edvin Lund heißt für die Dauer seines Wien-Aufenthaltes Schroth. Auf diesen Namen lautet auch der deutsche Pass in der Nachttischlade: Walter Schroth. Den Pass hat Lund mit zwei anderen Personalausweisen in Saarbrücken erstanden. Erstklassige Dokumente. In Wien ist er bereits vor zehn Tagen eingetroffen. Von Italien aus hat er den am meisten frequentierten Grenzübergang gewählt: die Autobahngrenze am Brenner.

Beim Grenzübertritt gab es nicht einmal den Schimmer einer Schwierigkeit, obwohl Lund in einem Leihwagen aus München gekommen war. Sein Reisegepäck bestand aus zwei Koffern und einer Faltreisetasche. Der eine Koffer hat einen doppelten Boden und war wesentlich schwerer als der andere. Nicht einmal den Kofferraum musste Lund für die österreichischen Grenzbeamten öffnen. Bestimmt hätten auch die deutschen Zollbeamten bei einer Routinekontrolle nichts entdeckt. Trotzdem verließ Lund schon vor Kufstein die Autobahn, fuhr über Lofer und Zell am See nach Salzburg, dann wieder auf die Autobahn und weiter nach Wien. Er hielt sich strikt an die Geschwindigkeitsbeschränkung, um auf keinen Fall die Aufmerksamkeit von zivilen und unzivilen Gendarmerie-Streifen auf sich zu lenken.

Die Garconniere wurde vor drei Monaten von einem Gewährsmann gemietet, die Miete für vier Monate im voraus bezahlt. Ein anonymes Zimmer mit Küche und Bad in einer neuen Hochhausanlage in Wien-Donaustadt. Das Zimmer ist schäbig und einfallslos möbliert. Das Telefon in Beige benutzt Lund höchstens, um die automatische Zeitansage anzurufen.

Lund wird demnächst 35, ist einen Meter 84 groß, hat braune Haare und den harmlosen Blick eines Kurzsichtigen. Seinen eigentlichen Namen, er wurde in der Nähe von Kopenhagen geboren, hat er schon seit Jahren nicht mehr verwendet. Er war auch seit Jahren nicht mehr in Dänemark. Außerdem *denkt* er längst nur mehr französisch und deutsch. Vielleicht käme es zu einer Ausnahme, wenn er in eine kritische Situation geraten würde, die er bis jetzt zumindest stets vermieden hat können. Seit zwei Jahren arbeitet er ausschließlich allein. Die Tatsache, dass er akzentfrei Deutsch sprechen kann, ist allerdings in dieser Stadt direkt ein Manko: richtig auffällig.

Mit dem Auftraggeber in Wien trat Lund nur von großen Postämtern und öffentlichen Fernsprechern in verkehrsreichen Straßen in Verbindung. Der Auftraggeber ist an Lund nur über Umwege herangekommen. Er hat keine Möglichkeit, auch jetzt nicht, Lund selbständig und plötzlich zu erreichen.

Für Lund ist der Auftrag, jemand zu ermorden, nichts Neues. Es ist ihm auch lieber, wenn der Auftrag in einer Stadt durchgeführt wird, in der er bis jetzt noch nicht in Erscheinung getreten ist. Wien kannte er nur aus einem Kinofilm, den er im deutschen Fernsehen gesehen hat: *Der dritte Mann*. Im Kanalnetz wird sich Lund nicht verstecken müssen. Vom Auftraggeber hat er sich die Anzahlung (65 Prozent), den Namen des Opfers und das Material über das Opfer hinterlegen lassen. Er hat das Material aber nicht persönlich abgeholt.

Der Name des Mannes, der getötet werden sollte, lautete Erwin Haumer. Lund interessierte und interessiert auch hier nicht im geringsten, warum einem Auftraggeber etwas an der Beseitigung einer Person gelegen ist. Er führt seine Arbeit aus. Für die *Operation* in Wien wurde ein Honorar von 50.000 Dollar vereinbart: Durchschnitt. Ein leichter, gewöhnlicher Auftrag, war Lund von Anfang an sicher, ein Kinderspiel. Er sollte nicht einmal falsche Spuren zurücklassen, die auf Raub oder eine bestimmte Person als Täter hinweisen könnten.

Die notwendigen Beobachtungen führte Lund auf jeden Fall gewissenhaft wie immer durch; schon in einem österreichischen Mietwagen. Der Plan war bald fertig: unkompliziert und risikolos und wartete nur auf ein Datum.

Heute hat Lund in der Tageszeitung EZ, die er in der Innenstadt besorgt hatte, vom tödlichen Unfall des Erwin Haumer lesen müssen. Er hat sich nicht sofort bei seinem Auftraggeber gemeldet. Erst jetzt, kurz vor Mittag, befindet er sich in einer Telefonzelle auf dem Schnellbahnhof Praterstern. Er wählt die Nummer, die er auswendig kann. Ihm ist es durchaus möglich, den Auftraggeber direkt anzuwählen, was er selbst (vom Standpunkt des Auftraggebers) für extrem unvorsichtig hält.

»Ausgezeichnet gemacht«, lobt der Mann am anderen Ende der Leitung beschwingt. »Ich lese gern von Ihnen.«

»Es war aber nur ein Unfall«, sagt Lund mit Nachdruck.

»Ja, ja. Was heißt *nur*?«

»Hören Sie zu!«, fährt ihn Lund an. »Ich war es nicht! Verstehen Sie das?«

»Ja«, tönt es unsicher und echt verständnislos aus dem Hörer. »Sie bekommen trotzdem Ihr Geld wie ausgemacht.«

»Selbstverständlich. Wenn es ein Unfall war, ist es nicht meine Schuld. Der Unfall ist mir verdächtig. Ihnen nicht?«
»Nein. Muss ich drüber nachdenken?«
»Vielleicht ist der Unfall eine Finte.«
»Lächerlich«, reagiert der Auftraggeber schnell. Übertrieben, findet Lund. »Ein Toter als Finte? Von wem??«
»Von Ihnen.«
»Unsinn. Wann reisen Sie ab?«
»Ich bleibe noch ein paar Tage.«
»Wieso?«
»Geht Sie nichts an.«

Lund legt auf, kommt aus der Telefonzelle, dreht sich im Kreis. Niemand ist in der Nähe, der zugehört haben könnte. Lund geht quer durch die Halle zum Ausgang. Einer der Obdachlosen, die sich hier täglich versammeln, rempelt ihn an. Lund lässt sich nicht darauf ein und geht ruhig weiter.

Er bleibt auf einer Bank vom Stadtgartenamt vor dem Bahnhof, beobachtet eine Zeit lang eine einsame Blumenfrau, die Selbstgespräche führt. Das ist der erste von insgesamt zwölf Aufträgen, bei dem was danebengegangen ist. Vielleicht hat der Idiot gleich zwei beauftragt, überlegt Lund, verwirft den Gedanken aber schnell wieder. Er will wirklich zuwarten. Die zunächst überstürzte und dann ängstliche Reaktion des Auftraggebers macht ihn nachdenklich. Vielleicht hat der aber auch nur Angst vor einer möglichen Erpressung durch ihn, fällt ihm ein. Diese Angst ist unbegründet, weiß Lund. Er ist kein Erpresser.

Der Gedanke, etwas vorbereitet zu haben, eine Waffe besorgt zu haben ... für nichts, ärgert ihn. Und noch was kommt dazu: Wenn Lund etwas misstrauisch oder fast hysterisch machen kann, dann sind es Zufälle.

6

Springen Sie in die Luft!
Treiben Sie Sport!
Trinken Sie Wasser!
Yvan Goll

Schremser und Kottan sind schon an der Hausbesorgerwohnung, den Postfächern, der vergilbten Hausordnung und am Aufgang der Stiege I vorbei. Die Tür zum Hof mit den Milchglasscheiben ist nur angelehnt. Im engen, asphaltierten Hof steht ein gestutzter Kastanienbaum mit rosa Blüten. Neben den Mülltonnen ist eine vergitterte Kiste mit gefleckten Kaninchen und einem fetten Meerschweinchen.

»Stehen bleiben!«, befiehlt eine resolute Stimme hinter ihnen.

Kottan dreht sich erschrocken um. Schremser hat bereits die mit Bodenfarbe gestrichene Tür zum Hinterhaus geöffnet. Eine etwa 50jährige Frau mit zurückgekämmten, fast weißen Haaren kommt vom Vorderhaus in den Hof. Sie hat eine Schürze umgebunden, auf der gekreuzte Kochlöffel zu sehen sind.

»Wo wollen Sie hin? Das ist kein Durchhaus.«

Schremser zielt mit der rechten Krücke auf ihren Bauch.

»Sie sind die Hausbesorgerin?«

»Ja.«

»Ein Weltwunder«, spricht Schremser zum Major. Kottan weiß, was der Dezernatsleiter meint. In den meisten Zinshäusern gibt es längst keine Hausbesorger und Hausbesorgerinnen mehr. Ausländer erledigen (für weniger Geld) die Reinigung, die Hausbesorgerwohnungen werden zügig umgewidmet und zu Geschäftslokalen umgebaut.

»Seit zwanzig Jahren bin ich da Hausmeisterin. Und die nächsten zwanzig Jahre auch.« Sie steckt einen kleinen Kamm fester in ihre Haare, bevor sie sich wiederholt. »Wo wollen Sie hin?«

»Polizei«, sagt Kottan und präsentiert seine Legitimation.

»Ist die echt?«, bleibt die Hausbesorgerin skeptisch.

»Wollen Sie hinein beißen?«

»Josefine Merinsky heiße ich«, berichtet die Frau in wesentlich verändertem Ton.

»Wir müssen hinauf in den dritten Stock«, erklärt Schremser und zeigt mit der rechten Krücke ins Stiegenhaus des hinteren Gebäudes. »Zum Haumer.«

»Der ist bestimmt nicht daheim.«

»Wieso nicht?«

»Ein paar Tage hab ich den schon nicht gesehen. Und öfter als einmal kommt mir keiner ungesehen vorbei.«

»Haben Sie einen Schlüssel zu seiner Wohnung?«

»Schon.«

»Dann holen Sie ihn«, verlangt Kottan. »Wir werden einen Blick riskieren.«

»Dürfen Sie das?«

Kottan gibt keine Antwort, Frau Merinsky verschwindet (immer noch ungehalten) in ihrer Wohnung und kommt nach einer Minute mit einem schweren Schlüsselbund wieder.

»Welcher es ist, weiß ich auch nicht«, erklärt sie und geht vor den Polizeibeamten die abgetretenen Stufen hinauf.

»Wo ist der Aufzug?«, stöhnt Schremser.

»Der kommt frühestens 2005.« Die Hausmeisterin trifft am frischesten im dritten Stock ein. »Das ist die Wohnung. Türnummer 9a.«

»Da steht Melzer«, sagt Kottan.

»Glauben Sie«, grinst die Hausbesorgerin, »der ist so blöd und hängt seinen eigenen Namen an die Tür?«

Schremser lacht meckernd, weil er den Satz fast wortwörtlich heute schon einmal gehört hat.

»Wieso nicht?«, will Kottan wissen, der nicht mitlachen kann. Schremser bricht sein Lachen ab.

»Vielleicht haben den Haumer auch andere gesucht«, sagt die Hausmeisterin. »Melzer hat nur der frühere Mieter geheißen. Hat sich aufgehängt, 1972, weil seine Firma in Konkurs gegangen ist.« Sie überreicht Kottan die Schlüssel. »Wollen Sie? Ist ja ein Geduldsspiel.«

»Was ist mit dem Hund?«, fragt Schremser.

Unter dem einfachen Namensschild ist ein rundes, glänzendes Schildchen mit einem Hundekopf angebracht: Achtung – bissiger Hund.

»Der wohnt auch nicht mehr da«, sagt Frau Merinsky.

Schon mit dem dritten Schlüssel hat Kottan Erfolg. Die Tür quietscht beim Aufschieben. Kottan tastet nach einem Lichtschalter, weil es im Vorraum der Wohnung kein Fenster gibt. Als die lädierte Deckenlampe endlich leuchtet, kommt Schremser in die Wohnung und schließt vor der Hausmeisterin die Tür. Frau Merinsky wirft ihm noch einen empörten Blick zu. Mit ihrem so plötzlichen Ausschluss hat sie nicht gerechnet. Ihre Laune ist heute sowieso nicht die beste, seit ihr der Briefträger am frühen Vormittag eine Ansichtskarte gebracht hat, die vor zwölf Jahren in Jesolo aufgegeben worden ist. Sie hat noch Strafporto zahlen müssen.

Im Vorraum wissen Kottan und Schremser sofort, dass jemand die Wohnung Erwin Haumers durchsucht haben muss. Die beiden Laden aus einem grün lackierten Telefonschrank sind heraus gerissen worden. In der unteren Lade sind nur eine Unzahl von Nylontragtaschen mit Aufdrucken verschiedener Firmen und nicht verwendete Schuhbänder. In der zweiten Lade sind Filzschreiber, Klebstoff, Flaschenöffner, Korken und Büroklammern.

Eine Tür führt ins Badezimmer und zum Klo. Der Spiegelschrank über der Waschmuschel ist ebenfalls durchsucht worden. Sogar die Kleiderablage im Vorraum ist aus der Wand gerissen worden. Schremser schnuppert wie eines der gefleckten Kaninchen im Hof. Zur abgestandenen Luft mischt sich ein süßlicher Geruch. Nach einem Verständigungsblick mit Kottan reißt Schremser die tapezierte Tür zum nächsten Zimmer auf.

Jetzt ist es Gewissheit: Verwesungsgeruch. Schremser bleibt im Vorraum, Kottan läuft zu einem der beiden Fenster, öffnet es schnell, wobei eine Scheibe in Trümmer geht. Kottan lässt das Rollo nach oben schnellen, dann öffnet er das zweite Fenster. Er lehnt sich weit nach draußen. Schremser beugt sich inzwischen aus dem zuerst geöffneten Fenster. Erst nach Minuten dreht sich Kottan ins Zimmer um, er presst ein Papiertaschentuch gegen sein Gesicht. Ein Wohnzimmer. Auch hier: perfekte Unordnung. Die Kästen sind geöffnet und durchsucht worden, Jacken und Mäntel liegen auf dem Parkettboden verstreut, ein Schreibtisch in einer Ecke steht nur mehr wie ein Gerippe da.

Dann entdeckt Kottan die Leichen. In einem Käfig, der auf einem quadratischen Hocker steht, liegen zwei tote Streifenhörnchen. Verhungert, denkt Kottan. Gleich darauf bemerkt er, dass vier angefüllte Futterbehälter offenbar eigens aus dem Käfig genommen worden sind. Die Behälter stehen nur einen Meter vom Käfig entfernt auf dem Fußboden; gefüllt mit jetzt braunen Apfelstücken, Erdnüssen mit Schalen, Sonnenblumenkernen. Schremser öffnet eine weitere Tür: ein Schlafzimmer, genauso verwüstet. Kottan und Schremser beeilen sich wieder zu einem der Fenster. Der Geruch ist kaum auszuhalten.

»Wenn da überhaupt was zu finden war, ist es gefunden worden«, nimmt Schremser an.

»Da bin ich mir nicht so sicher«, sagt Kottan.

»Da ist gründlich gesucht worden.«

»Stimmt. Aber der Haumer war intelligent genug, ein sicheres Versteck zu finden, wenn er etwas zu verstecken gehabt hat.«

»Dann eben nicht in der Wohnung.«

Kottan zeigt auf einen bunten, blechernen Teebehälter, der auf dem Sims zwischen den beiden Fenstern steht. Schremser holt die Blechschachtel mit einer Krücke zu sich heran. Kottan macht die Schachtel auf, berührt sie dabei aber nur vorsichtig mit einem übrigen Papiertaschentuch. Im Behälter sind zwei Blätter aus einem A4-Heft, zusammengefaltet und beschrieben. Namen und Telefonnummern sind da notiert. Die Namen sind zum Teil nur mit Abkürzungen angeführt. Zwei Tonbandkassetten ohne Hülle befinden sich ebenfalls in der Teeschachtel.

»Fast genial«, lobt Schremser. Er meint damit einerseits das Versteck, andrerseits die Tatsache, dass Kottan dieses Versteck nicht entgangen ist.

»Hab ich beim Hinausbeugen entdeckt«, sagt Kottan.

»Nur Zufall?«

Kottan nickt. Er verschließt die Blechschachtel, stellt sie wieder auf das Sims, jetzt aber in Griffweite vom rechten Fenster.

»Jetzt brauchen wir ihn doch«, meint Kottan.

»Wen denn?«

»Den Hausdurchsuchungsbefehl«, sagt Kottan. »Vorschrift ist Vorschrift.«

Frau Merinsky lauert (wie von beiden erwartet) noch immer vor der Wohnungstür. Kottan sperrt von außen ab.

»Was gefunden?« Sie scheint sicher zu sein, dass es in der Wohnung Haumers etwas von Interesse sicherzustellen gab. Schremser schüttelt den Kopf.

»Wir lassen noch jemand kommen«, erzählt ihr Schremser. »Sie warten in Ihrer Wohnung mit den Schlüsseln. Sagen Sie, hat der Haumer öfter Besuche gehabt?«

»Nie.«

»Wie lang wohnt er schon da?«

»Ein halbes Jahr ungefähr.«

»Hat Sie das nicht gewundert, dass er in den letzten Tagen hier nicht aufgetaucht ist?«

»Gar nicht. Ist nicht das erste Mal. Außerdem kann ich nicht ununterbrochen auf dem Posten sein. Wie gesagt, hin und wieder kommt man auch an mir unbemerkt vorbei.«

Sie macht ein Gesicht, das zu jedem Begräbnis passen würde.

»Haben Sie jemals die Wohnung aufgesperrt«, fragt Kottan, »wenn er nicht daheim war?«

»Mehrmals. Früher. Er hat seine Viecher von mir versorgen lassen.«

»In den letzten Tagen waren Sie aber nicht in der Wohnung.«

»Ich nicht.« Sie macht eine deutliche Pause. »Der hat seine Ratten gleich für längere Zeit selber verpflegt. Mit einem Futterautomat, glaub ich. Das war ihm anscheinend lieber als meine Fürsorge. Ein großer Tiernarr.«

Kottan ist die Pause aufgefallen. Er zielt mit dem Schlüsselbund auf die Wohnungstür.

»War sonst wer da, nach dem Haumer fragen?«

»Ja.« Die Hausmeisterin spricht jetzt sehr schnell. »Vor acht Tagen. Zwei Männer. Haben auch einen Polizeiausweis hergezeigt.«

»Der war nicht echt?«

»Nein. Die waren bestimmt nicht von der Polizei. Hab ich gleich gesehen. Als ich die Schlüssel nicht hergeben wollte, haben sie mich in meine Wohnung gesperrt und sind herauf gegangen.«

»Und? Sie haben keinen Lärm geschlagen?«

»Die haben gemeint, es sei besser für mich, wenn ich mich *mucksmäuschenstill* verhalte.«

»Wie lang sind die Herrschaften hier oben geblieben?«

»Eine Stunde vielleicht. Ich hab keine Uhr.«

»*Nachher* hatten Sie auch nicht das Bedürfnis, in der Wohnung Nachschau zu halten?«

»Das Bedürfnis schon«, gibt sie sofort zu. »Die beiden haben mir das nicht gerade empfohlen. Ich bin nicht drinnen gewesen.«

»Und die Polizei wollten Sie nicht anrufen?«

»Ich hab gewusst, ich hab was vergessen.«

»Sie warten auf die Beamten«, sagt Schremser noch einmal, während die Hausmeisterin den Schlüsselbund wieder an sich nimmt. »Dann kommen Sie mit zu uns. Wir machen ein Protokoll.«

»Und Ihre Fotos darf ich nicht anschauen?«, fragt sie mit gespielter Sorge.

»Bestimmt dürfen Sie.«

»Und nachher werde ich Ihrem Zeichner meine Beobachtungen schildern?«

»Auf den müssen Sie verzichten«, sagt Schremser und kopiert ihr bedauerndes Gesicht. »Den borgt das Fernsehen nicht her.«

In etwa einer Stunde wird Schrammel mit dem von Pilch besorgten Hausdurchsuchungsbefehl und einer Gruppe von der Spurensicherung in der Haumer-Wohnung eintreffen. Schrammel wird den Behälter auf dem Sims bemerken, weil er vorher darauf hingewiesen worden ist. Und eine Stunde später wird die Teeschachtel (Lotus-Tea) endgültig auf Kottans Schreibtisch landen.

»Bravo«, wird Schremser anerkennend zu Schrammel sagen und mit gespielter Neugier den Inhalt inspizieren.

Der Polizeipräsident wird dabeistehen und über den Grund für den auffälligen Blickwechsel zwischen Kottan und Schremser rätseln.

7

> »Hoho, meine Freundin, wie wird mir?
> Ich kann dich gar nicht mehr sehen.
> Ist es denn schon Nacht geworden?«
> **Honoré de Balzac**

Kottan hat die Lederjacke ausgezogen und über das Telefon geworfen. Er sitzt beim Schreibtisch, streckt die Beine aus. Die Ärmel seines gestreiften Hemds mit Kurzkragen sind bis zu den Ellbogen hochgerollt. Die Notizen stammen wahrscheinlich von Erwin Haumer selbst, wie ein vorläufiger Schriftvergleich mit einem Brief aus dem Akt ergeben hat. Experte ist Kottan auf dem Gebiet nicht. Auf dem ersten Blatt stehen insgesamt drei Namen, zu denen auch Telefonnummern gehören. 1) Jakob Uhrmacher, abgekürzt hingeschrieben, Besitzer eines Kaffeehauses mit Bridgeclub und einer Diskothek; Tel.: 31 24 00. 2) Alfons Stoiber, der ebenfalls abgekürzt angeführt wird, Mitbesitzer und Manager einer Foto- und Film-Geschäftskette; Tel.: 24 06 09. 3) Robert Pellinger, ohne Berufsangabe im Telefonbuch; Tel.: 36 17 88. Pellinger ist der einzige der drei Männer, der mit Eintragungen im Strafregister aufscheint: einmal leichte Körperverletzung, zweimal Zuhälterei. Er ist 44 Jahre alt. Die letzte Eintragung liegt mehr als vier Jahre zurück.

Schremser und Kottan haben noch keine, Schrammel *selbstverständlich* keine Idee, wieso die drei Männer zusammen auf ein Blatt Papier gekommen sind. Auf dem zweiten Zettel ist nur ein Frauenname notiert: Ilona. Schrammel schleppt aus dem *Arsenal* einen alten Kassettenrecorder an, dem nur mit Mühe ein Plätzchen auf Schremsers Schreibtisch verschafft werden kann. Auf der ersten Kassette ist auf beiden Seiten nichts zu hören, nur zweimal ein leises Knacksen, das die ungeduldig wartenden Beamten nicht recht interessiert. Vielleicht eine misslungene Aufnahme. Auf der ersten Seite der zweiten Kassette ist die Aufnahme in Ordnung. Ein betont langsam geführtes Gespräch eines Mannes mit einem Mädchen, das im Laufe des Gesprächs Ilona genannt wird.

»Der gleiche Name wie auf dem Zettel«, strahlt Schrammel den Rest des Dezernats an.

»Bravo«, wiederholt Schremser.

Unkorrigierte Niederschrift des Gesprächs zwischen Ilona (Identität unbekannt) und einem Mann (Identität ebenfalls unbekannt); möglicherweise Erwin Haumer.
Mann: Soll ich Fragen stellen oder willst du lieber drauflos erzählen?
Ilona: Ich weiß nicht, was du hören willst, was genau. Stell die Fragen.

Mann: Wie alt bist du?
Ilona: Das weißt du doch.
Mann: Ist nur für die Aufnahme, Ilona.
Ilona: Ich verstehe. 17 ... bald.
Mann: Wann brauchst du die nächste Spritze?
Ilona: In zwei Stunden. Spätestens.
Mann: Hast du die schon bei dir?
Ilona: Nein. Mein Freund ist auf Besorgung.
Mann: Hat der Geld dabei?
Ilona: Ja. Von dir. Dein Vorschuss für das idiotische Interview.
Mann: Beschafft ihr das Zeug immer gemeinsam?
Ilona: Ja. Meistens. (Sie lacht) Brüderchen und Schwesterchen.
Mann: Mit der Betteltour vor den Diskotheken und drinnen?
Ilona: Damit kannst dir höchstens das letzte Haschisch anschaffen.
Mann: Also?
Ilona: Du weißt es genau.
Mann: Du sagst es, war ausgemacht.
Ilona: Ich rede eben Männer an, die so was wie mich notwendig haben, oder lasse mich anreden.
Mann: Du meinst ... du...
Ilona: Du kannst das nennen, wie du willst.
Mann: Wie kommst du zu den Männern?
Ilona: Die finden uns schon. Spricht sich ja herum. Wir sind halt billiger und besser als die anderen.
Mann: Welche anderen?
Ilona: Die das immer schon gemacht haben.
Mann: Was heißt...besser?
Ilona: Auf jeden Fall jünger. (Pause.) Ja, ja, nicht mehr lang. Wenn das Gesicht fett und hin ist, wird halt der Rock kürzer. Für die Gürtel-Promenade oder ein Hotel reicht es dann immer noch.
Mann: Bist du polizeibekannt?
Ilona: Ich glaub ... noch nicht. Hoffentlich. Horror macht mir die Kieberei[20] keinen. Wachter[21] haben mich schon öfter angehalten, aber nie was nachweisen können. Gummisocken gibt's bei mir nicht.
Mann: Keine Angst vor Krankheiten?
Ilona: Oja. Ewig lebst du auch nicht.
Mann: Und wenn du ein Kind kriegst?
Ilona: Krieg ich nicht.
Mann: Was macht dein Freund?
Ilona: Der probiert es auch.
Mann: Bei Frauen?
Ilona: Gibt mehr Warme, als du dir vorstellen kannst.

Mann: Womit hast du angefangen?
Ilona: Bier. Haschisch. Mit einem Freund, Zuckerbäckerlehrling.
Mann: Nicht dein jetziger Freund?
Ilona: Nein. Nimmst du nichts?
Mann: (überrascht) Kaffee.
Ilona: Zur Konzentration, was? Schon was von Captagon gehört?
Mann: Nein.
Ilona: Das wird ein schwachsinniger Artikel. Du hast keine Ahnung.
Mann: Das wird gar kein Artikel. (Pause.) Und später?
Ilona: Gras.
Mann: Was?
Ilona: Du weißt einen Schmarren. (Sie lacht.) Hab ich selbst gezogen daheim, auf der Veranda. Die Mama hat die Pflanzen schön gefunden.
Mann: Tabletten?
Ilona: Wenn es welche gibt.
Mann: Seit wann die Spritzen?
Ilona: Seit ein paar Monaten.
Mann: Was?
Ilona: Vitamine. (Sie lacht wieder los.) Du bist wirklich zu naiv.
Mann: Wo?
Ilona: Im *Diabolo* hat mich einer angeredet. Der handelt damit, ist ganz ordentlich, aber selber süchtig und nur ein *Buckel* für die anderen.
Mann: Was ist das *Diabolo*?
Ilona: Ein Tanzkeller.
Mann: Seit wann spritzt du regelmäßig?
Ilona: Von Anfang an. Wirkt eh nicht mehr richtig bei mir.
Mann: Verstehe ich nicht.
Ilona: Ich muss es nicht haben, aber ich kann es nicht nicht haben. Verstehst du trotzdem nicht, was?
Mann: Du weißt doch, wer da wirklich das Geschäft forciert.
Ilona: Das wissen viele.
Mann: Kannst du den Namen sagen?
Ilona: Ich will nicht. Der hat den Herm..., meinen Freund schon einmal...
Mann: Was?
Ilona: Nichts.
Mann: Sag den Vornamen. Damit legst du dich nicht fest.
Ilona: Gar nichts sag ich.
Mann: Jakob, nicht wahr?
Ilona: Ja. Scheiße. Da bin ich schon festgelegt. Wer heißt denn noch so verrückt?
Mann: Hast du schon einmal an Selbstmord gedacht?

Ilona: Bei mir nicht. Der goldene Schuss ist im Fernsehen. Nicht einmal denken.
Mann: Du lügst.
Ilona: Na und?
Mann: Was ist mit Entzug?
Ilona: Freiwillig auf Turkey? Du spinnst.
Mann: Was ist mit deinen Eltern?
Ilona: Bin über ein Jahr weg.
Mann: Musst du von deinen Einnahmen was abliefern?
Ilona: Nein. Mit meinem Freund teile ich.
Mann: Warum?
Ilona: Ich mag ihn. Jetzt kannst du den Kasten abschalten.
Mann: Bin gleich fertig.
Ilona: Du sollst abschalten. Ich muss heim. Kochen.
Mann: Was?
Ilona: Deine Fragen werden nicht besser. Ich schwitze und du bist blind.
Mann: Darf ich dich noch einmal fragen? Nicht heute.
Ilona: Geh scheißen.
Mann: Danke.

Die drei Beamten warten auf ihren Sesseln zur Sicherheit das Ende der ersten Seite der Kassette ab. Auf der anderen Spur ist nichts aufgenommen worden.

»Was hältst du davon?«, fragt Schremser.

»Mehr die Aufnahme eines Journalisten«, findet Kottan, »der seinen Rauschgiftreport mit Zierleisten schmücken will.«

»Eine Information ist drinnen«, meint Schrammel.[22] »Auf den Besitzer der Diskothek.«

»Jakob Uhrmacher«, liest Schremser vom Blatt.

»Kann sein«, sagt Kottan. »Der Haumer, wenn er es war, muss auf etwas gestoßen sein, irgendwas, von dem er sich mehr versprochen hat als von seinen gewohnten Betrügereien.«

»Erpressung?«, presst Schrammel seinem atemlosen Mund ab.

»Möglich.«

»Und wozu die Kassetten und die Namen?«, sagt Schremser.

»Die drei auf dem Papier gehören irgendwie zusammen. Vielleicht sind sie alle einzeln erpresst worden.«

»Kann ich mir nicht vorstellen«, sagt Schrammel, der sich selten was vorstellen kann.

»Zugegeben, das Tonband beweist gar nichts, würde auch bei keinem Richter in Österreich als Beweis zugelassen. Als Basis für eine Erpressung ist das allerdings genauso zu wenig.«

»Vielleicht«, überlegt Schremser, »sind die besseren Beweise von den beiden Gästen in der Wohnung gefunden worden. Die haben nicht mehr weitergesucht. Die Teeschachtel kann ein Reservehinweis sein.«

Schrammel redet noch immer: »Für uns?«

»Ein Hinweis Haumers für den Fall, dass ihm was passiert. Anscheinend ist ihm ja prompt was passiert.«

»Du wirst recht haben«, sagt Kottan. »Die Informationen reichen gerade, um uns in Schwung zu bringen.«

»Eben. Willst du mit den Männern reden?«

»Auf jeden Fall. Den Herrn Uhrmacher und den Herrn Stoiber suchen wir auf. Der Pellinger wird schon zu uns kommen müssen.«

Schrammel soll telefonisch die Termine ausmachen. Er verschwindet im Nebenzimmer. Ein Amtsdiener, der von jedem im Haus Hermes genannt wird, bringt in einer dünnen Mappe schon die Untersuchungsergebnisse der Fingerabdrücke, die auf der Teeschachtel sichergestellt wurden. Die meisten sind von Erwin Haumer, zwei von Schrammel, der wieder einmal zu unüberlegt zugegriffen hat. Auf einem anderen Blatt wird das Kaliber der Tatwaffe ausgewiesen.

»Kapselrevolver war es keiner«, sagt Schremser. »Es kommen mehrere ausländische Gewehrtypen in Frage und nur ein in Österreich hergestelltes Gewehr. Das FK 1000, ein Jagdgewehr.«

»Glaubst du, dass der Schütze ein Patriot ist?«, fragt Kottan.

Die Anzeigenüberprüfungen wegen eventueller Schießübungen in der Nähe des Handelskais haben bis jetzt kein Resultat gebracht. Schrammel kommt zurück.

»Der Uhrmacher ist nicht anzutreffen«, berichtet er. »Mit seiner Sekretärin habe ich einen Termin für morgen, 10 Uhr, vereinbaren können. Der Stoiber ist in Griechenland auf Segelurlaub. Kommt angeblich in drei Tagen zurück. Der Pellinger weigert sich hierher zu kommen. Wir sollen ihm eine Vorladung mit angemessener Fristsetzung schicken oder uns selbst zu ihm bemühen. Jeder Zeitpunkt ist ihm recht, sagt er, wenn wir ihn vorher anrufen.«

»Mir auch«, sagt Kottan und will sofort zum Telefonhörer greifen. Schrammel unterbricht ihn.

»Heute ist es ihm schon zu spät, sagt er.«

»Strichbub«, meint Schremser, »dreckiger.«

Kottan lässt sich Jerabek vom *Suchtgift* kommen, der nach nicht einmal fünf Minuten auftaucht: ein pfeifenrauchender Fettfleck. Seine Bewegungen allerdings sind ruckartig und flink. Er bevorzugt jugoslawischen Tabak. Kottan gratuliert zum Stammhalter und verbeißt sich eine Bemerkung zum Namen des Kindes.

»Ist dir ein Jakob Uhrmacher schon aufgefallen?«

»Sein Lokal ... ja. Zweimal haben wir in seiner Diskothek groß jeden einzelnen kontrolliert. Erwischt haben wir nur ein paar Süchtige und einen unterrangigen Dealer.«

»Was ist mit dem Uhrmacher selber?«

»Da reicht nichts.«

»Kein Verdacht?«

»Genug.«

»Habt ihr im Lokal jemand eingeschmuggelt?«

»Dürfen wir ja nicht.«

Jerabek scheint sich zu bemitleiden.

»Wie brav. Vertrauensleute?«

»Ist bisher immer schief gegangen.«

(Hübscher Abend.)

Präsident Pilch ist einer der letzten beim Blutspenden. Er legt sich auf die ihm zugewiesene, mit weißem Kunststoff bespannte Pritsche und streckt den bereits frei gemachten, rechten Arm der Zapfspritze entgegen. Die Schwester hat eine winzige, blaue Mütze ohne Zweck an ihren Haaren befestigt. Sie schwitzt auf der Stirn und zwischen den Schulterblättern. »Wenigstens ein hübscher Vampir«, hat Schremser vor ein paar Stunden Kottan zugeflüstert.

Pilch bleibt *nachher* nicht liegen, wie es ihm von der Schwester aufgetragen wird. Er steht auf und eilt ins Nebenzimmer, wo auf jeden Spender eine Tafel Nussschokolade und ein kleines Glas Rotwein warten. Pilch fällt in fast gestreckter Haltung ins Zimmer: eine komplette Ohnmacht. Ein uniformierter Polizist, der beim Weinausschenken hilft, kann den Präsidenten gerade noch auffangen, bevor er auf den Steinboden schlägt. Das Murmeln im Zimmer wird für eine Minute etwas lauter.

Nach ein paar Minuten befindet sich Pilch wieder auf den Beinen, fühlt sich einigermaßen sicher und ist (wie fast immer) gleich wieder in unbegründeter Eile. Er verlässt den Raum mit drei Tafeln Schokolade als Trost. Er kommt am Fitnessraum vorbei, eine erst vor kurzem auf Initiative Pilchs und der Gewerkschaft eingeführte Einrichtung. In dem größeren Zimmer befinden sich eine Sprossenwand, Expander, Hanteln, ein Zimmer-Fahrrad und ein Tischtennistisch. Schrammel und Kottan absolvieren ihr regelmäßiges Mittwochabend-Match, als Pilch eintritt. Schrammel ist bei der internen Kripo-Meisterschaft im letzten Herbst dritter geworden. Kottan versucht es mit einigen erlaubten und unerlaubten Manövern, kann aber trotzdem nur einen Satz gewinnen. Pilch sitzt mit halb offenen Augen dabei, um ein Spiel gegen den Sieger zu wagen. Er droht Schrammel die unverzügliche Versetzung in den Innendienst an, wenn er ihn nicht wenigstens zehn Punkte pro Satz erreichen lässt. Den Tischtennisschläger hält Pilch wie eine Fliegenklappe.

Schremser, der manchmal den Unparteiischen macht, ist nach Hause gefahren. Er hat Schrammel für heute, nach der musikalischen Probe, zum Essen eingeladen. Diese Einladungen finden zumindest zweimal im Monat statt. Schrammel traut sich nur selten abzulehnen. Neben seinen Ambitionen als Fischzüchter sieht Schremser sich gern als Küchenchef. Dass er sich mit Kölminger von der Funkstreife *Irene* möglicherweise glänzend verstehen würde, was das Kochen betrifft, ist ihm nicht bekannt.

Heute will Schremser seinem Kollegen mit spanischer Küche kommen: *Gazpacho madrileno* (Madrider Suppe), *Solomillo con champinons* (Kalbsfilet mit Champignons) und als Nachspeise *Budin bilbaino* (Bilbao-Kuchen). Ein Muschel- oder Fischgericht will er Schrammel nicht zumuten. Leider muss er feststellen, dass ihm die Champignons ausgegangen sind. Er verwendet getrocknete Chinapilze. Schrammel wird das ohnehin nicht auffallen, zumal sein Lieblingsgericht derzeit Rindsgulasch ist.

Kottan steigt bei einem dampfenden Würstelstand (*Chez Roswitha*) aus seinem Skoda. Er ist sicher, dass er im Eiskasten daheim kein (wie an den anderen Tagen) vorbereitetes Essen antreffen wird. Ilse Kottan ist in der Volkshochschule im Russisch-Kurs, ab 22 Uhr treten sie und Kottans Mutter mit einem Country-Programm in der *Calypso*-Bar auf. Im *Moulin Rouge* sind die Frauen von einer billigeren Männerband aus Manila ersetzt worden.

»Ist die Burenwurst gut?«, fragt Kottan die Verkäuterin mit der früher vielleicht weißen Schürze, die an ihrem Transistorempfänger dreht.

»Gut«, nickt sie bestätigend, »und aus.«

Kottan entscheidet sich für eine Bratwurst mit süßem Senf, weil auch der angeschriebene Leberkäse und die Debreziner nicht zu haben sind. Die Verkäuferin versetzt dem Radio einen energischen Schlag, das darauf die nächsten Minuten tadellos funktioniert: *Lonesome Road*. Kottan geht mit seiner Bratwurst ums Eck. Von da kann er die Verkäuferin zwar beobachten, muss sich aber nicht auf eine Unterhaltung einlassen. Ein Quecksilber-Thermometer hängt am Eckpfeiler aus Holz. Es hat immer noch 18 Grad. Eine Spinne hat das C von Celsius unter sich begraben.

Das Flaschenbier ist warm. Die Verzögerung in den Ermittlungen macht Kottan wütend. Die Möglichkeiten für morgen geben ja auch nicht zu übertriebenen Hoffnungen Anlass. Mit der endgültigen Identifizierung rechnet er schon. Dass sich ein gerissener Gauner wie Haumer auf eine so unsichere Sache wie Erpressung eingelassen haben könnte, will ihm nicht in den Kopf. Dem *Suchtgift*-Jerabek ist der Name Haumer jedenfalls noch nicht untergekommen. Kottan ist seit 21 Jahren im Polizeidienst, hat damals gleich mit der Ausbildung für den Kriminaldienst begonnen und nie eine Uniform getragen. Er schüttet die Hälfte des Biers in den lichtgrünen Plastikkübel.

Die Wurstverkäuferin hat einen geschulten Blick. Ein zahnloser Alter hat ein Paar *Frankfurter* bestellt.

»Schneiden?«, sagt sie.

Der Alte nickt fast gerührt.

Die dicken Fenster im Probenkeller beschlagen schnell. Schrammel versucht sich am neuen, geleasten Schlagzeug, das purpurrot glänzt. Er wird ein paar Sonderschichten einlegen müssen, um wenigsten seinen inferioren Standard in puncto Rhythmus halten zu können. Kottans Stimme klingt auch beschlagen. Er trifft keinen hohen Ton: *Lovers Of the World Unite, Walk Like A Man und Surfin' U.S.A.* lässt er lieber aus. Dafür brummt er ein langsames Lied, dessen Noten er seiner Frau entwendet hat: *It goes from so good to so bad so soon.*

Der Dezernatsleiter muss allein für den Chor verantwortlich sein, weil Schrammel mit seinen Rhythmusproblemen überlastet ist. Als sich Schrammel immer mehr vom Lied entfernt, bricht Schremser ab und spuckt in Richtung Schlagzeug auf den Steinboden.

»Mein knurrender Magen hat mehr Taktgefühl als du in deinen unbegabten Extremitäten«, behauptet er.

»Was?«, sagt Schrammel.

»Du solltest dir ein langes, schönes Wochenende mit einem Metronom machen.«

»Warum?«

»Weil es vielleicht hilft!«

Schrammel muss den Empörten nicht spielen. Er wirft die Schlaghölzer über die Schultern gegen die Wand und flüchtet zur Brettertür.

»Ich kann auch allein auftreten«, droht er in der Tür.

»Sicher«, bestätigt Kottan. »Mit *Sound Of Silence*.«

Die Tür fliegt gar nicht leise ins Schloss. Kottan schaltet seinen Gitarre-Verstärker ab. Schremser weiß, dass er sein Dinner ohne mitwirkendes Publikum verschlingen darf. Es wird ihm recht sein.

Der Major erreicht von einer Telefonzelle im Gebäude des Südbahnhofs aus Erika Letovsky daheim. Kurz vor 19 Uhr. Die Frau, die untertags Antiquitäten pflegt und verkauft, scheint erraten zu haben, wer ihr telefonisch nahetreten will.

»Strandgut unerwünscht«, sagt sie.

»Ich bin es«, sagt Kottan.

»Ich weiß. Wie viele Ausreden hast du vorbereitet?«

»Keine.«

»Frechheit. Du hast zwölf Wochen nicht angerufen.«

»Tut mir Leid.«

»Mir auch. Für dich.«

»Keine Zeit?«

»Keine Lust. Nach was steht dem gestressten Polizisten der Sinn? Küsse ohne Herz? Training für das eingeschlafene Gesicht?«

»Wir sollten uns aussprechen.«

»Ich bin dagegen.«

»Wir könnten essen gehen.«

»Ich bin auf Diät.« Kottan saugt an seiner geschmackvollen Plombe und schweigt in den schweren Hörer, der nach Nikotin riecht. »Bist du ausgewandert?«

»Ich hab keinen Schilling mehr«, lügt Kottan, macht sich selber den warnenden Pfeifton und hängt auf. Renate Murawatz, die andere Möglichkeit, kann er nicht anrufen. Die ist auf jeden Fall im Revier um das Hotel LAMM anzutreffen.

Der Portier im LAMM heißt Franz Zwickl und lässt den Major nicht passieren. Das Gesicht des Kriminalbeamten hat er sich nicht gemerkt, nur die rissige Lederjacke.

»Dienstlich oder privat?«

»Ich weiß es«, sagt Kottan.

Zwickl, der schon Karrieren als Briefträger, Texter und Pfarrer abgebrochen hat, ist prinzipiell glänzender Laune. Die wird ihm der getriebene Polizist nicht verderben. Er lässt einen Satz durch die Nase.

»Das Fräulein Renate ist auf dem Zimmer.«

»Allein?«

Der Portier grinst.

»Autoerotik im Puff?«

Das Gespräch endet plötzlich, weil Renate Murawatz die Treppe herabklappert. Ihr letzter Kunde, ein junger Mann mit großen Augen, drückt sich an Kottan vorbei ins Freie. Renate hat seit dem letzten Treffen mindestens zehn Kilo zugelegt. Kottans Blick landet auf einer gesprungenen Naht am kurzen Lederrock.

»Kommentar unerwünscht«, sagt Renate.

»Ich hab nur eine Vermutung.«

»Kriminalistisch?«

Der Major nickt und greift nach ihrer rechten Hand.

»Verlobung mit einem Konditor?«

»Falsch. Ich fresse nur zu viel.«

»So?«[23]

»Und das hat drei Gründe. Es geht mir gut, es geht mir schlecht, es geht mir gar nicht. Und den Türken gefällt sie.«

»Wer?«

»Die Cellulite.« Die Prostituierte bekichert ihre Bemerkung allein. »Ist der Polizei langweilig?«

»Mit dir immer.« Mit der Bemerkung erntet Kottan gar nichts. »Ist *dir* langweilig?«

»Nur bis um neun. Da hab ich ein Rendezvous.« Renate lässt keine Zweifel aufkommen. »Selbstverständlich bezahlt. Bist du bei Kassa?«

»Ja.«

»Ich bin gewaschen«, lockt Renate und zieht Kottan, der sich steif macht, schon zur Treppe. »Und der Gymnasiast war so aufgeregt, dass er mir gar nicht zwischen die Beine gekommen ist.«

Im gewohnten Zimmer ist alles unverändert. Die Unterhosen an den Wänden sind nicht mehr geworden. Der Staub macht sie schon fast unsichtbar. Der ausgestreckte Arm Renates weist Kottan zur kleinen Waschmuschel. Über der Kugellampe hängt wie immer ein dünnes Handtuch, damit es nicht zu hell ist. Renate zieht sich bis auf die Strümpfe aus und kniet sich, weil sie den unvermeidlichen Stellungs-Tick des Beamten kennt, auf das Bett. Kottan bleibt in den Socken und pirscht sich von hinten an. Während er sich in ihr bewegt, redet Renate *normal* weiter.

»Hat deine Lieblingsfreundin nicht frei?«

»Mit dir muss ich nicht so lang reden.«

»Vorher?«

»Und nachher.«

»Du bist ein Arschloch.«

»Das hab ich mir auch schon gesagt.«

»Und?«

»Wer glaubt schon einem Polizisten?«

Als seine Bewegungen heftiger werden, klatschen ihre Brüste gegen ihren Bauch. Renate stellt das Geräusch ab, indem sie den Oberkörper auf den flachen, herbeigezogenen Polster sinken lässt. Kottan weicht seinem Blick im Wandspiegel aus.

Der Dezernatsleiter setzt sich am legalen Black-Jack-Tisch ein Limit von 7000 Schilling. Er muss sich nach einer halben Stunde korrigieren, weil ihm jeder große Satz, jede Verdoppelung verloren geht. In Gedanken ohrfeigt er sich schon. Warum lässt er sich hier quälen, wo zu Hause das spanische Menü wartet? Um acht gesteht sich Schremser zusätzlich 5000 Schilling Einsatz zu und füllt zwei Schecks aus.

Auf einem der französischen Roulettetische liegt die Kugel auf sieben. Nach sieben spielt Schremser automatisch 23 samt Nachbarzahlen. Wie er auf dieses Spiel gekommen ist, hat er längst vergessen. Der Dezernatsleiter tritt von hinten an einen feisten Croupier heran, der seine Hände durch einen Berg von Jetons wühlt. Einen gelben 500-Schilling-Jeton wirft Schremser auf den frischen Filz.

»23 und die beiden Nachbarn«, grunzt er selbstsicher.

»Moment«, sagt der Croupier.

Schremser wartet geduldig eine Minute. Als der Croupier gegenüber die Kugel in den Kessel rollt, wird der Kriminalbeamte hektisch.

»23 und die Nachbarn!«

»Zu spät«, bedauert der Croupier, der mit dem Sortieren der Jetons überfordert ist und auf der Hinterkopfglatze schwitzt.

»Nichts geht mehr«, bestätigt der Tischchef auf seinem ledernen Drehthron.

Der Croupier schiebt den gelben Jeton zurück.

»Schweinerei!«, ärgert sich Schremser. Nach Kugelfall wiederholt er das Wort brüllend und rückt dem Tischchef, einem dürren Gespenst, auf das abgewetzte Sakko. 23 ist gekommen.

»Bei wem muss ich mich beschweren, wenn ich mich beschweren will?«

»Bei mir. Aber ich nehme die Beschwerde nicht an.«

»Was heißt das? Zwei Minuten hab ich gewartet, dass mein Spiel gesetzt wird. Wie soll ich denn setzen?«

»Wie die anderen.«

»Ich will nicht selber setzen. Ich will setzen lassen, damit es nachher keine Missverständnisse gibt. Holen Sie mir den Saalchef?«

»Den können Sie sich selber holen.«

Das hätte der Obercroupier nicht sagen sollen. Der Dezernatsleiter stößt wütend eine Krücke in die sortierten Jetons. Ein paar verlassen in hohen Bögen den Tisch und verschwinden in den Taschen und unter den Fußsohlen anderer Gäste. Der Tischchef bleibt immer noch gelassen, als habe er bei Schremser nichts anderes erwartet.

»Sie fallen uns ja nicht zum ersten Mal auf«, behauptet er arrogant.

»Rotzbub!«, schreit Schremser gekränkt, und seine Krücke befördert wieder ein paar schwere Jetons unter das begeisterte Publikum. Der

Saalchef und zwei Kriminalbeamte in Zivil zerren den keifenden und spuckenden Dezernatsleiter in den Vorraum. Auf einem tiefen Fauteuil soll er sich beruhigen. Er will sich nicht beruhigen. Das sanfte Gesäusel der Kollegen und des Casino-Menschen macht ihn nur noch einmal wütend. Um acht Uhr 20 entschuldigt sich der Saalchef sogar bei Schremser, der eine aufgeregt gestammelte Schilderung des Vorfalls gegeben hat. Man zahlt ihm auch den Gewinn aus, der ihm entgangen ist, damit er den Mund hält. Künftighin will man ihn allerdings nicht mehr sehen.

»So kenn ich dich gar nicht«, sagt einer der Kriminalbeamten, die für den Ermittlungsdienst nicht herangezogen werden.

»Ich mich auch nicht«, sagt Schremser.

Zum ersten Mal seit Jahrzehnten ist ihm der Appetit vergangen: eine Reaktion von kurzer Dauer. Beim Praterstern beruhigt sich Schremser schon mit einer Specksemmel und einem Becher Bier. Von den spanischen Spezialitäten zu Hause bleibt kein Rest, über den sich sein schwarzweißer Kater *Kato* freuen könnte.

Möglicherweise ist Alfred Schrammel nicht der einzige Mann in Wien, der ein Farbbild von sich selbst in der Brieftasche hat. Bestimmt ist er der einzige Polizist. Die Demütigungen von der Probe sind schon vergessen. Als er auf seinem Brieffach einen Express-Aufkleber entdeckt, queren enthusiastische Gedanken seinen Kopf. Sollte die angeschriebene Dame schon zurückgeschrieben haben? Womöglich mit einem Treffpunkt-Vorschlag? Für heute?

Im Postfach liegt ein violetter, parfümierter Brief. Schrammel drückt ihn an die laute Brust, während er hinauf zu seiner Wohnung eilt. In der Küche schlitzt er das Kuvert mit einem Fischmesser. Das Briefpapier ist noch violetter, die Handschrift schwarz.

Sehr geehrter Herr Schrammel!
Sie haben mir geschrieben. Ich antworte Ihnen, weil ich der Höflichkeit noch nicht ganz abgeschworen habe. Selbstverständlich weiß ich, dass in Briefen auf Kontaktanzeigen gern gelogen wird. Sie sind beim Lügen schon fast professionell. Es ist mir an sich vollkommen egal, ob Sie im Verteidigungsministerium oder in einem stinkenden Wachzimmer werken. Ich kann Sie nicht kennenlernen, weil ich Sie schon kenne. Wieso geraten Sie immer an mich? Sie sind mühsam, und es ist mühsam mit Ihnen. Sie geben nicht auf. Geben Sie endlich auf! Lassen Sie mich in Frieden und belästigen Sie auch andere Frauen nicht mehr. Zeitvertreib heißt eines meiner Motive. Ihr Name ist Zeitverschwendung. Wann verstehen Sie das? Mit ärgerlichen Grüßen, in der Hoffnung nie wieder von Ihnen zu hören, Ihre (meinen Namen werden Sie ja mittlerweile erraten oder ermittelt haben)
Margit Winter

Niedergeschlagen lässt Schrammel den zerknüllten Brief in den Papierkorb plumpsen. Margit Winter, die er schon einmal über ein Inserat kaum kennen gelernt hat, bleibt ihm ein Rätsel. Er könnte ihr, weil sie sich einmal einen Abend lang voller Geduld mit ihm abgegeben hat, Gedichte und ganze Romane widmen. Daran wird sich nie etwas ändern. Er wird ihr auf jeden Fall Papierblumen an die Verlagsadresse schicken und in einer Woche ein schriftliches Betteln um eine Audienz folgen lassen.

Der Abend wird also nicht Gefühlen gewidmet sein. Na gut, beruhigt sich Schrammel, das *Grießkoch* aus der Packung mit heißer Butter, Kristallzucker und Nesquick wird auch gut sein. Und das graue Buch von Mickey Spillane, das er in der Dienstbücherei gewählt hat, ist vielleicht sogar interessant. Eine der Stories heißt: *Morgen werde ich tot sein*.

Kottan fährt noch in den neunten Bezirk: zum *Diabolo*. Er passiert mit dem Auto mehrmals den Eingang zur Diskothek. Ein paar junge Leute stehen herum. Einer hat eine Knickerbocker aus Leder an und silbrige Haare. Kottan hält den Wagen an und dreht das Seitenfenster nach unten, kann aber nichts von der Unterhaltung mitbekommen. Möglicherweise dürfen sie nicht oder noch nicht hinein.

Plötzlich steht einer neben dem Seitenfenster, der sich von hinten angeschlichen hat. Er hat einen blauen Arbeitsoverall an, eine schwarze Augenbinde über dem linken Auge und auf der rechten Wange zwei aufgeklebte Tränen.

»Na?«, sagt Kottan. »Der Gruft entronnen?«

Kottan begreift, dass er sich hier nur lächerlich machen kann. Mehr als das Registrieren von verschiedenen Verkleidungen (außerhalb der dafür reservierten Zeit) ist ihm nicht möglich. Der junge Mann mit der Augenbinde winkt ihm nach.

Daheim holt sich Kottan eine von ihm längst beurteilte Dose Tuborg-Bier, setzt sich ins Wohnzimmer, auf das Fernsehfauteuil, das mit einem Hebelchen in Sekunden fast zum Liegestuhl wird. Im Vorzimmer telefoniert Gerhard mit einer Freundin. Wüsste Kottan, dass sich die Freundin derzeit in London aufhält, würde ihm die Länge des Telefonats nicht erst in ein paar Wochen Kopfzerbrechen machen. Er schaltet mit der abgegriffenen Fernbedienung den Fernsehapparat ein. Die Mutter, die im Kimono auf den Sitzelementen liegt, schaut abwesend hoch. Sie beschäftigt sich mit einem kriminalistischen Kreuzworträtsel. Das Dosenbier hat die richtige Temperatur.

»Was liegt mitten im Gold?«, fragt Aloisia Kottan plötzlich.

»Weiß ich nicht«, sagt Kottan. Im Fernsehen poltert das Werbeprogramm. Ein Rasierwassertyp empfiehlt Honigschaumbäder.

»Zwei Buchstaben«, ergänzt die Mutter.
»Ol«, sagt Kottan. »Mitten im Gold liegt ol.«
Sie starrt auf das Kreuzworträtsel und dreht den Bleistift zwischen Zeigefinger und Daumen.
»Witzig«, meint sie verärgert. »Stimmt aber.«
Eine ältere Dame mit bläulichem Gesicht beteuert auf dem Bildschirm, dass sie sich ohne ihren Lecithinsaft nur mehr auf allen Vieren fortbewegen könnte.
»Verstehst du was von Diskotheken?«, fragt Kottan.
»Mehr als du. Du bist für so was zu alt. Ich komm als Kuriosität schon wieder hinein.«
Aloisia Kottan zeigt über den oberen Rand der Rätselzeitschrift ein interessiertes Gesicht. In der Hoffnung, eine Ermittlung inoffiziell zugeschanzt zu bekommen.
»Kennst du das *Diabolo* in der Glasergasse? Im neunten?«
»Mhm.« Sie nickt. »Ich hab dort Getränke gemixt.«
»Wozu?«
»Soll ich dir meinen Pensionsabschnitt zeigen?«
»Kennst du den Uhrmacher?«
»Sicher. Dem gehört der Laden.«
Kottan lehnt sich nach vorn. Der Liegestuhl wird mit einem ächzenden Geräusch wieder zum Fauteuil.
»Wie gut kennst du ihn?«
»Persönlich gar nicht. Ich weiß, wie er ausschaut. Aber den kennt jeder, weil er gleich in der Nähe seinen Bridgeclub hat.«
»Spielst du Bridge?«
»Immer schon. In die Diskothek lässt er jeden hinein. Im Kaffeehaus hat das *Diabolo*-Publikum von Haus aus Lokalverbot. Der hat sogar ein Verbotsschild an der Kaffeehaustür angebracht. Wie ein Verkehrszeichen. Ein Langhaariger im roten Kreis und durchgestrichen.«
»Originell.«
»Apropos originell. Die Diskothek hat früher *53* geheißen.« Die Mutter hat das Schwedenrätsel auf das Glastischchen gelegt.
»Und?«
»Ich sag' ja: originell.«
»Wieso?«
»In New York, die frühere Prominenten-Diskothek hat auf den Namen *54* gehört.«
Kottan legt eine Schweigeminute ein. Im Fernsehen wird für einen Fliegenspray geworben, der jede Menge und alle Arten Fliegen polternd auf den Boden abstürzen lässt. Das wäre was für den Polizeipräsidenten.

»Weißt du, ob im *Diabolo* Rauschgift umgesetzt wird?«
»Bestimmt.«
»Ist dir was angeboten worden?«
»Ich bin likörsüchtig.«
»Weiß aber jeder, dass der Uhrmacher den Handel da in der Hand hat.« Gerhard hat sein telefonisches Liebesgeflüster beendet und steht auf dem Teppichrand.
»Aha«, sagt Kottan ohne Betonung. »Jeder.«
»Und deine Polizei schaut zu.«
»Ist nicht *meine* Polizei. Hast du schon einmal, ich will sagen..., ist dir was angeboten...?«
»Wird das ein Kreuzverhör?« Gerhard nimmt eine Streichholzschachtel aus einer Tasche, die an seinem Ledergürtel befestigt ist. Er streckt Kottan die Schachtel hin. »Was steht da drauf?«
»Ein Lesetest?«, fragt Kottan misstrauisch.
»Was steht drauf?«
»Hasch.«
»Eben.«
»Ich soll glauben, dass du da drinnen..., die Schachtel öffnen und mich blamieren? Du rauchst ja nicht einmal.«
»Ich trinke Tee«, sagt Gerhard mit gespielter Sicherheit. »Du willst nicht nachschauen?«
»Nein.«
Er steckt die Zündholzschachtel wieder in seine Känguru-Tasche und zieht den Reißverschluss zu.
»Moment«, überlegt Kottan laut. »Wenn du nicht rauchst, brauchst du auch keine Zündhölzer.«
»Eben«, sagt er noch einmal. »Du hast deine Chance gehabt. Jetzt darfst du nicht mehr schauen.«
Kottan ist nun doch unsicher und versucht den Dialog, der eben stattgefunden hat, von Anfang an zu rekonstruieren. Gerhard grinst ihn an, dann aus, bevor er loslacht. Kottan stimmt nach wenigen Sekunden ein.
Im Fernsehen ist ein plapperndes Interview zu sehen. Ein Meteorologe versucht seine Wettervorhersage von gestern zu begründen. Wenigstens nimmt er sich selbst nicht ganz ernst. »Jedes vorhergesagte Wetter trifft ein«, sagt er, »nur der Zeitpunkt ist unsicher.« Im Abendprogramm folgt ein amerikanischer Film, der Kottan schon im Kino nicht gefallen hat. Die Mutter besteht auf den Film und wird von Gerhard unterstützt.
Kottan setzt sich die Kopfhörer auf und legt eine Schallplatte auf den Gummiteller: seine derzeitige Lieblingsplatte von Paul Anka. Er hat

davon auch eine Kassette fürs Auto aufgenommen. Auf dem Weg ins Sicherheitsbüro singt er manchmal mit. Paul Anka hebt bereits die Stimme: *I'm just a lonely boy.* Kottan singt nicht mit. Gelegentlich kommt ihm ein einzelner Ton aus. Gerhard betrachtet den Vater missbilligend, der mit geschlossenen Augen auf dem Spannteppich liegt. Im ersten Augenblick hat er angenommen, der Grunzton gehört zum amourösen Repertoire von Dean Martin, der es auf dem Schirm auf die rothaarige Shirley MacLaine abgesehen hat.

Nach einer halben Stunde Paul Anka und zwei selbst gewährten Wunschwiederholungen geht Kottan ins Badezimmer, duscht sich mit lauwarmem Wasser. Nach dem Abtrocknen setzt er sich auf den Badewannenrand und reibt sich den Kopf kräftig mit dem neuen Haarwasser ein, das am Vormittag mit der Post gekommen ist. Das Stinkwasser verspricht wahre Wunder; wie die bisherigen Präparate auch. Den Haarausfall hat das nicht beeindruckt.

Kottans Haare sehen immer noch recht voll aus, weil er sie fast täglich wäscht, bürstet und föhnt. Bis zur endgültigen Glatze hat er noch ein paar Jahre Zeit, weiß Kottan. Mit einem Coupon aus der Fernseh-Illustrierten hat er sich trotzdem schon einmal eine Sonderinformation über Hair-Weaving bestellt.

Dass die Mutter ins Badezimmer gekommen ist, hat Kottan nicht gehört. Er konzentriert sich auf die empfohlene fünfminütige Kopfmassage. Aloisia Kottan steht neben ihm und schaut ihn von oben an.

»Der Schädel wächst dir durch die Haare«, sagt sie.

»Ich weiß. Ist der Film schon aus?«

»Nein.« Sie nimmt die Haltung einer Fernsehsprecherin ein. »Entschuldigen Sie bitte die Störung. Warum hast du dich vorhin so für das *Diabolo* interessiert?«

»Kein besonderer Grund.«

»Wegen der Ilona?«

»Wo hast du den Namen her?« Er macht ein erschrockenes Gesicht und kippt fast in die Badewanne.

»Aus der Zeitung.«

»Da kann noch nichts in der Zeitung sein.«

»Die ist vor zirka zwei Monaten gestorben. Überdosis. Ilona R. ist in der Zeitung neben dem Foto gestanden. Ich weiß auch nicht, wie sie *ganz* geheißen hat. Durch das Foto hab ich mich gleich an sie erinnern können. Ich hab sie im *Diabolo* gesehen.«

Kottan, der von dem toten Mädchen nur die schneidende Stimme kennt, bricht die Massage der juckenden Kopfhaut ab.

»Weißt du sonst noch was über sie?«

»Nein.«

Gerhard schreit aus dem Wohnzimmer. Der Film wird fortgesetzt.

»Die Störung lag nicht in unserem Bereich«, sagt die Sprecherin, obwohl es sich um einen Videoschaden gehandelt hat.

(On the road again.)
Kottan treibt im Skoda, musikalisch von Paul Anka begleitet, über den Gürtel. Im *Bacino*,[24] einem winzigen Cafe im achten Bezirk, trinkt er in einem Winkel heiße Schokolade mit kubanischem Rum und fahndet in der E.Z. von morgen nach einem Chronik-Bericht, der mit Haumer zu tun hat. Der Fall ist nach nur einem Tag für die Journalisten fast verstorben. Nach der Schokolade und der Lektüre des Horoskops, das für morgen meint: Von der Liebe allein können Sie nicht leben!, lässt sich Kottan zu spanischem Rotwein überreden. Nach Mitternacht probiert er mit dem Besitzer und Kellner die Schnäpse durch. Als sein neuer Freund aus dem Auto alkoholischen Nachschub organisieren will, flüchtet der Major.

Schon beim Starten schmettert Kottan, der jetzt ohne Tonband auskommt: »*Lady of Spain I adore you*!« Nach zwei Kreuzungen, die er bei Gelb überquert, entdeckt er im Rückspiegel Blaulicht. Er verlangsamt die Fahrt, weil er noch ein bisschen Hoffnung hat, dass es sich um einen Rettungswagen im Einsatz handeln könnte. Es ist eine Funkstreife, die sich vor dem Skoda querstellt.

Ein uniformierter, fetter Polizist klettert aus dem Wagen, umrundet Kottans Auto und reißt die Tür auf.[25]

»Steigen Sie aus!«, befiehlt er und holt im nächsten Augenblick den Major am Oberarm aus der Schnapsluft. Dann drängt er sein Opfer gegen die Motorhaube, wie er das in amerikanischen Highway-Filmen gesehen hat. »Führerschein?«

»Vergessen«, behauptet Kottan.

»Soso«, sagt Hannes Schwandl, der andere Polizist, der jetzt auch neben Kottan steht. Er fischt den Führerschein aus Kottans Jacke, liest den Namen, der ihm nichts sagt. »Den Alkotest, nehme ich an, werden Sie verweigern.«

»Gute Idee, Kollege«, gibt Kottan zu, der die Verweigerung wirklich für eine gute Idee hält. Das Wort *Kollege* beschert ihm eine verhaltene Ohrfeige.

»Wollen Sie weiterfahren?«, fragt Kölminger.

»Sowieso.«

»Wir rufen Ihnen ein Taxi«, sagt Kölminger freundlich und klimpert mit dem abgezogenen Schlüsselbund Kottans.

»Danke.«

»In der Früh, nachdem Sie sich bei uns ausgeschlafen haben.«

8

I live on a big bill blue ball
I never do dream I may fall
Jesse Winchester

Der Tag beginnt, wie es zu erwarten war. Der Major hat zwar den Fängen der Polizei noch im Lauf der Nacht entfliehen können, Heribert Pilch hat aber gleich zwei körperliche Adressen für präsidiales Geschrei: zwei Drittel Morddezernat.[26] Als Pilch ruhiger wird, knurrt er als Amen in Kottans rotes Gesicht: »Polizeischädling!«
»Es tut mir Leid.«
»Lügen Sie nicht. Alles fällt auf mich zurück.«
»Was ist mit meinem Führerschein.«
»Was schon? Der ist weg.«
»Sonderbehandlung?«
»Bewilligt.«
»Ich kriege ihn früher zurück?«, hofft Kottan.
»Später.«
»Und die Dienstfahrten?«
»Der Kollege Schrammel wird Sie pilotieren.«
»Der fährt wie ein Schwein.«
»Sie haben es verdient.«
Der Präsident macht jetzt ein fast glückliches Gesicht. Seine Zufriedenheit legt sich, als er Schremser auf der schleichenden Flucht zur Tür bemerkt.
»Was haben Sie im Casino angestellt?«
»Den Schwanz auf den Tisch gelegt.«
Bevor Pilch reagieren kann, hat Schremser das Büro verlassen und die Tür ins Schloss geworfen.
»Wahrscheinlich auch gelogen«, tröstet Kottan.

Die nächste Stunde im Dezernat bringt noch mehr, was zu erwarten war. Die Ergebnisse des Erkennungsdienstes, die Wohnung Haumers betreffend, sind jetzt vollständig. Fingerabdrücke gibt es nur wenige: von Haumer, der Hausmeisterin, von Schrammel und von ein paar nicht identifizierten Personen. Schremser glaubt nicht, über diese nicht identifizierten Abdrücke die zwei Besucher ausfindig machen zu können.
Um acht Uhr 20 kommt der erste erhoffte Anruf. Ein Arzt aus dem Rudolfsspital meldet sich. Schremser stenographiert mit.

»Tonsillektomie«, sagt Schremser zu Schrammel, nachdem er das Gespräch beendet hat. Schremser scheint direkt auf Beifall zu warten.
»Was?« Schrammel kapiert nicht.
»Der Haumer hat sich die Mandeln entfernen lassen. Vor zehn Jahren.« Schremser klopft mit dem Zeigefinger auf den EKF-Bericht. »Da ist sein Blutbild. B1, positiv. Das stimmt!«
Kottan bringt Informationen über Ilona. Die heißt Rössler mit dem Familiennamen. Am 27. 2. des Jahres wurde sie in ihrer Wohnung tot aufgefunden. (»Verstunkene Fixerbude«, sagt Jerabek wenig später.) Sie ist an einer Überdosis Heroin gestorben. Ein handgeschriebener Abschiedsbrief wurde vorgefunden. Durch die Angaben im Brief gelang die Festnahme eines kleinen Händlers. Deswegen wurde auch gar nicht erst in Betracht gezogen, der Brief könnte unter Zwang geschrieben worden sein. Auf dem Briefpapier fanden sich ausschließlich die Fingerabdrücke von Ilona Rössler. Schrammel ist ja nicht in der Nähe gewesen. Eine zufällige Überdosis oder ein absichtliches Unterschieben wurde ausgeschlossen. Ilona Rössler ist die Suchttote mit der Nummer drei in der heurigen Statistik, die aber zum Beispiel süchtige Selbstmörder, die sich für eine der *üblichen* Methoden entscheiden, gar nicht erfasst.
»Was ist mit dem Freund«, fragt Schremser, »der auf der Kassette erwähnt wird.«
»Im Bericht ist keine Rede von einem Freund«, sagt Kottan. »Es muss das Mädchen vom Tonband sein. Im Dezember ist sie wegen Geheimprostitution aufgegriffen worden.«
»Zum ersten und einzigen Mal?«
»Ja.«
»Da ist niemand aufgefallen, dass sie süchtig ist?«
»Anscheinend nicht.«
Um acht Uhr 45 ruft Dr. Anton Peyerl an: ein Zahnarzt. Er fordert Kottan auf, sich die Behandlungskarte von Erwin Haumer, der bei ihm vor etwa drei Wochen in Behandlung war, umgehend abzuholen. Kottan hat vom Toten im Keller bereits eine Liste seiner Zahnbesonderheiten anfertigen lassen.
Schremser und Schrammel werden den Termin bei Jakob Uhrmacher allein wahrnehmen müssen.

Haumer oder Nicht-Haumer? Die Zahnarztpraxis Dr. Peyerls ist im Mezzanin eines renovierten Althauses beim Donaukanal. Die Tür zum Warteraum ist angelehnt. Dr. Peyerl, ein großer Mann um die 60 mit Fressbauch, sitzt im weißen Kittel auf der langen, lackierten Bank im Warteraum.

»Die Ordination fängt bei mir erst um zehn an«, sagt er. »Für Sie mache ich aber gern eine Ausnahme.«

»Ich bin kein Patient«, erklärt Kottan.

»Ich weiß«, sagt der Zahnarzt und führt den Kriminalbeamten in den Behandlungsraum. »Ein kleiner Blick kann nicht schaden, wenn Sie schon da sind.«

Er schiebt Kottan auf den Patientenstuhl und pumpt ihn in die Höhe. Kottan schaut sich verzweifelt im Zimmer um. An den weißen Wänden hängen Vorbeugeplakate: BEHANDELN IST SILBER – VORBEUGEN IST GOLD.[29]

»Gratis«, sagt Dr. Peyerl. »Selbstverständlich.«

»Selbstverständlich«, repetiert Kottan, der dem Arzt die vorbereitete Liste reicht.

»Was ist das?«

»Ein Verzeichnis der plombierten und gerissenen Zähne der Leiche. Außerdem wird eine Wurzelbehandlung am Zweier und Dreier unten links genannt. Die angeführten Absplitterungen sind bestimmt erst durch den Unfall dazugekommen.«

Der Zahnarzt geht zum Schreibtisch. Er setzt eine rahmenlose Brille auf, bevor er sich der Liste Kottans widmet.

»Völlig identisch«, sagt er nach wenigen Sekunden. »Da besteht kein Zweifel.«

»Endlich«, meint Kottan aufatmend und will vom *Podest* steigen.

»Abspringen verboten!«, protestiert Dr. Peyerl, der schnell wieder beim Behandlungsstuhl ankommt und Kottans feige Flucht verhindert. »Nun zu Ihnen.« Er setzt sich den Kunststoffring mit der Spiegellampe auf und nimmt sein Untersuchungsbesteck. »Weit auf«, verlangt er von Kottan, der gleichzeitig mit dem Mund die Augen weit aufmacht. »Ist dieser Haumer ein Krimineller?«

Kottan brummt: »Ja.«

»Dann gibt es bestimmt eine Fotografie, die ich anschauen kann. Sicher ist sicher. Theoretisch könnte ja jeder mit dem Krankenschein dieses Herrn Haumer zu mir kommen. Haben Sie ein Bild mit?«

Kottan nickt, weil er zwar den Mund weit aufmachen darf, aber nichts sagen kann. Kottan gibt dem Zahnarzt das Bild Erwin Haumers aus seiner Jacke.

»Der war bei mir«, sagt Dr. Peyerl schnell. Er scheint sicher zu sein. »Nur dieses eine Mal. Übrigens war er in Begleitung.«

Kottan zieht die Augenbrauen fragend nach unten. Auf seiner Stirn bilden sich mehrere senkrechte Falten.

»Was meinen Sie? Nein, beschreiben kann ich den anderen wirklich nicht. Ein Mann, gewöhnlich, ist als Chauffeur mitgekommen. Was glauben Sie, wie viele Leute bei mir jeden Tag in der Ordination sind?«

Der Zahnarzt ist Kottan mit dem Kopf jetzt besonders nah gekommen, weil er bei den unteren Weisheitszähnen herumstochert. Dr. Peyerl riecht, muss Kottan merken, selber nach verfaulenden Zähnen. Außerdem zittert er.

»Eigentlich alles in Ordnung«, stellt Dr. Peyerl fest und richtet sich auf. »Nur die frische Plombe ist nicht viel wert. Von einem Dentisten höchstwahrscheinlich. Die verlieren Sie demnächst wieder. Wenn Sie wollen, mache ich Ihnen gerne und gleich...«

Kottan verzichtet und lässt sich nicht mehr zurückhalten. Er gibt dem Arzt kurz die Hand und eilt zur genieteten Ledertür, auf der ein einfaches Kartonschild befestigt ist: Exit.

»Die Karte!«, ruft ihm Dr. Peyerl nach. Kottan kehrt um, nimmt die Karte Haumers und dessen Behandlungsschein von der Krankenkasse, auf dem auch die letzte Adresse Haumers genannt ist: Springergasse 12, zweite Stiege, Tür 9a.

Kottan schaut, bevor er ins Büro geht, im Büro des Präsidenten vorbei. Nach der ersten illegalen Fahrt hofft er, den Präsidenten doch noch umstimmen zu können, was seinen Führerschein betrifft. Pilch ist nicht da. Mitten auf dem Tisch thront der gestern im Werbefernsehen präsentierte Fliegenspray: eine Riesendose mit Preisvorteil.

Ab jetzt gilt die Identität des Erschossenen. Fast zwei Tage hat das gedauert. Haumer ist als Dieb des Autos erkannt worden, in dem er noch am gleichen Tag erschossen worden ist. Er hat Papiere bei sich gehabt, die er der Frau Kahlbeck mit einem Vorwand abgenommen hat. Das Blutbild stimmt, der Zahnvergleich hat komplette Übereinstimmung ergeben. Ob dem Toten im Keller der Anzug zu eng war, ließ sich allerdings nicht mehr feststellen.

Im Dezernat ist eine der Bedienerinnen mit dem Putzen der Fenster beschäftigt. Zumeist ein sicheres Zeichen für baldigen Regen, weiß Kottan. Auf dem Schreibtisch findet er einen Zettel mit aufgemaltem Rufzeichen: eine Nachricht von Schremser.

Kottan hält die Gegenwart der auf dem Fensterbrett balancierenden Fensterputzerin nicht aus. Dauernd hat er das Gefühl, sie im nächsten Moment vor einem möglichen Sturz in die Tiefe bewahren zu müssen. Sie muss mindestens fünfzig sein und ist nicht einmal angebunden.

»Machen Sie in zehn Minuten weiter«, sagt Kottan.

»Ist das ein Befehl?«, sagt sie und steigt auf einen zum Fenster gerückten Sessel.

»Eine Bitte.«

»Mach ich eben da weiter«, kündigt sie an und zeigt mit dem Daumen der rechten Hand ins Nebenzimmer.

»Das stört mich genauso.«

»Wieso?«

»Ich kann nicht arbeiten, wenn Sie 20 Meter über der Straße herumturnen.«

»Ich bin noch nie abgestürzt.«

»Wer weiß?«

»Sie halten mich auf.«

»Sie mich auch. Außerdem brauche ich überhaupt keine saubern Fenster. Wenn ich hinausschauen will, mach ich eines auf.«

»Und bei Ihnen daheim werden die Fenster auch nicht geputzt?«

»Nein«, sagt Kottan. »Ich schlage sie ein und lasse den Glaser kommen.«

Die Bedienerin gibt das verbale Duell auf und geht auf den Gang. Der Spiritusgeruch bleibt. Kottan nimmt den Zettel, auf dem Schremser in *Heinzelmännchenschrift* ein paar Sätze notiert hat: *Die Frau Kahlbeck hat zweimal angerufen. Sie möchte unbedingt mit dir persönlich sprechen. Sie hat keinerlei Andeutung gemacht. PAUL. P.S.: Du musst ihr einen großartigen Eindruck hinterlassen haben.*

Der Major hat sich telefonisch angekündigt. Frau Kahlbeck hat ein rotes Kleid mit dünnen Trägern an. Dieses Mal handelt es sich um kleine, blaue Blüten, die aufgedruckt sind. Sie sitzt auf dem fast schon gewohnten Fleck auf der Couch, Kottan auf der Kante der Schwedenfauteuils. Wie gute Bekannte, denkt Kottan. Tatsächlich weiß er nur über die Beschaffenheit der Wohnung genau Bescheid. Der Kristallaschenbecher auf dem Tisch ist neu. Der Fernsehapparat ist wieder eingeschaltet: die Sendung mit der Maus. Frau Kahlbeck trinkt Jasmin-Tee.

»Wollen Sie auch eine Tasse?«

»Danke«, lehnt Kottan ab. »Haben Sie Bier?«

»Ja.«

»Dosenbier?«

»Auch.«

»Bravo.«

Sie bringt eine Dose und ein Glas mit Sonnenblumen drauf. Wahrscheinlich muss sie sogar ausgerüstet wie ein Wirtshaus sein, fällt Kottan ein. Das Bier ist aus England: rötliche Farbe, wenig Schaum. Es hat einen Nachgeschmack, stellt Kottan fest, der ihn beim zweiten Schluck nicht mehr stört. Kottan würde zwei Sterne vergeben.

»Sie stehen heute als *kühles Blondinchen* in der Zeitung.«
»Man muss sich verändern«, sagt sie. »Außerdem gibt es Perücken.«
»Ist was passiert?«
»Nein. Ich hab Ihnen nur etwas noch nicht gesagt.«
»Ist es dringend?«
»Vielleicht nur wichtig.«
Kottan starrt sie an. Sie zögert noch, schenkt sich Tee nach und schaut in den Winkel mit dem Wäschetrockner, der heute mit einem Strumpfhalter, Stutzen und Waschlappen behängt ist.
»Dieser Herr von der Versicherung«, sagt sie.
»Haumer heißt er.«
»Der ist noch ein zweites Mal bei mir gewesen.«
»Wann?«
»Damals. Noch am gleichen Tag ist er wiedergekommen. Der hat gleich gemerkt, was mit mir los ist.«
Kottan verzieht den Mund, weil er selber nichts gemerkt hat. Er dreht die Bierdose in der linken Hand.
»Er ist als Kunde gekommen. Verstehen Sie?«
»War Ihnen das peinlich?«
»Eigentlich nicht. Ich hab ihn gefragt, ob ich deswegen meinen Anspruch auf das Versicherungsgeld verlieren würde. Er hat gesagt: nein. Dann hat er weniger bezahlt, als üblich ist.«
»Und ist länger geblieben?«
»Ja.«
»Ist Ihnen was aufgefallen?«
»Nein. Mir fällt nie was auf. Sind alle gleich. Er wollte mich stöhnen hören, und ich hab gestöhnt. Das hab ich gelernt. Jeder Trottel hat die fixe Idee, mir einen Orgasmus aufdrängen zu müssen. Und jeder glaubt noch dazu, dass er der einzige in der Stadt ist, der das kann.«
»Hat er was gesagt?«
»Nein. Da sind auch alle gleich. Die denken viel und reden wenig. Wenn sie was reden, ist es sowieso gelogen. Oder sie fangen an, Fragen zu stellen. Ewig die gleichen. Er hat sich zwei Pornos angeschaut. Den zweiten nicht mehr ganz.«
»Video?«
»Im Schlafzimmer.«
»Ich hab noch nie so was gesehen.«
»Lügen Sie gern?«
»Nie«, lügt Kottan.
»Wollen Sie sich was anschauen bei mir?«
»Gegen Gebühr?« Elfriede Kahlbeck nickt. »Lieber nicht. Versäume ich was?«

»Nein«, gibt sie zu.

»Was war damals nachher?«

»Er hat mich nicht mehr angegriffen, obwohl er sich die Videos nur *zwischendurch* anschauen wollte. Er ist richtig davongelaufen.«

»Ist das alles?«

»Zu wenig?«

Kottan zuckt die linke Achsel.

»Ich hab noch eine Dose im Eiskasten«, sagt Frau Kahlbeck und steht auf. »Von der gleichen Sorte.«

»Ich muss weiter«, behauptet Kottan.

Die leere Bierdose nimmt er mit.

Kottan weiß nicht, warum die Kahlbeck mit ihm sprechen wollte. Dass die Nachricht, Haumer sei zweimal bei ihr gewesen, von Bedeutung ist, kann sie ja selber nicht geglaubt haben.

Von einem Wachzimmer im zwanzigsten Bezirk ist die einzige Meldung bezüglich Schießübungen gekommen. Mehrere Anzeigen sind da in den letzten Wochen gemacht worden. Kottan will die Rückkehr von Schrammel und Schremser abwarten.

Er blättert im Haumer-Akt. *Alter: 44, geboren in Mistelbach*, steht da. Kottan lacht. Die Bedienerin wundert sich durch die offene Gangtür, weil der Major allein lacht. Mistelbach ist ein kleiner Ort im Weinviertel mit überwiegend bäuerlicher Bevölkerung. Der Ort gilt als überdurchschnittlicher Lieferant von Polizisten, die in Wien Dienst machen. Die uniformierten Polizisten werden deswegen auch oft nur *Mistelbacher* genannt. Haumer jedenfalls hat seit seinem fünften Lebensjahr in Wien gelebt und hat nie den Versuch unternommen, im Polizeidienst Fuß zu fassen.

Hat einer der drei Männer aus der Teeschachtel Erwin Haumer erschossen? Selber? Oder nur den Auftrag dazu gegeben? Eine Frage, mit der sich Kottan länger beschäftigt.

Heribert Pilch schwitzt an den Schläfen, als er in Kottans Zimmer stürmt. Kottan hat ihn gehört, denn die Schuhsohlen des Präsidenten sind mit Eisen beschlagen. Auf dem Gang ist Pilch eine Fleischfliege (*Sarcophaga carnaria*) direkt ins Gesicht geflogen. Das erste Exemplar in diesem Jahr. Pilch hat die Fliege bis zu den Toiletten verfolgen können, sie dort aber aus den Augen verloren. Von Kottan will er wissen, was an die Presse gegeben werden soll. Er muss es ja vorher bewilligen.

»Dass der Tote Erwin Haumer heißt«, sagt Kottan, »und wahrscheinlich ermordet worden ist.«

»Viel ist das nicht.«

»Nein.«

»Und sonst?«
»Wir rechnen mit einer Verhaftung innerhalb der nächsten 36 Stunden.«
»Rechnen wir?«
»Nein.«
»Wieso 36 Stunden?«
»Gefällt Ihnen 34 Stunden besser?«
Pilch geht zur Waschmuschel und wäscht sich mit kaltem Wasser die Hände: seine Lieblingstätigkeit. Er wäscht sich mehrmals am Tag die Hände. In Unschuld, denkt Kottan.
»Wie steht es überhaupt?«, will Pilch wissen.
»Der Fall ist komplex.«
Der Präsident, der sich die Hände abtrocknet, zuckt mit dem rechten Auge.
»Soll das eine Anspielung sein?«
Er verlässt das Dezernat, sieht sich auf dem Gang vergeblich nach der vorhin entwichenen Fleischfliege um, und beeilt sich am brummenden Kaffeeautomaten vorbei in sein Stockwerk.

Kottan amüsiert die ständige Sorge des Präsidenten wegen der Mitteilungen an die Presse nicht mehr. Wenn alles an die Presse gelangt wäre, was sich Pilch an überstürzten Haftbefehlen, Hausdurchsuchungen und Fahndungen schon als Dezernatsleiter geleistet hat, wäre er längst in Frühpension. Aber es dringt sehr wenig nach außen. Auch Pilchs persönliche Kleintierjagd nicht. Die Staatsanwaltschaft hat sich zuletzt Anträge Pilchs auf Haftbefehle von Kottan und Schremser bestätigen lassen.

In der Früh hat Kottan seine Unterschrift unter einer Protestresolution der öffentlichen Bediensteten verweigert. Die Resolution richtet sich gegen einen Film, den das Fernsehen vor wenigen Tagen gesendet hat. Ein Kriminalbeamter hat im Film bei einem Geständnis mit einer Ohrfeige nachgeholfen und bei einer Hausdurchsuchung statt der Haustür eine Klotür aufgebrochen. Es hat auch gleich eine parlamentarische Anfrage an den Innenminister gegeben, ob so ein Film nicht geeignet sei, das Bild der Polizei in der Öffentlichkeit schlecht zu machen.

Kottan weiß nicht, was die Öffentlichkeit für ein Bild von der Exekutive hat. Der Film hat es wahrscheinlich nicht verschlechtern können. Außerdem hat der Film ja nicht behauptet, dass Polizisten ununterbrochen Geständnisse herausprügeln oder Klotüren einrennen. Kottan sind genügend Fälle bekannt, in denen Beamte ein Geständnis beschleunigen wollten, oder sonst gegen die Vorschriften gehandelt haben. An die Öffentlichkeit kommen bestenfalls die spektakulären Fälle; etwa die beiden Kaufhausbesitzer, die vor ihrem Kaufhaus von Polizisten erschossen wurden. Die Polizisten hatten sie irrtümlich für Einbrecher gehalten.

Vor allem die unnötigen Kleinigkeiten werden bei der Polizei andauernd vertuscht: Zusammengehörigkeitsdenken, Corpsgeist. Eine Haltung, die es jedenfalls schwer macht, in *schweren Fällen* anders zu reagieren.

Der Resolution haben sich auch noch andere Berufsgruppen des öffentlichen Dienstes angeschlossen, weil auch ein Offizier des Bundesheeres und ein Eisenbahner im Film vorgekommen sind, die nach Dienstschluss Alkohol getrunken haben. Der verheiratete Eisenbahner hat gar eine Freundin gehabt. Vielleicht glauben es die Resolutionsverfasser wirklich: Es kann nicht sein, was nicht sein darf.

9

*Es würde mich beileibe nicht wundern,
wenn er sich am Ende als derjeniger,
welcher herausstellen sollte.*
Earl Derr Biggers

Das Kaffeehaus Jakob Uhrmachers heißt Andante, weil es sich in der Nähe des Konzerthauses befindet. Schremser ist mit seinem Privatwagen gefahren, einem Citroen DS mit Zusatzeinrichtung. Schremser kann mit der Hand Gas geben. Jakob Uhrmacher ist noch nicht bereit. Die zwei Beamten nehmen inzwischen im Lokal Platz. Das Kaffeehaus besteht aus zwei großen, hohen Räumen mit runden Marmortischen in der Mitte und rechteckigen bei den Fenstern. Der dritte Raum ist das Bridgezimmer, das erst am Nachmittag geöffnet wird. An einer Wand, die mit einem Renoir-Motiv tapeziert ist, steht ein jetzt zugedeckter Billardtisch.

Eine Serviererin in Schwarz-weiß bringt den bestellten Kaffee. Auf den Blechuntertellern liegen Zuckersäckchen mit aufgedruckten Tierkreiszeichen. Schrammel hat ein Päckchen mit *Steinbock* bekommen. Er ist wirklich Steinbock. Auch Schremser hat das richtige Säckchen: Widder.

»Der Uhrmacher hat sich über uns informiert«, vermutet Schrammel sofort.

»Zufall«, sagt Schremser.

Schrammel liest von seinem Päckchen ab: »Steinbock. Günstige Eigenschaften - ausdauernd, willensstark, ernst, schweigsam. Ungünstige Eigenschaften: hartherzig, starrköpfig, pessimistisch.«

Er legt das Päckchen weg und schaut sich ungehalten nach einem Zuckerstreuer um.

»Wo ist jetzt der Zucker?«, fragt er.

Schremser zeigt auf das eben weggelegte Zuckerpäckchen.

»Blöd steht nicht drauf?«

Auf das Gespräch mit Uhrmacher hat sich Schremser nicht eigens vorbereitet. Ein paar Fragen hat er in seinen Kalender eingetragen, die aber sowieso selbstverständlich sind. Er stellt sich Uhrmacher groß, schlank, Solarium-braun, Anfang 40 vor. Vielleicht mit einem dünnen Schnurrbart.

Um zehn Uhr 15 lässt Jakob Uhrmacher bitten. Er ist über 50, klein, bleich und hat einen stechenden Blick.

»Polizei hat meine Sekretärin gesagt«, beginnt er lässig, während er die Tür zu seinem Zimmer schließt. Auf dem mit Filz ausgelegten Gang zu diesem Zimmer hat Schremser eine zweite Tür registriert.

»Richtig«, sagt Schrammel.

Das Zimmer ist bestimmt über 60 Quadratmeter groß. Die Bezeichnung Büro ist auf jeden Fall falsch, obwohl bei einem der beiden Fenster ein Schreibtisch mit zwei Telefonen steht. Der Raum verfügt über eine Klimaanlage, was Schremser gleich anerkennend bemerkt hat. Die Wände sind voll mit modernen Graphiken. Der Teppich ist grau und weich.

Links von der Tür befinden sich ein dreisitziges und vier einsitzige Lederfauteuils, daneben ein schwarzer Hifi-Turm, zu dem zwei Boxen in Mahagoni mit schwenkbaren Hochtönern gehören. Ein englischer Stutzflügel versperrt den Zugang zum zweiten Fenster. Neben dem Schreibtisch hat Uhrmacher eine aufwendige Funkanlage installieren lassen, vor der sich ein fünfbeiniger Bürosessel auf Rollen befindet.

Die Gegenstände im Zimmer passen nicht zueinander, findet Schremser, wie der Gnom, der sie jetzt zu den Ledersitzen begleitet, auch nicht ins Zimmer passt. Ben Turpin hat bestimmt einen ähnlichen Blick gehabt.

»Der Ausweis«, sagt Schremser und versucht Uhrmacher seinen an einer Uhrkette befestigten Blechausweis hinzuhalten.

»Muss nicht sein«, meint Uhrmacher und streift die Krücken, die Schremser gegen sein Fauteuil gelehnt hat, mit einem Blick. »Er schon.« Uhrmacher zeigt jetzt auf Schrammel, der seinen Blick zu einer Radierung neben seinem Kopf abwendet: ein Stillleben, bestehend aus übergroßen, abgebrannten und noch nicht verwendeten Zündhölzern. Schrammel wird Uhrmacher *dafür* in ein paar Minuten den Bazooka unter das Fauteuil kleben.

»Ich möchte aber unbedingt einen Ausweis von Ihnen sehen«, sagt Schremser ruhig.

»Was?«

Uhrmacher reagiert zum ersten Mal unbeherrscht. Es wird ihm während der nächsten Minuten kein zweites Mal passieren. Er geht zu seinem Schreibtisch und sperrt eine Lade auf.

»Was ziehen Sie vor? Personalausweis, Führerschein, Reisepass, Ausweis vom Alpenverein?«

»Pass«, sagt Schremser unbeirrt.

Uhrmacher kommt mit dem Reisepass, der in einer blauen Schutzhülle steckt, in der Plauderecke an. Der Pass ist vor fünf Jahren vom Passamt in der *Inneren Stadt* ausgestellt worden. Das Foto ist in Farbe. Der

Blick aus dem Pass ist unverkennbar, die Haare Uhrmachers sind da noch etwas dunkler.

»Der läuft bald ab.«

»Weiß ich ja. Ich verreise selten.« Nach einer Unterbrechung von wenigen Sekunden setzt er fort: »Worum handelt es sich?« Die Sätze Uhrmachers klingen für Schremser schon wieder wie vorher: aufgesagt, stereotyp.

»Ein Mann ist vorgestern erschossen worden, der Ihnen möglicherweise bekannt ist.«

»Wie heißt er?«

»Erwin Haumer.«

Uhrmacher bleibt gelassen, ist nicht überrascht.

»Kenne ich nicht. Wer soll das sein?«

»Noch nie von ihm gehört?«

»Nein, Herr Inspektor.«

»Inspektor gibt es keinen«, verbessert Schrammel, das Muster der Rechthaberei.

»Entschuldigung. Vielleicht kenne ich den Herrn vom Sehen?«

Schremser legt die vervielfältigte Fotografie Haumers auf den niedrigen Tisch. Uhrmacher betrachtet das Bild ausgiebig und schüttelt den Kopf.

»Unbekannt«, verkündet er.

»Wirklich?«

»Hand aufs Herz«, sagt Uhrmacher. Schremser seufzt. Der Kaffeehausbesitzer schreckt wirklich vor keinem Satz zurück. Fehlt nur noch, denkt Schremser, dass er den Stechblick senkt.

»Warum haben Sie dem Haumer dann zwei nicht bestellte Gäste ins Haus geschickt?«

Schremser weiß, dass dieser Versuch keine Chance hat.

»Wohin denn?«, gibt sich Uhrmacher ratlos. »Wieso besteht überhaupt ein Zusammenhang zwischen dem und mir? Sie haben gesagt, er ist tot.«

»Er hat uns eine Nachricht hinterlassen. Da werden Sie mit zwei anderen Herrn genannt.«

»So? Mit wem?«

»Mit einem Alfons Stoiber.«

»Kenne ich auch nicht.«

»Der ist zurzeit auf Segelurlaub.«

»Schön für ihn.«

»Robert Pellinger heißt der andere.«

»Der ist mir bekannt«, sagt Uhrmacher. »Flüchtig«, schränkt er sofort wieder ein. »Der spielt gern Bridge.«

89

»In Ihrem Club?«

»Will ihm die Polizei bei mir Lokalverbot geben?«

»Wissen Sie, dass der Pellinger mehrmals vorbestraft ist?«

»Ja. Das ist *mein* Beitrag zu seiner Resozialisierung. Bei mir kann jeder spielen, wenn er nicht auffällt.«

»Der Pellinger steht nicht zufällig auf Ihrer Gehaltsliste?«

»Nein. Ich beschäftige eine Sekretärin, fünf Kellnerinnen und Kellner hier, vier in der Diskothek, einen Koch, einen Geschäftsführer, einen Rausschmeißer, wenn Sie es so nennen wollen, und zwei Aufräumfrauen.«

»Dürfte ich bei Ihnen Bridge spielen?«, will Schremser wissen. Er drückt seine Zunge gegen die Ritze zwischen seinen oberen Schneidezähnen. Er kann durch diese Ritze Wasser bis zu drei Meter versprühen: ein (bei der letzten Grillparty der Beamten vom *Raub* und *Mord*) mehrfach verlangtes Kunststück.

»Natürlich«, sagt Uhrmacher, der Schremser noch einmal mit den Augen abtastet. Auf Schremsers grünem Pfadfinderhemd zeigen sich unter den Achseln Schweißflecken, die schon vorher im Lokal (ohne Klimaanlage) entstanden sind. Der linke Fleck ist größer.

»Warum dürfen andere nicht?«

»Soll ich meinem gepflegten Publikum die ungustiösen Langhaarigen zumuten? Trinken ohnehin nur einen Kaffee und bleiben drei Stunden.« Jetzt schaut er Schrammel an. »Sie müssten auch einmal zum Friseur.« Schrammels strähnige Haare hängen über den Hemdkragen.

»Wird in Ihrer Diskothek mit Rauschgift gehandelt?«

»Das wird in jeder Diskothek.«

»Sie haben nichts damit zu tun?«

»Nein. Schauen Sie sich meine Steuererklärung vom letzten Jahr an. Die Lokale gehen nicht glänzend, aber ordentlich. Ich führe ein angenehmes Leben. Warum soll ich mich auf was anderes einlassen?«

»Ihr Ruf schaut ganz anders aus.«

»Wer hat was gesagt?«, regt sich Uhrmacher auf. »Ich verklage ihn sofort.«

»Sie übertreiben«, meint Schremser.

»Immer gibt es welche, die einem was nicht gönnen.«

»Vielleicht jemand, der in Ihrem Club zu viel verloren hat.«

»Beim Bridge geht es um lächerliche Einsätze.«

»Immer?«

Uhrmacher steckt ein Vitaminbonbon in den Mund, das er aus einer Seitentasche genommen hat. Schrammel hat die letzte Minute schon ungeduldig auf seine Frage gewartet und mit beiden Beinen gewackelt. Schremser lässt ihm die Frage.

»Wo waren Sie am Montag um 14 Uhr?«
»Ist da der Mann erschossen worden?«
»Ja.«
»Hier war ich.«
»Gibt es Zeugen?«, mischt sich Schremser ein. Schrammel hat wieder Pause.
»Mindestens zwanzig. Um 14 Uhr wird im Bridgeclub angefangen. Am Montag habe ich selber mitgespielt.«
»Aha«, sagt Schremser. »Sie spielen gern.«
»Zur Entspannung. Selten.«
Schremser hebt den Kopf. Uhrmacher scheint jetzt doch etwas zu eilig geantwortet zu haben und nicht mehr ganz so sicher zu sein. Er reibt seine Finger am Reisepass, den er noch immer hält.
»Aber am Montag, ausgerechnet um 14 Uhr wollten Sie auf jeden Fall beim Bridge dabei sein?«
»Gefällt Ihnen mein Alibi nicht?«
»Mir gefällt kein Alibi«, sagt Schremser.
Schrammel notiert die private Adresse und Telefonnummer Jakob Uhrmachers. Der doppelte Lokalbesitzer bewohnt eine Neubauvilla in Neustift; mit seiner zweiten Frau, die fünfzehn Jahre jünger ist als er. Die Töchter aus erster Ehe, 14 und 16 Jahre alt, stecken in einem Internat der Ursulinen.
Bei der Rückfahrt muss Schremser den Citroen an einer geregelten Kreuzung am Donaukanal stoppen. Er hat das Schiebedach mit der Handkurbel fast zur Gänze geöffnet und alle Seitenfenster nach unten gedreht. Es stinkt nach Pferdemist. Ein Fiaker muss vor kurzem die Kreuzung überquert haben.
Eine Explosion ist zu hören. Schrammel zieht unwillkürlich die Dienstwaffe und entsichert sie. Zwei Autos weiter hinten ist an einem Pontiac die Windschutzscheibe geplatzt. Der Fahrer hat im klimatisierten Auto bei voller Lautstärke die Bee Gees (*You Win Again*) angehört. Der verchromte Hifi-Turm im Wagen könnte der nur unwesentlich kleinere Bruder des Turms bei Uhrmacher sein.
Ein paar Meter weiter hält Schremser den Wagen wieder an: vor einem Frisiersalon.
»Sind die Haare wirklich zu lang?«, fragt Schrammel schüchtern.
»Nur eine Besorgung«, beruhigt ihn Schremser, verlässt das Auto und steigt die beiden Stufen zum Frisiersalon *Zeitelgruber* hinauf. Eine Minute später kommt er mit einer nur leicht gefüllten, weißen Nylontasche zurück.

Weil Schrammel und Schremser doch länger als erwartet ausbleiben, setzt sich Kottan mit den Anzeigen im zwanzigsten Bezirk auseinander; soweit das per Telefon möglich ist. Nach den Anzeigen von insgesamt fünf verschiedenen Personen soll es auf dem Allerheiligenplatz wiederholt zu Schießübungen gekommen sein. Der Allerheiligenplatz ist vom *Unfallort* nicht weit entfernt.

Kottan lässt sich mit dem Beamten auf dem Bezirkskommissariat[30] in der Pappenheimgasse verbinden, der die Untersuchung geleitet und im Moment zum Glück nicht dienstfrei hat. Der Beamte heißt Scheutl. Er hat mit seiner Gruppe sechs Jugendliche eruieren können, die für die Schießübungen verantwortlich waren.

»Sind alle auf freiem Fuß angezeigt worden«, teilt Scheutl mit. »Beziehungsweise die Eltern. In allen Fällen wegen Ruhestörung. In einem Fall: verbotener Waffenbesitz.«

»Welche Waffen«, unterbricht ihn Kottan.

»Luftdruckgewehre, Gaspistolen und ein Revolver.«

»Keine richtigen Gewehre?«

»Nein. Den Revolver haben wir nicht mehr retourniert. Ein Wehrmachtsrevolver, den einer der Burschen nur gefunden haben will.«

»Wäre es möglich, dass die auch Gewehre haben?«

»Glaub ich nicht. Bis auf die Zähne bewaffnet waren die nicht. Die haben an den Abenden auf Dosen und Tauben geschossen. Auch auf der Donauinsel.«

Genauso in der Nähe des Handelskais, fällt Kottan auf. Er überlegt, ob die Jugendlichen auch auf Bierdosen geschossen haben könnten, die ihm im Regal noch fehlen.

»Die allgemeine Tendenz zum Schießen«, ist Scheutls kurzgefasste Meinung.

»Ja«, sagt Kottan. »Vielleicht.«

»Da ist noch was, das auffällig ist«, fügt Scheutl an. »Die Burschen haben sich Uniformen verschafft von der NATO und von der deutschen Wehrmacht, SS-Gürtel und so weiter. Sie begrüßen sich auch mit Heil Hitler.«

»Eine Anzeige nach dem NS-Gesetz haben Sie nicht veranlasst?«

»Wegen Wiederbetätigung?« Scheutl lacht gekünstelt in die Sprechmuschel. »Die sind zwischen 15 und 18. Mit denen müsste nur ernsthaft gesprochen werden. Das ist alles.«

»Wer macht das?«

Scheutl gibt keine Antwort.

»Bis jetzt sind keine weiteren Beschwerden und Anzeigen gekommen«, sagt Scheutl und will damit seine Ansicht unterstreichen, dass die Jugendlichen zwar Waffennarren, aber harmlos und ansprechbar sind.

Er will Kottan eine Liste der Jugendlichen durchgeben. Kottan verbindet ihn mit Fräulein Domnanovics, die Kottan nach zehn Minuten die vollständige Liste samt den Adressen bringt:

Rudolf Breitner, 16, Gymnasiast, Rauscherstraße 12.
Gerald Wiesinger, 17, arbeitslos, Leystraße 27a.
Josef Zinke, 16, Mechanikerlehrling, Pöchlarnstraße 4.
Gernot Popelka, 18, Anstreicher, Mortaraplatz 6.
Karl Meister, 16, Anstreicher, Untersuchungshaft wegen
Dienstgeberdiebstahls und Raubüberfalls.
Peter Kastner, 18, arbeitslos, Engerthstraße 128.

Scheutl hält Gerald Wiesinger für den *Rädelsführer* und vermutet, dass ihn Kottan auch am späten Vormittag oder frühen Nachmittag daheim antreffen könnte.

Fünf vor zwölf treffen Schrammel und Schremser in Kottans Büro ein. Schremser gibt einen Bericht und schließt seine gefasste Meinung an: »Der Uhrmacher lügt.« Kottan berichtet von der jetzt zweifelsfreien Identifizierung Haumers. Schremser macht ein Gesicht, als habe er gehofft, dass der Erschossene doch nicht der ihm bekannte Betrüger ist. Die Nachricht vom zweiten Auftritt Haumers bei der Frau Kahlbeck nimmt Schremser auch nur mit einem Achselzucken auf.

Kottan will zunächst versuchen, Gerald Wiesinger zu erreichen und den unvermeidlichen Besuch bei Pellinger verschieben, von dem er sich so viel verspricht, wie beim Gespräch mit Uhrmacher anscheinend herausgekommen ist: nichts. Schremser liegt in der Einschätzung der Schießübungen genau auf der Linie Scheutls.

»Lausbuben«, sagt er und hält das Aufsuchen Wiesingers für »absolut sinnlos«, nicht einmal für eine lästige Pflichtübung.

Schremser nimmt sein in der Thermosflasche mitgebrachtes Menü (Grießnockerlsuppe, gekochtes Rindfleisch mit Rotkraut, Schokoladenpudding) vor dem Glas mit den Schleierschwänzen ein. Kottan beschränkt sich auf ein Fruchtjoghurt mit kleinen Erdbeerstücken. Zehn Minuten nach zwölf verlassen beide das Büro. Schrammel hält die Stellung.

Vor der Tür zum Präsidenten bleibt Schremser stehen und klopft an. Die Sekretärin ist nicht da. Schremser öffnet die nächste Tür. Vorwand: Der Präsident will gern informiert werden, wohin seine Beamten unterwegs sind. Pilch ist wieder nicht da: wahrscheinlich beim Mittagessen in der Kantine. Schremser tauscht den Fliegenspray mit dem Haarspray aus der Nylontasche aus. Beide Dosen haben etwa die gleiche Größe.

»Nicht vergeblich eingekauft«, meint Schremser zu Kottan, der die Szene wortlos beobachtet. Schremser präsentiert ein schadenfrohes Gesicht, als er wieder auf dem Gang ist. Kottan kann sich gut vorstellen, dass Schremser nicht davor zurückschrecken würde, selber Fliegen zu fangen und in einer leeren Käseschachtel ins Sicherheitsbüro zu transportieren, nur um den Präsidenten in Unruhe zu versetzen.

10

> *»Mein Gott, das ist ja absurd!«*
> **Sidney Sheldon**

Edvin Lund ist nach einer traumlosen Nacht gegen sieben Uhr aufgewacht und um acht aufgestanden. Er hat zwanzig langsame Liegestütze nur auf den Daumen und Mittelfingern gemacht, geduscht und mit einem Apfelshampoo die Haare gewaschen. Nachher hat er in einer Erzählung von Camus gelesen, die er in einer Taschenbuchausgabe mitgebracht hat. Das Buch hat seinen ständigen Platz auf der Ablage über dem Bett.

Dass offenbar ein anderer Erwin Haumer beseitigt hat, beschäftigt Lund seit gestern ohne Unterbrechung. An Zufall will er keinen Gedanken verschwenden. Er hat emsig nach Möglichkeiten gesucht, die dem Auftraggeber irgendeine geringfügige Chance lassen würden, ihn hier in der Stadt aufzuspüren. Er hat keine schwache Stelle an seinem Aufenthalt entdeckt.

Seiner Meinung nach ist auch der Auftraggeber überrascht worden; nicht vom Tod Haumers, nur durch den Umstand, dass Lund nicht der Täter gewesen ist. Die einzige Erklärung, die Lund möglich scheint, ist einfach. Es muss noch jemand erhebliches Interesse daran gehabt haben, Erwin Haumer zu beseitigen. Ein Unfall ist im Handumdrehen arrangiert. Lund wusste bis gestern nur über Haumers bevorzugte Bewegungen durch Wien Bescheid. Dass Haumer ein Gewohnheitsbetrüger war, hat Lund erst aus der Zeitung erfahren.

Er betrachtet die beiden Fotos, die Haumer auf einem Sportplatz als Zuschauer zeigen und mit dem anderen Material hinterlegt worden sind. Ein Mann Anfang vierzig, schätzt Lund, ohne besondere Kennzeichen, wenn man von seiner leicht vorgebeugten Haltung beim Gehen, die Lund beobachten konnte, und dem schlecht sitzenden Anzug absieht.

Lund bleibt auf jeden Fall noch einige Tage. Flughäfen und Grenzen werden seinetwegen sicher nicht bewacht. Eine plötzliche Abreise wäre also kein bedeutendes Gefahrenmoment, aber keineswegs notwendig. Er kontrolliert (wie an jedem Morgen) das zerlegbare Gewehr mit Zielfernrohr. Eine eher kleinkalibrige Waffe, die keine riesigen Verletzungen oder Zertrümmerungen verursacht.

Um zehn verlässt Lund die Wohnung in der leichtesten Hose, die er im Kasten gefunden hat. Er fährt mit dem Lift ins Erdgeschoß, läuft einem Briefträger über den Weg, der ihn aufhält.

»Wohnen Sie da?«, will der Briefträger wissen.

»Nein.«

Der Briefträger hebt das von ihm vor seiner Frage fallen gelassene Bündel Zeitungen wieder auf und geht zur Hausbriefanlage weiter. Der hat misstrauisch geklungen, redet sich Lund ein paar Minuten lang ein. Der kann nicht misstrauisch sein, lautet sein endgültiges Urteil. Vermutlich ist er nur neu in diesem Rayon.

Lund fährt mit der Straßenbahn und der Stadtbahn zum Westbahnhof. In der Stadtbahn bleibt er auf der gerippten Plattform und studiert die Benützungsvorschriften. Ein Kontrollor mit schwarzer Schirmkappe steigt ein, überprüft Lunds Fahrschein. Bei der nächsten Haltestelle steigt ein zweiter Kontrollor mit Kinnbart zu, der ebenfalls den Fahrschein begutachten will. Lund lehnt mit dem Kopf ab.

»Auch gut«, erklärt der Kontrollor. »Das macht 200 Schilling.«

Lund schüttelt wieder den Kopf, sagt weiterhin kein Wort und zeigt zum anderen Kontrollor, der im Wageninneren bei einer älteren Frau steht, die schwerhörig ist oder sich schwerhörig stellt. Der Kontrollor im Wageninneren bestätigt mit einem Nicken, dass Lund einen Fahrschein besitzt, der in Ordnung ist. Lund lächelt.

»Warum sagen Sie nichts?«, ärgert sich der Kontrollor mit dem löchrigen Bart. Er muss sein kleines Strafbuch wieder einstecken. Dem Kollegen im Wageninneren wird er gleich seine Klassifizierung Lunds mitteilen: Ei.[31]

Lund weiß, dass er eigentlich falsch gehandelt hat. Auch wenn sechs Kontrollore aufgetaucht wären, hätte er sechsmal den gültigen Fahrschein einfach vorweisen müssen. Jedem unnötigen Konflikt sollte er ausweichen.

Auf dem Westbahnhof wählt Lund in einer Kabine die Nummer des Auftraggebers und lässt lange läuten. Niemand hebt ab. Lund besorgt sich beim Kiosk im ersten Stock eine Zeitung, in der die Aufforderung Kottans an Zahnärzte und Krankenhäuser enthalten ist. Lund ist gleich sicher, was das bedeutet. Die Identität Haumers steht nicht unbedingt fest. In der Zeitung heißt der Vorfall vom Montag noch *Unfall*.

Das Bahnhofswirtshaus ist fast leer. Zwei Männer in langen Mänteln spielen bei den Stehtischen 17 und 4. Sie trinken aus großen Gläsern Weißwein. Der Musikautomat wird repariert. Eine öde Kulisse. Lund geht zum Schanktisch, hinter dem eine dicke Frau mit vielen Löckchen auf einem Sessel mit Plastiklehne sitzt. Sie kommt ächzend hoch.

»Eine Büchse Bier«, sagt Lund.

»Was wollen Sie?«, fragt die Verkäuferin laut. »Dosenbier?«

»Ja.«

»Red nicht so geschwollen daher. Willst mich ärgern?«

»Nein.«

Sie stellt ihm die Dose hin und kassiert 15 Schilling.

Um elf befindet sich Lund wieder in der Telefonkabine. Jetzt hebt der Auftraggeber schon beim zweiten Ton ab.

»Ich bin es«, sagt Lund nur.

»Warum?«

»Haben Sie die Zeitung gelesen?«

»Ja.«

Die Stimme des Auftraggebers hört sich sorgenfrei an.

»Möglicherweise ist nicht Haumer in dem Auto gestorben.«

»Bestimmt war es der Haumer. Das steht endgültig fest. Sie haben mich gestern nur für dumm verkauft.«

»Warum?«

»Der Haumer ist erschossen worden. Das war kein Unfall.«

»Wer behauptet das?«

»Ist im Radio durchgegeben worden.«

»Von wem erschossen? Ich war es nicht.«

»Ist schon gut«, meint der Auftraggeber gut gelaunt. »Wann wollen Sie über den Rest verfügen?«

»Ich melde mich.«

»Richtig, Sie bleiben ja noch«, sagt der Auftraggeber mit ungebrochener Fröhlichkeit. »Recht haben Sie. Machen Sie sich ein paar schöne Tage.«

Vor den Telefonzellen fragt ein glatt rasiertes Männchen mit weißen Schläfen, ob Lund seine Zeitung noch benötigt. Lund gibt sie bereitwillig ab. Beim Ausgang hält er einer Autostopperin mit Rucksack die Tür auf, bevor er ins Freie kommt. Er schaut nach oben. Der Himmel ist praktisch wolkenlos. Jemand berührt ihn von hinten an der Schulter: ein Polizist, der gutmütig salutiert.

»Kommen Sie mit«, sagt er dann. Gar nicht mehr gutmütig.

»Warum?«

»Nicht fragen«, meint der Polizist, »nur mitkommen.«

Er befördert Lund vor sich her, zurück in die Bahnhofshalle, wo ein zweiter uniformierter Polizist wartet, der den kleinen Mann mit den weißen Schläfen festhält. Daneben steht noch ein Zivilist. Wahrscheinlich ein Kriminalbeamter, glaubt Lund, der sich als Tourist getarnt hat: mit einer Polaroid-Kamera und einem gelben Aufschlaghemd, das mit verschiedenen Cognac-Marken bedruckt ist.

»Jerabek«, stellt sich der verkleidete Polizist vor. »Ich hab die Übergabe beobachtet.«

»Was reden Sie?«

»Gut beobachtet«, verbessert sich Jerabek, der ein Polaroid-Foto hält. Auf dem Foto ist das etwa 40jährige Männchen zu sehen, dem Lund die Zeitung überreicht.

»Gelungenes Foto, nicht wahr?«

»Ich kann mich ausweisen«, bietet Lund an.

»Umso besser«, meint Jerabek. »Wissen wir gleich, an wem wir sind.« Er ergreift den von Lund hingehaltenen Reisepass.

»Herr Schroth. Aus Köln.« Jerabek wendet sich dem anderen Festgenommenen zu, der bis jetzt noch nicht den Mund aufgemacht hat. »Und Sie? Kein Ausweis?« Jerabek bekommt keine Antwort. »Schön, das macht die Angelegenheit spannender. »Name?« Das Männchen hüllt sich beharrlich in Schweigen. »Na ja«, gibt sich Jerabek witzig, »in der Aufregung weiß man oft nicht, wie man heißt.«

»Was soll denn übergeben worden sein?«, fragt Lund.

Der uniformierte Polizist, der den Namenlosen festhält, weist ein Päckchen vor.

»Was ist das?«

»Wissen wir noch nicht«, antwortet Jerabek bissig. »Sacharin, Babypuder, Zement? Vielleicht helfen Sie uns auf die Sprünge? Wir sind informiert worden, dass es heute zu einer Übergabe kommt.«

»Klären Sie das gefälligst auf«, verlangt Lund von seinem angeblichen Mittäter. »Sie wissen doch ganz genau, dass ich Ihnen nur eine Zeitung übergeben habe.«

Das Männchen zuckt die Achseln, weicht Lunds Blick aus und findet die riesige Bahnhofsuhr besonders interessant.

»Unser Nobody ist stumm«, sagt Jerabek. Jeder der uniformierten Polizisten quittiert die Feststellung mit einem untergebenen Grinsen.

Lund ist klar, dass der andere Festgenommene die Überwachung des Bahnhofs bemerkt hat und mit der Bitte um die Zeitung einfach ihm den aktiven Part zuspielen wollte. Er holt zu einem Tritt aus, den der Polizist neben ihm unterbindet.

»Sie haben telefoniert«, meint Jerabek zu Lund.

»In Österreich verboten?«

»Mit wem?«

»Mit dem Hotel.«

»Wo wohnen Sie?«

»Noch nirgends. Bin ja erst angekommen.«

»Der eine heißt nicht, der andere wohnt nicht«, kommentiert Jerabek schon wieder für die Galerie, die mittlerweile neben den zwei Uniformierten aus wenigen gaffenden Zuschauern besteht. »Alle beide aus Luft.« Wahrscheinlich, vermutet Lund, gestaltet Jerabek Verhaftungen immer so humorvoll. »Im übrigen«, teilt Jerabek mit, »haben wir auch einen Film von der Übergabe gedreht.« Er zeigt auf einen Mann, der in einiger Entfernung mit einer Kamera abwartet. Auf einen Wink Jerabeks verlässt der Mann den Bahnhof.

»Interessanter Film«, sagt Lund, der sicher ist, diese Situation nicht unbeschadet verlassen zu können.

»Goldenen Bären werden wir keinen kriegen«, bedauert Jerabek. »Sie sehen, leugnen ist zwecklos. Sie sind dran. Alle zwei.«

Er lässt beide Festgenommenen von den Uniformierten durchsuchen, gibt nur mündliche Tips dazu. Beim Männchen kommt ein Revolver zum Vorschein.

»Oh«, sagt ein Dienstmann, der sich unter den Zuschauern befindet. Ein kleiner, gestutzter Pudel beginnt zu kläffen. Jerabek weist ihn samt seiner rosa Besitzerin aus der Halle.

Lund hat außer dem Pass nur österreichisches Geld eingesteckt.

»Kein Gepäckaufbewahrungsschein?«, wundert sich Jerabek.

»Nein.«

»Auch kein Schlüssel für ein Schließfach?«

»Nein.«

»Sie sind ohne Gepäck in Wien?«

»Das ist verloren gegangen.« Lund spürt, dass das nur mehr ein lächerliches Rückzugsgefecht ist.

»Traurig«, spottet Jerabek. »Für Ihre Verlustanzeige werden wir uns später auch noch Zeit nehmen. Wenn Sie wirklich noch Wert darauf legen.«

Er lässt das Männchen und Lund in zwei mittlerweile eingetroffene Funkstreifenautos verladen.

Im Sicherheitsbüro wird Lund von Jerabek und einem zweiten Beamten verhört. Der Inhalt des Päckchens hat sich schnell als Heroin herausgestellt.

»Astrein«, sagt Jerabek. »Um in Ihrem Slang zu bleiben.«

»Ich habe damit nichts zu tun«, beteuert Lund. »Der Zwerg will mich reinlegen.«

»Mit welchem Zug sind Sie gekommen?«, will Jerabek wissen.

Lund nennt den Namen und die Nummer eines Zuges, der am Morgen aus der Bundesrepublik eingetroffen ist. Lund hat den Namen, während er auf seinen zweiten Anruf gewartet hat, auf der Ankunftstabelle lesen und sich merken können.

»Wo ist Ihre Fahrkarte?«, fragt Jerabek mit plötzlich verschnupfter Stimme und gibt sich im nächsten Moment selber die Antwort. »Die ist wohl gleichzeitig mit Ihrem Gepäck in Verlust geraten. Hab ich recht?«

»Ja.«

»Unwahrscheinlich.«
»Die Wahrheit«, sagt Lund.
Jerabek muss kräftig niesen und sich schnäuzen.
»Keine Erziehung«, meint er sachlich zum anderen Beamten, der nur als Aufsicht anwesend zu sein scheint. »*Zum Wohl* sagt man doch bei euch bestimmt auch.«
»Es wäre gelogen«, sagt Lund.
Jerabek gefällt die Antwort. Er stößt seinen Kollegen gegen die linke Schulter und trägt das Papiertaschentuch zum Papierkorb.
»In welcher Klasse sind Sie denn gereist?«
»In der zweiten.«
»Allein im Abteil?«
»Eine ältere Dame, die ununterbrochen gestrickt hat, war mit mir im Abteil.«
»Herzig«, sagt Jerabek und knöpft sich seine Jacke auf. »Miss Marple?«
»Dann ist noch ein Vertreter für Lesegeräte dazugekommen.«
Jerabek verspricht eine rasche Überprüfung von Lunds Angaben. Lund weiß, dass ihm die beiden Kriminalbeamten kein Wort glauben. Auf keinen Fall werden sie die von ihm gemachten Äußerungen über die Bahnfahrt im Eiltempo überprüfen können.
»Kasperltheater«, nennt der zweite Beamte das Verhör. Er heißt Oskar Czermak und ist erst seit zwei Jahren beim *Suchtgift*. »Dem gehört eine aufs Maul.«
»Ja?«, sagt Jerabek, der dafür nicht zu haben ist.
»Oder in noch bessere Stellen.«
Jerabek lehnt ab. Lund hat mitgehört, weil die Beamten mit Absicht nicht geflüstert haben. Die verbale Drohung hält Jerabek für durchaus akzeptabel. Er wendet sich wieder Lund zu.
»Wo wohnen Sie in Köln?«
»Wie?«
»Ihre Adresse!«
»Maximilianstraße 56, Tür 13.«
Jetzt ist die Sache endgültig erledigt. Wahrscheinlich gibt es eine Straße mit diesem Namen in Köln überhaupt nicht. Lund war überzeugt, dass die alleinige Überprüfung seines Passnamens nichts ergeben hätte. Ein Walter Schroth ist in Köln auf jeden Fall gemeldet, hat man ihm in Saarbrücken versichert.
Jerabek begleitet Lund zum Fotografieren und zur Prozedur für die Fingerabdrücke. Eine Anfrage, ob etwas gegen Walter Schroth vorliegt, an die zuständige Stelle in der Bundesrepublik läuft schon. Im internationalen Fahndungsbuch hat Jerabek den Namen Schroth nicht finden

können. Er wird auch die eben genannte Adresse überprüfen lassen. Das Männchen, das in einem anderen Zimmer vernommen wird, schweigt noch immer.

»Scheiße«, sagt Lund, bevor er seine Finger einzeln in den vorgeschriebenen Quadraten auflegt.

»Wollen Sie mit Ihrer Botschaft oder Ihrem Konsulat Kontakt aufnehmen?«, fragt Jerabek.

»Nein«, antwortet Lund schnell.

Der Film ist außerordentlich rasch entwickelt und vorführbereit. Er ist auch, wie erhofft, ein unumstößlicher Beweis; allerdings ausschließlich für Lunds Beteuerungen. Es ist deutlich zu sehen, wie Lund nur die Zeitung übergibt. Das Paket hat das Männchen vom Anfang an in seiner Tasche gehabt. Auch das mehrmalige Betrachten des Films ändert an dieser Tatsache nichts.

Jerabek holt Lund persönlich aus der Untersuchungszelle, entschuldigt sich wort- und gestenreich, gibt den Pass zurück und berichtet, das Männchen (ein Italiener) habe inzwischen zugegeben, dass Lund nichts mit dem Heroin zu tun habe. Lund muss zum ersten Mal im Leben an Zufälle glauben. Als ihm vorhin die Fingerabdrücke abgenommen wurden, hat er sich endgültig aufgegeben. Seine Fingerabdrücke sind international bekannt, obwohl seine großen *Arbeiten* alle gelungen sind. Den allerersten Auftrag, bei dem es um die Tötung eines Gemischtwarenhändlers in Kopenhagen ging, wollte er seinerzeit als Notwehr tarnen, ist aber wegen Notwehrüberschreitung verurteilt worden. Diesen halb misslungenen Auftrag hat Lund aus seiner privaten Statistik gestrichen. Ein paar Morde in ganz Europa sind ihm später zurecht, einige fälschlich zugeschrieben worden.

»Sie werden gleich die nötige Verlustanzeige wegen Ihres Gepäcks erstatten wollen«, nimmt Jerabek an.

»Hier?«

»Hier geht es nicht. Ist Ihnen der Koffer auf dem Bahnhof weggekommen?«

»Ja.«

»Dann müssen Sie auf dem Wachzimmer dort die Anzeige machen. Ich lasse Sie selbstverständlich hinbringen.«

Jerabek geht mit Lund die Stufen hinunter zum Ausgang, entschuldigt sich noch einmal, schiebt Lund in einen wartenden Funkstreifenwagen und schlägt die Tür zu.

»Glück gehabt«, murmelt er, als er wieder im Gebäude ist, weil Lund keine Schwierigkeiten gemacht hat. In zwei Stunden wird er ganz anders darüber denken. Er holt sich ein *Sprite* vom Gangautomaten auf seinem Stock.

Lund sitzt im Fond, hat kaum Platz für seine Beine: seine derzeit geringste Sorge. Immer noch befürchtet er, die Streife könnte per Funk zurückbeordert werden. Er schwitzt auf den Handflächen, die er gegeneinanderpresst.

»Lassen Sie mich aussteigen«, sagt Lund, als das Polizeiauto auf den Parkplatz beim Bahnhof einbiegt.

»Das Wachzimmer ist da drüben«, sagt der hilfsbereite Fahrer und blickt in die Richtung seines ausgestreckten, linken Arms.

»Ich muss auf die Toilette. Dringend. Den ganzen Tag bin ich nicht dazu gekommen.«

Die polizeiliche Hilfsbereitschaft wird von Verständnis abgelöst.

»In Ordnung«, sagt der Fahrer und steigt jäh auf die Bremse.

11

Fire, but don't hurt the flag!
Theodor Fontane

Kottan vertraut sich wie Schrammel den Fahrkünsten Schremsers an, der zuerst protestiert und sich weigern will, seinen Wagen für die *überflüssige* Ausfahrt zur Verfügung zu stellen. Der gemeinsame Dienstwagen ist in der Polizeiwerkstatt beim Ölwechsel. Schremser fährt wie meistens zu schnell. Beide Beamten sind erleichtert, weil das *Ist-er's-oder-ist-er's-nicht-Spiel* vorbei ist. Schremser fällt ein, dass er bei Uhrmacher die Frage nach Ilona Rössler vergessen hat, findet es allerdings nicht tragisch und bringt nicht die Rede darauf. Uhrmacher hätte die Frage ohnehin nicht beeindruckt. Schremser beschäftigt sich in Gedanken lieber damit, was Haumer mit dem gestohlenen Opel vorgehabt haben könnte.

Während Schremser beim Überlegen auf keinen grünen Zweig kommt, nimmt Kottan die Zeitung, die im Citroen auf dem Rücksitz liegt. Die aktualisierte Ausgabe der E.Z., die Kottan kennt. Die erste Lokalmeldung reicht für Kottan aus, um die Zeitung zurück auf den Rücksitz zu werfen.

»Sind deine Aktien gefallen?«, fragt Schremser.

»Ein Lehrling hat eine Bank überfallen«, gibt Kottan den Inhalt der Meldung wieder, »einen Kassierer angeschossen und 120.000 Schilling erbeutet. Was, glaubst du, hat er mit dem Geld gemacht?«

»Verloren.«

»Im Spiel?«

»Auf dem Heimweg.«

»Er hat ein Motorrad gekauft, mit dem er nicht fahren darf, weil er erst 17 ist, eine Stereoanlage, Lautsprecher und eine Lichtorgel dazu. Er ist nicht einmal zum Auspacken gekommen.«

Das Haus in der Leystraße ist ein vierstöckiges Doppelzinshaus, 1912 erbaut, das zwei verschiedenen Besitzern gehört. Das rechte Haus ist renoviert worden, das linke Haus ist in desolatem Zustand. Am Stukkatur-Adler, der über den beiden Haustoren angebracht ist, wird die Halbierung besonders deutlich. Der linke Flügel ist ausgebessert und kalkweiß, der rechte Flügel zum Teil abgebrochen und beinahe schwarz. 27a ist das Abbruchhaus.

Schon im Stiegenhaus riecht es nach Katzendreck. Die Decken in mehreren Stockwerken sind mit geschälten Holzstämmen gepölzt. Neben der obligatorischen Hausordnung hängt ein Hinweis: *Achtung Rattenköder*. Die Ratten können nicht lesen, haben sich umgestellt und fressen die ausgelegten Köder auf. Gefährdet sind nur die türkischen Kinder, die den Hinweis auch nicht lesen können. Im Hof liegt Ziegelschutt.

Im Haus 27a wohnen nur mehr drei österreichische Parteien: ein 70jähriges Ehepaar, das nicht ins Altersheim mag, ein Verkäufer in einem Schallplattenladen, der stur bleiben will, und die Familie Wiesinger, die aus dem Vater, der als Gartenarbeiter bei der Stadtverwaltung angestellt ist, und dem Sohn besteht. Die Mutter ist 1974 an Leberzirrhose gestorben: mehr oder weniger eine Berufskrankheit, weil sie in einer Likörstube gearbeitet hat.

Die Wohnung der Familie Wiesinger verfügt über ein winziges Vorzimmer und zwei Kabinette. Wasser und Klo befinden sich auf dem Gang. Gerald Wiesinger ist zu Hause, wie es Scheutl vorausgesagt hat. Er ist 1,70 groß und hat eine Narbe auf der rechten Stirnseite. Im Freundeskreis gibt er gern einen Kampf mit einem Jugoslawen als Ursache für die Narbe an. In Wirklichkeit ist er als sechsjähriger Bub mit einer Rodel die Stiegen hinuntergefallen.

Wiesinger hat eine Jeans mit offenem Reißverschluss und einen viel zu weiten langärmeligen Pullover an, der an einigen Stellen dünn geworden ist. Ein etwa gleichaltriger Freund ist bei ihm. Sie sitzen beide auf dem Stahlrohrbett mit den gestreiften Matratzen, als Kottan ins Zimmer kommt.

Außer dem Bett befindet sich nur ein Kasten in dem kleinen Zimmer. An der Wand hängt ein großes Plakat von Arnold Schwarzenegger, daneben ein kleines, coloriertes Hitlerbild. Zwischen den *Jerry-Cotton-Heftromanen* liegen zwei Bücher: die blaue *Mein Kampf*-Ausgabe und ein bebildertes Buch über die Weltmeister im Schwergewichtsboxen. Auf einer umgedrehten Obstkiste steht ein Radio mit Kassettenteil.

»Es war offen«, rechtfertigt Kottan das Eindringen.

»Wenn ich daheim bin«, sagt Gerald Wiesinger, »lasse ich immer offen. Da traut sich von den Türken keiner her. Wenn man nicht im Haus ist, nützt ein Vorhängeschloss auch nichts.« Er ist sichtlich von seinen Worten überzeugt. »Sie kommen wegen der Delogierung?«

»Nein.«

Erst jetzt kommt Schremser mit den Krücken ins Zimmer.

»Für das Rote Kreuz geben wir nichts.«

»Polizei«, sagt Schremser, während sich Kottan das Zimmer anschaut.

»Kann jeder behaupten.«

Schremser holt wieder seine Legitimation an der vergoldeten Kette hervor.

»Was sagst du dazu?«

»Gefälscht.«

»Bist du der Gerald Wiesinger?«, fragt Schremser.

»Ja«, sagt er und betrachtet seinen Freund. »Oder bist du es?«

»Ist der von eurem Verein?«, fragt Schremser weiter und tippt den zweiten Jugendlichen mit einer Krückenspitze an.

»Nein. Er heißt Novotny und wohnt im Haus vis-a-vis. Was ist jetzt wieder?« Wiesinger wendet sich noch einmal seinem Freund zu. »Die Kieberer, wenn sie dich einmal im Aug haben, wirst nie wieder los.«

»Jetzt schenkst du dir kurz deine Weisheiten«, sagt Kottan. Er will die Glühbirne am Plafond einschalten, weil es ihm in dem Kabinett zu finster ist.

»Strom gibt es nicht mehr. Das Gas ist schon vor zwei Monaten abgedreht worden. Wenn Sie einen Schluck Wasser haben wollen, müssen Sie sich beeilen.«

Schremser verliert die Geduld.

»Jetzt reden wir normal!«, brüllt er und setzt fast flüsternd fort: »Genauer Name?«

»Gerald Martin Wiesinger.«

»Geboren?«

»Ja.«

Schremser hebt drohend eine Krücke.

»12. März 1972.«

»Wo warst du am Montag um zwei?«

»Weiß ich nicht.«

»Kann dein Arbeitgeber vielleicht für dein Alibi sorgen?«

»Schlecht. Ich bin arbeitslos. Ist bei euch was frei?«

»Wir sind nicht per du.«

»Sie schon«, ärgert sich Wiesinger. »Was wollt ihr mir anhängen? Den Türken kann so was nicht passieren. Die kriegen die freien Stellen nachgeschmissen.«

»Blödsinn«, unterbricht ihn Kottan. »Was ist mit euren Waffen?«

»Was soll sein? Sie sind konfisziert worden.«

»Ihr habt doch bestimmt Gewehre.«

»Nein!«

»Gehabt«, sagt Novotny plötzlich. »Eines.«

»Halt den Mund!«, schreit ihn Wiesinger an. »Der spinnt«, erklärt er in Richtung Kottan.

»*Du* hältst den Mund. Was ist mit dem Gewehr?«

Die beiden Jugendlichen sitzen schweigsam auf den Matratzen. Von draußen ist ein Presslufthammer zu hören.

»Heraus damit!«

Wieder ergreift Wiesinger die Initiative.

»Ich hab ein Geschäft vermittelt. Mich hat einer angesprochen im Cafe, ob ich ein Gewehr besorgen könnte. Nur leihweise.« Er rempelt Novotny an. »Sein Vater hat eines gehabt. 5000 Schilling waren geboten, für nur zwei Tage.«

»War trotzdem ein Scheißgeschäft«, sagt Novotny.

»Hat es sich der Interessent nicht abgeholt?«

»Doch«, bestätigt Wiesinger, »aber nicht mehr zurückgegeben.«

»Was war das für ein Gewehr? Wisst ihr die Typenbezeichnung?«

»Ein FK 1000«, ist Novotny sicher. Kottan schaut blitzschnell zu Schremser. Der macht bloß eine abfällige Handbewegung. Wahrscheinlich hat er recht, denkt Kottan. Diese Übereinstimmung muss gar nichts bedeuten. Außerdem wechseln jeden Tag mehrere Waffen ihre Besitzer.

»Dein Vater hat einen Schein für das Gewehr?«

»Hoffentlich«, sagt Novotny.

»Ich hätte merken müssen, dass uns der reinlegen will«, erklärt Wiesinger. »Hat nur Johannisbeersaft im Cafe getrunken und wie ein Komiker dreingeschaut.«

»Warum habt ihr euch überhaupt auf das Geschäft eingelassen?«

»Bei 5000 Schilling kannst nicht lang überlegen«, sagt Wiesinger.

»Hat dein Vater das Fehlen des Gewehrs bemerkt?«, mischt sich Schremser ein.

»Gestern.«

»Er will es schleunigst zurückhaben?«

»Ja«.

»War der Mann öfter in dem Cafe?«

»Nie vorher gesehen«, antwortet Wiesinger. »Hätte ich einen Ausweis verlangen sollen? Übergeben hab ich unter der Eisenbahnbrücke in der Hellwagstraße.«

»Wie alt war der Mann?«

»35 oder 45. Ich bin schlecht beim Schätzen.«

»Und sonst?«

»Komisch angezogen war er.«

»Wie?«

»Ich weiß nicht. Komisch eben.«

Kottan ist über den knarrenden Bretterboden beim Hitlerbildchen an der Wand angekommen.

»Wo ist der her?«

»Aus der Zeitung. Leider schon gestorben.«

»Und das liest du wirklich?«

Kottan berührt die verstaubte Mein Kampf-Ausgabe.

»Nur angefangen«, schränkt Wiesinger ein. »Kann man nicht *ganz* lesen. Eines der paar Bücher vom Vater.«

»Von dir brauche ich noch den vollständigen Namen und die Adresse«, sagt Schremser zu Novotny, der sich auf das scheckige Stahlrohr am Kopfende des Bettes stützt. Schremser greift in die Innentasche, muss aber feststellen, dass er seinen Kalender auf der Ablagefläche im Citroen zurückgelassen hat. Er nimmt das Foto Haumers und notiert Novotnys Angaben auf der weißen Rückseite.

»Warum stellt Ihr Fragen«, regt sich Wiesinger auf, »wenn ihr schon wisst, wer das Gewehr von mir bekommen hat?« Er ist aufgesprungen.

Kottan und Schremser schauen ihn ahnungslos an.

»Das ist er«, sagt Wiesinger und zeigt auf die Vorderseite des provisorischen Notizblattes.

»Der Haumer?«

»Der war es.«

»Nicht möglich«, berichtigt Kottan. »Der ist am Montag erschossen worden.«

»Meinetwegen«, sagt Wiesinger. »Das Gewehr hat er sich letzte Woche abgeholt. Ist ihm eben einer zuvorgekommen.«

»Er ist mit einem Gewehr erschossen worden, das möglicherweise ein FK 1000 war.«

»Gibt es bestimmt viele.«

Die Kriminalbeamten verabschieden sich jetzt eilig. Novotny bleibt auf dem Bett zurück. Wiesinger begleitet die Polizisten zur Wohnungstür, kommt sogar ins Stiegenhaus nach.

»Ist noch was?« sagt Schremser.

»So ein schlechtes Geschäft war das gar nicht«, erzählt Wiesinger. »Das Gewehr hab ich gestern zurückbekommen.«

»Vom Haumer?«

»Mit der Post ist es gekommen.« Wiesinger blickt nach hinten zur Tür, um sicher zu gehen, dass sein Freund noch im Zimmer ist. »Ich hab dem Novotny nichts gesagt.«

»Hast du es allein verkaufen wollen?«

»Warum nicht?«

»Schöner Freund«, sagt Schremser. »Wo ist das Gewehr?«

»Warten Sie.«

Wiesinger schleicht ins Zimmer seines Vaters und holt das Gewehr unter dem Bett hervor. Das Gewehr ist verpackt neben dem Nachttopf gelegen. Die Verpackung ist nur an einer Stelle von Wiesinger aufgerissen worden.

Im Auto können sich die beiden Beamten noch immer nicht beruhigen. Das Gewehr liegt auf dem Rücksitz.

»Glaubst du, das ist die Mordwaffe?«, fragt Kottan.
»Werden wir bald wissen.«
»Ich glaube es.«
»An der Identität des Toten kannst du nicht rütteln. Der Tote ist der Haumer.«
»Ich weiß. Der hat anscheinend seine eigene Ermordung nach Plan inszeniert.«
»Zelebriert«, verbessert Schremser. »Wieso soll er das gemacht haben?«
»Kennst du den *Tod des Handlungsreisenden*?«
»Was ist das?«
Schremser nimmt seinen Kalender von der verstaubten Ablage.
»Ein Stück von Arthur Miller. Ein Vertreter inszeniert, weil er keinen anderen Ausweg weiß, seinen Tod als Unfall, damit wenigstens die Versicherungssumme aus seiner Lebensversicherung für die Familie fällig wird.«
»Starkes Stück«, sagt Schremser.
Es dauert noch über eine Stunde, bis sich die bloße Vermutung durch den vorläufigen Bericht der Ballistik bestätigen lässt. Haumer ist mit einer Kugel aus dem Gewehr erschossen worden, das er sich nach den Angaben von Wiesinger und Novotny selbst besorgt hatte. Entweder hat sich Haumer die Waffe abjagen lassen oder er hat tatsächlich jemand beauftragt, auf ihn zu schießen. Gegen die erste Möglichkeit spricht vor allem Haumers Verhalten etwa beim Autodiebstahl. Er hat das Auto zwar gestohlen, sich aber mit einem Auftritt im Geschäft des Besitzers ausgiebig *vorgestellt*, was keiner Notwendigkeit entsprochen hat. Er wollte offenbar erkannt werden.
Ist der Aussage Wiesingers zu trauen? Kottan hat eigentlich keine Zweifel, auch Schremser nicht, der den Jugendlichen erst gar nicht aufsuchen wollte. Schremser wird auch darauf nicht freiwillig die Rede bringen. Kottan macht keine Anspielung, weil er genau weiß, dass niemand mit diesem Ergebnis rechnen konnte. Er ist auch ziemlich sicher, dass es sich nicht um eine Versicherungssumme handelt, die jetzt von irgendjemand eingefordert werden könnte. Wem nützt Haumers Tod eigentlich? Uhrmacher vielleicht, möglicherweise auch Stoiber oder Pellinger. Die Befragung Pellingers lässt sich nicht weiter aufschieben.
Wen könnte Haumer mit seiner Ermordung beauftragt haben? Oder sollte man es lieber gleich bestellten Selbstmord nennen? Kottan sieht keine aussichtsreiche Möglichkeit, um den Schützen zu eruieren. Das Gewehr wurde am Montag bereits um 16 Uhr vom Hauptpostamt am Fleischmarkt an Wiesinger aufgegeben. Am Gewehr fanden sich keine Fingerabdrücke, auf dem Paket nur unvollständige; wahrscheinlich von Postbediensteten. Schrammel war ja nicht in der Nähe.

12

Jawohl, Herr Präsident!
Alfred Coppel

Beim Interview mit Pellinger will Schrammel unbedingt dabei sein. Kottan lehnt ab, weil er ein Aufgebot von drei Leuten für den kleinen Zuhälter übertrieben findet.

»Wir wollen ihn befragen«, rechtfertigt er den Entschluss. »Nicht erschrecken.«

Schrammel macht ein enttäuschtes Gesicht. Das kann er gut. Er legt mit großer Bewegung einen Kaugummi nach. Auf dem Hauptpostamt soll er Erkundigungen anstellen, ob sich jemand an die Aufgabe des immerhin auffälligen Pakets am Montag erinnern kann.

Vor der Abfahrt taucht Pilch im Büro auf. Den Austausch der Spraydosen dürfte er noch nicht bemerkt haben. Er berichtet vom Anruf eines stellvertretenden Bezirksvorstehers, der dem Dezernat nahe legt, Jakob Uhrmacher nicht über Gebühr zu *strapazieren.*

»Was soll ich machen?«, fragt Kottan.

»Weiß ich nicht«, sagt Pilch. »Ich überbringe Ihnen nur die Nachricht.«

In der Maske des väterlichen Freundes gibt er sich nur bei Pressekonferenzen, bei denen Erfolge zu melden sind. Nach dem raschen Abgang Pilchs erkundigt sich auch noch Dr. Brauneder von der Staatsanwaltschaft, was es mit der Befragung Jakob Uhrmachers auf sich hatte.

Der Dienstwagen ist inzwischen vom kleinen Service zurück. Sogar gewaschen ist er worden. Kottan setzt sich ans Steuer. Schremser unterlässt jede Bemerkung.

Pellinger wohnt in einer auf Hochglanz gebrachten Jugendstilvilla im 19. Bezirk. Kottan steigt nicht sofort aus. Er betrachtet mit beinahe wütendem Gesicht das Haus und den Ziergarten.

»Für einen Strizzi wohnt er nicht schlecht«, sagt Kottan.

»Der Uhrmacher erst recht nicht.«

»Am Hungertuch scheint das ganze Trio nicht zu nagen.«

Kottan besitzt selbst (mit seinem Bruder) nur eine gemauerte Badehütte in der Nähe von Tulln. Das Häuschen befindet sich auf zwei Meter hohen Pfeilern, weil das Grundstück zum Hochwassergebiet gehört. Der Grund war deswegen billig zu haben. Das jährliche Hochwasser ist auch noch nie ausgeblieben.

Über fünf italienische Marmorstufen gelangt man zum Hauseingang. Pellinger wird die Beamten gleich auf die Echtheit der Stufen aufmerksam machen. Er steht bereits hinter der Tür und zeigt sich zuvorkommend. Pellinger ist etwa von Kottans Größe, trägt einen matten Anzug mit Westchen, seine Haare sind frisch gewaschen. Von Pomade oder einem karierten Sakko keine Spur. Ein Showmaster, urteilt Schremser. Pellinger fühlt sich wirklich so.

Die von Pellinger unvermittelt begonnene Führung durch die Räume des Hauses bricht Kottan ab, der wissen will, wo die beste Gelegenheit für ein Gespräch gegeben ist.

»Im Salon«, sagt Pellinger. »Oben.«

Er hat sich im Ernst an der Rückseite des Hauses einen Lift bauen lassen, in dem er jetzt mit Kottan und Schremser in den ersten Stock schwebt. Der Salon ist angefüllt mit Stehlampen, Schränkchen, einem großen Porzellanhund, einem Kanapee und unzähligem Krimskrams. Pellinger öffnet die Bar neben dem offenen Kamin.

»Was zu trinken?«

»Nichts«, sagt Schremser. »Danke.«

»Bier«, sagt Kottan.

»Gibt es bei mir nicht«, entschuldigt sich Pellinger. »Leider.«

»Ist wohl nichts für einen Feinspitz?«

»Bitte friedlich bleiben«, mahnt Pellinger, der sich auf dem Kanapee niederlässt, während die zwei Polizisten mit einer Holzbank Vorlieb nehmen müssen. Pellinger hat auf der Oberkante des Kanapees eine aufsteckbare Nackenstütze angebracht, die für Autositze bestimmt wäre. Kottan gibt noch nicht auf.

»Die Polizeiakten kennen Sie in ganz anderer Verfassung.«

»Das ist ewig her«, sagt Pellinger.

»Woher kommt das Geld?«

»Es gibt sie eben doch«, sagt Pellinger gelassen in Richtung der zwei offenen Münder, »die anonymen Millionäre.«

»Märchenstunde«, meint Schremser.

Pellinger scheint sich selber zu glauben. Er schaut Kottan freundlich an. Kottan saugt in seinem Joghurt-Mund an seiner Plombe.

»Ein Klassenlos muss man haben, Herr Inspektor.«

»Inspektor gibt es keinen!«, keift Kottan in Schrammel-Manier.

»Nein? Was sind Sie dann?«

»Sagst einfach Major zu mir.«

»Ein so vertrauliches Gespräch lehne ich ab.« Pellinger zeigt mit dem Zeigefinger auf Kottan und macht große Nasenlöcher.

»Na gut«, resigniert Kottan. »Was sagt Ihnen der Name Erwin Haumer?«

»Der arme Kerl ist erschossen worden, hab ich gehört.«

»Von wem gehört? Vom Uhrmacher?«

»Im Mittagsjournal. Soll ein Gauner, Idiot und Erpresser gewesen sein, hab ich außerdem gehört. Nicht im Mittagsjournal.«

»Den Uhrmacher kennen Sie schon?«

»Herr Uhrmacher heißt das. So viel Zeit wird sein. Ein bisschen.«

»Sie spielen Bridge?«

»Ja«.

»Hat er Sie informiert, dass wir am Vormittag bei ihm waren?«, wirft Schremser ein.

»So gut kenn ich ihn nicht.« Pellinger hat es sich noch bequemer gemacht und die Kopfstütze nach hinten verstellt.

»Wo waren Sie am Montag um zwei Uhr?«, fragt Kottan.

»Beim Bridge.«

»Um die Zeit ist zufällig Erwin Haumer erschossen worden.«

»Pechvogel.«

»Sie und der ... Herr Uhrmacher haben ein gegenseitiges Alibi. Ideal.«

»Es hat mich ja nicht nur der Herr Uhrmacher dort gesehen.«

»In Ihrer früheren Branche sind Sie nicht mehr aktiv?«

»Nein. Schon lang nicht.«

»Und wenn wir Ihre Schönheit von früher befragen?«

»Können Sie ruhig machen. Die verdient ihr Geld jetzt in einer Kinokassa.«

»Wieso?«

»Weil Sie nicht mehr schön genug ist.«

Kottan hat keine Lust mehr. Er steht auf, Schremser erhebt sich ebenfalls. Er hat noch eine Frage auf Lager. »Wie stehen Sie zu Alfons?«

»Der...« Pellinger verredet sich doch nicht. »Welcher Alfons?«

»Stoiber.«

»Keine Ahnung, wer das ist. Spielt er Bridge?«

»Der hat uns abserviert wie vor ein paar Stunden der Uhrmacher«, sagt Schremser auf den Marmorstufen im Freien.

»Dem Stoiber wird das genauso spielend gelingen«, prophezeit Kottan.

»Der ist wenigstens noch nicht zurück.«

Das Büro ist besetzt, als Kottan und Schremser ankommen. Jerabek lässt den Verhörsessel fast zur Gänze unter sich verschwinden und löffelt einen Gabelbissen aus. Pilch, der auf Kottans Polster gesessen ist, steht sofort auf. Er fährt mit der Zunge seine Oberlippe entlang. Kottan bleibt unter der Kugellampe stehen, Schremser lehnt sich gegen die Tür, durch die er das Zimmer betreten hat.

»Hallo«, sagt Jerabek sauer. »Ich hab einen Mörder für euch ohne Mord.«

»Fein«, sagt Kottan ungerührt. »Den kann ich brauchen. Ich hab einen Mord ohne Mörder. Wo ist er?«

»Ich hab ihn laufen lassen.«

»Weil du nicht zuständig bist?«, ätzt Schremser. Jerabek weiß die Bemerkung nicht zu würdigen. Pilch wirkt abwesend und beschäftigt sich weiterhin mit seiner Oberlippe.

»Das ist eine verdammte *und* dumme Geschichte«, bleibt Jerabek ernst. »Wir haben heute am Westbahnhof bei einer Übergabe zwei Verdächtige festgenommen. Der eine, hat sich herausgestellt, hatte nichts damit zu tun und wurde auf freien Fuß gesetzt.« Dass er Lund sozusagen im Polizei-Taxi wegbringen hat lassen, behält er für sich. »Die Überprüfung seiner Adresse und der Fingerabdrücke hab ich deswegen nicht mehr gestoppt. Die Adresse in Köln und der Name sind falsch. Die Fingerabdrücke beweisen, dass er ein von vier Staaten gesuchter Mörder ist.«

»Was soll ich jetzt machen? Ihn bitten, dass er zurückkommt?«

»Ein Auftragskiller ist das. Verstehst du?«

»Ja.«

»Bei uns in der Stadt.«

»Freigewähltes Exil«, meint Schremser.

»Der ist garantiert nicht auf Urlaub da. Der hat was vor.«

»Hier hat noch nie jemand einen Spezialisten gebraucht«, erklärt Kottan, »zumindest keinen Ausländer, keinen Reisenden auf dem Gebiet.«

»Der Haumer vielleicht«, sagt Schremser.

»Der hat den nicht benötigt für seine letzte Vorstellung«, glaubt Kottan. »Wär' ihm auch viel zu teuer gekommen.«

Er betrachtet die Polizeiaufnahmen von Lund. Auf den Fotografien steht noch Walter Schroth. In den Telex-Angaben findet sich der richtige Name. Kottan behält eine der Fotografien in der Hand.

»Wie ist dein Eindruck von ihm?«

»Er wirkt wie ein gutmütiger Basketballspieler.«

»Ist er mit einem Zug gekommen?«

»Er hat kein Gepäck bei sich gehabt.«

»Also ist er schon länger hier, hat was vorbereitet oder bereitet was vor.«

»Wird der nicht versuchen«, sagt Jerabek, »möglichst schnell Wien und Österreich zu verlassen?«

»So einfach ist das nicht. Er muss annehmen, dass wir bald nach seiner Entlassung seine richtige Identität festgestellt haben. Hast du die Fahndung vorbereitet?«

»Ja.«

»Großfahndung?«, sagt Kottan und schaut den Präsidenten an. »Oder?«

Jetzt ist es mit der Stille vorbei.

»Was denn sonst?!«

Schremser beachtet den Ausbruch nicht: »Die Fotos müssen heute noch ins Fernsehen. Zu größter Vorsicht mahnen. Ich glaub, der bleibt noch, sogar, wenn er seinen Auftrag jetzt bleiben lässt.«

»Wo kann sich so einer verstecken?«, meldet sich Pilch noch einmal zu Wort. »Haben Sie eine Ahnung?«

»Irgendwo da draußen«, sagt Kottan und zeigt aus dem Fenster, von dem aus die halbe Stadt überblickt werden kann. Die ersten Lichtreklamen werden gerade eingeschaltet.

Jerabek, den das verhaftete Männchen am Nachmittag einmal *Schweinchen Dick* genannt hat, unternimmt mit Schremser die notwendigen Schritte. Pilch verlässt mit knallenden Schuhen das Dezernat. Kottan will sich auf den Haumer-Fall konzentrieren. Der Fall ist immerhin einmal anders: zumindest verwirrend. Kottan wird das Bild nicht los, dass er mit Schrammel und Schremser nur mehr von Tür zu Tür geht, um die Fragen zu stellen, mit denen jeder rechnen durfte. Eigentlich auch wie immer, findet er dann. Er will durch das Finanzamt, in dessen Zuständigkeit Uhrmacher fällt, über Uhrmachers Einkommens- und Vermögenslage Bescheid bekommen. Da erreicht er heute niemand mehr. Den Pellinger könnte er höchstens für eine Überprüfung der Vermögenssteuer empfehlen.

Lund, steht im Telex, soll bei seinen Aufträgen gezielte Gewehrschüsse bevorzugen. Das versetzt Kottan doch in Erstaunen, dem Lunds kurzsichtiger Blick auf den Fotos aufgefallen ist. Vielleicht haben Uhrmacher, Stoiber und Pellinger sich Lunds Dienste gesichert. Oder nur einer von den dreien? Die könnten sich Lund bestimmt leisten. Gegen Haumer? So kann es nicht gewesen sein. Wie wäre Lund an das von Haumer besorgte Gewehr gekommen? Für ein paar Sekunden hat Kottan zum ersten Mal einen ganz anderen Verdacht.

Schremser kommt wieder ins Zimmer.

»Soll ich dableiben?«, fragt Kottan.

»Ich bleibe«, sagt Schremser. Er hat für heute kein besonderes Essen vorbereitet. Das Guppyweibchen, das er einem Papageiplaty ausgeliefert hat, wird erst in ein paar Tagen für Nachwuchs im Aquarium sorgen.

»Ich bin den Abend über daheim erreichbar.«

Kottan öffnet die Tür und stößt mit Schrammel zusammen.

»Nichts hab ich herausbekommen«, schnauft das Helferchen.

»Hab ich erwartet«, sagt Kottan und schließt von außen die Tür.

Beim Abendessen ist Kottan mit seiner Frau allein. Gerhard hat schon früher gegessen und sich in sein Zimmer zurückgezogen. Die Mutter ist von einem jüngeren Bekannten, einem Psychologen beim Bundesheer, abgeholt worden. Die beiden gehen in ein indisches Restaurant, nachher ins Kino oder tanzen. Ilse isst nur langsam. Kottan glaubt, dass sie die beste Möglichkeit abwartet, um ihn mit einer Neuigkeit zu überraschen. Er irrt sich nicht.

»Der Gerhard wird zu keiner Prüfung zugelassen«, sagt sie, als sich Kottan über den Nachtisch hermachen will. Kottan schaut sie an, zögert, fängt dann doch an: Erdbeeren mit Staubzucker. »Dir ist das egal?« Ihre wasserblauen Augen funkeln.

»Nein«, sagt Kottan. »Soll ich antreten?«

»Und eine Woche nach England will er auch noch fliegen.«

»Jetzt hat er ja genug Zeit.«

»Allerdings. Ein ganzes Jahr verliert er wieder.«

»An wen?«, fragt Kottan und kratzt sich an der Nase. Im Schnurrbart hängen zwei Erdbeertropfen.

»Du hast selber zehn Jahre fürs Gymnasium gebraucht.«

»Was hab ich verloren?«

Der Major beeilt sich mit den Erdbeeren und weicht dem aufkeimenden Streit ins Badezimmer aus.

»Feigling«, sagt Ilse und schaut ihm nach. Er setzt beim Gehen die Fersen wie der Präsident auf. Das Hemd ist ihm schon während des Essens aus der Hose gerutscht, weil er beim Tisch gern den obersten Hosenknopf öffnet: eine Angewohnheit, die der Bequemlichkeit dient. Die geschlossene Hose würde seinem Bauch schon noch standhalten. Für *den* Mann hat Ilse seinerzeit nicht geschwärmt.

Kottan sperrt die Tür ab, lässt Wasser einlaufen und klettert in die Badewanne. Vom Telefontischchen im Vorzimmer hat er eines der Merkblätter mitgenommen, die heute in dreifacher Ausfertigung eingelangt sind. Der Wiener-Stadtschulrat hat mit der Suchtgift-Abteilung der Polizei eine Kampagne gegen den Genuss von Rauschgift durch Schüler gestartet, weil die meisten Eltern völlig ahnungslos sind. Auf den Blättern werden die verschiedenen Formen der Rauschgifte und die Symptome von Süchtigen erläutert. Ein Psychologe lässt sich darüber aus, was bei Schulkindern zum Drogengebrauch führen kann.

»Alles«, sagt Kottan, legt das Merkblatt auf die Waschmitteltonne neben der Badewanne, hält sich die Nase zu und taucht unter.

13

> *People tell me love's for fools*
> *Here I go breaking all the rules*
> **Buddy Holly**

Lund hat beim Westbahnhof ein Taxi genommen, nachdem er sich von der Wegfahrt der Streife überzeugt hat. Der Taxifahrer hat ohne Aufforderung von den am Sonntag bevorstehenden Galopprennen in der Freudenau berichtet und seine Mutmaßungen für die Einläufe bekannt gegeben. Lund hat sich in angemessener Entfernung von der Hochhausanlage absetzen lassen.

Im Zimmer befreit er sich von seinen Kleidungsstücken, lässt sie da fallen, wo er gerade steht und bleibt in der Unterhose auf einem Sessel beim Fenster. Er zündet sich eine Zigarette an, lässt den Rauch aber nur in die Mundhöhle vordringen. Die Wohnung muss er umgehend räumen. Die Fahndung nach ihm hat möglicherweise schon eingesetzt. Auf keinen Fall, da macht er sich keine Hoffnungen, bleibt ihm genug Zeit, über einen Straßen-Grenzübergang aus dem Land zu kommen. Den Leihwagen vor dem Haus kann er vergessen, weil er ihn mit dem Namen Walter Schroth angemietet hat. Er legt das Gewehr auf den Boden der Falttasche und packt Wäsche drüber. Er wird einiges in der Garconniere zurücklassen müssen. Mit den Koffern will er nicht aus dem Haus.

In der Dämmerung schaltet Lund das Licht nicht ein, verharrt auf seinem Posten beim Fenster. Draußen ist kaum noch jemand unterwegs. Um 20 Uhr 30 kommt aus der Stiege zwei der gegenüberliegenden Wohnhausanlage eine Frau, die einer orangeroten Tigerkatze an einem langen Strick etwas Auslauf verschaffen will. Zwischen den Wohnhausanlagen sind zwei breite Rasenstreifen mit Sträuchern und drei Ahornbäumen, außerdem ein Kinderspielplatz mit Kletterturm, Wippe und Rutsche. Lund hat die Frau schon an früheren Tagen beobachten können.

Erna Kovarik ist 37 Jahre alt, 1,60 groß, vollschlank und hat brünette Haare. Sie lebt allein in einer Zwei-Zimmer-Wohnung. Sie hat sich von ihrem Mann, einem gelernten Installateur, vor sechs Jahren scheiden lassen, weil er ein Dauerverhältnis mit einer wesentlich älteren Tschechin eingegangen war. Kinder hat sie keine. Erna Kovarik arbeitet als Sekretärin und Telefonistin bei einer Getränkeauslieferung. Da hat sie immer schon gearbeitet.

Ihr Freundeskreis ist eng. Einmal hat sie bescheidene Hoffnung auf ein (von ihr in zwei Tageszeitungen gesetztes) Inserat verschwendet. Es sind insgesamt 50 Briefe gekommen; die meisten Zuschriften mit Bild: eine Ansammlung von Kuriositäten und Idioten. Erna Kovarik hat alle Bilder (wie in ihrem Inserat versprochen) zurückgeschickt und schriftlich ihr Desinteresse mitgeteilt, auch denen, die kein Rückporto beigelegt hatten.[33]

Mit zwei Männern hat Erna Kovarik telefonisch Kontakt aufgenommen. Der eine, ein 30jähriger Spitalsarzt, ist nicht zum vereinbarten Treffpunkt beim Planetarium gekommen, der andere war ein 27jähriger, großer und schüchterner Apotheker, der im Brief behauptet hatte, ausgiebig über Freizeit zu verfügen.

Beim ersten Treffen hat er sie mit dem Auto auf der Suche nach einem geeigneten Lokal durch sieben Bezirke kutschiert, bevor sie ihn in ein verlässlich offenes Wirtshaus im Prater umleiten konnte. Auf jeden Fall war er ganz nett und wusste unterhaltsame Geschichten. Beim fünften Treffen, dem zweiten in ihrer Wohnung, hat er es erst gewagt, ihr Gesicht zu berühren. Gleichzeitig teilte er ihr mit, verheiratet zu sein. Beim sechsten Treffen hat er mit ihr geschlafen und ist mitten in der Nacht nach Hause aufgebrochen. Bis dahin war fast ein Jahr vergangen, weil sich die ausgiebig vorhandene Freizeit bald als leeres Versprechen herausgestellt hatte.

Die Katze heißt Corinna, ist sterilisiert und gegen Tollwut und Katzenseuche geimpft. Seit zwei Jahren teilt sie die Wohnung mit Erna Kovarik. Den abendlichen Spaziergang unternehmen die beiden, wenn es die Witterung erlaubt, fast jeden Tag, in der Hoffnung, nicht allzuvielen Hunden über den Weg zu laufen. Corinna bewegt sich kreuz und quer über den Rasen, zerrt am Strick, lässt sich nur schwer von einem verwitterten Ahornblatt abbringen, das sich im Wind leicht bewegt.

Um 20 Uhr 45 betritt Erna Kovarik wieder das Haus, nimmt der Katze das Halsband ab und legt den zusammengerollten Strick samt Halsband in ihr Brieffach im Erdgeschoß. Die Briefträger haben das bisher toleriert, obwohl es sich selbstverständlich um *missbräuchliche Verwendung* von Eigentum der Post handelt. Beim Lift wartet ein großer Mann, der eine Reisetasche in der rechten Hand hat. Er grüßt und hält ihr die Aufzugstür auf.

»Welche Etage?«, fragt er.

»Dritte«, gibt Erna Kovarik bereitwillig Auskunft, die für die Liftfahrt die Katze auf den Arm genommen hat. Der Mann hat Etage gesagt, fällt ihr auf, nicht wie üblich Stock. Der ist nicht von hier, denkt sie. Der Mann in der offenen Lederjacke drückt den Knopf des dritten Stockwerks, der aufleuchtet, dann den des sechsten. Erna Kovarik kennt niemand aus dem sechsten Stock persönlich.

»Auf Wiedersehen«, sagt sie im dritten Stock, während ihr der Mann wieder die Tür öffnet. Dann kommt er hinter ihr zur Wohnungstür nach. Noch im Umdrehen nach ihm hört sie das Geräusch eines aufspringenden Messers. Er hält ihr den Springer an den Hals und den Mund zu.

»In die Wohnung«, befiehlt er. »Dalli und kein Wort.«

Sie hat den Schlüssel schon in der Hand gehabt, sperrt auf, was ihr nur umständlich gelingt, obwohl sie sich nicht absichtlich Zeit lassen will. Lund hält sie jetzt am linken Oberarm fest, die Tasche hängt in seiner linken Armbeuge. Was wird das?, geht ihr durch den Kopf: Raub? Vergewaltigung? Er betritt mit ihr im Gleichschritt den Vorraum.

»Licht«, verlangt er, und sie schaltet das runde Wandlicht neben dem Spiegel in Körpergröße ein. Lund macht die Tür mit dem Fuß zu.

»Kein lautes Wort«, drückt er sich jetzt genauer aus und nimmt das Messer ein wenig zurück.

»Sie tun mir weh.«

Er lässt ihren Oberarm los, die Katze springt auf den Linolboden und jagt in die Küche. Besuchern gegenüber bleibt Corinna reserviert, weil die nur ihre Gewohnheiten durcheinander bringen.

»Wo führen die Türen hin?«

»Ins Bad, ins Klo, in die Küche, ins Wohnzimmer, ins Schlafzimmer«, zählt Erna Kovarik auf und zeigt auf die entsprechenden Türen. Der Versuch, ihre Angst nicht zu zeigen, ist nicht einmal ein Versuch.

»Erwarten Sie jemand?«

Sie will schon mit ja antworten, überlegt es sich aber angesichts der wieder näherkommenden Messerspitze.

»Nein.«

»Sind die Vorhänge in den Zimmern zugezogen?«

»Ja.«

»Sie machen in jedem Raum Licht.« Erna Kovarik will gleich mit dem Badezimmer anfangen. Er hält sie noch einmal zurück. »Haben Sie eine Waffe in der Wohnung?«

»Nein«, sagt sie und schaltet hintereinander die verschiedenen Beleuchtungen ein. Lund stellt die Tasche auf die Eckbank in der Küche. Wenigstens eine übersichtliche Wohnung, registriert er zufrieden. Während ihres Beleuchtungsrundgangs hat er das Zuleitungskabel des Vierteltelefons aus dem Kästchen an der Vorzimmerwand gerissen. Den Schlüssel hat er ihr abgenommen, die Wohnungstür von innen zugesperrt und den Schlüssel in seine Hose gesteckt.

»Hat jemand einen zweiten Schlüssel zur Wohnung?«

»Nein.«

Erna Kovarik steht wieder im Vorzimmer, weiß nicht, was sie unternehmen könnte, während Lund das Wohnzimmer und das Schlafzimmer begutachtet. Sie rafft sich zu einem Satz auf.
»Was ist mit Ihnen?«
»Ich werde gesucht«, sagt er. »Genügt das? Machen Sie bitte nichts Unüberlegtes.«
»Bitte?«
»Ja. Machen Sie keine Schwierigkeiten. Meine Situation lässt keine Rücksicht zu.«
Lund hat noch immer das offene Messer in der Hand. Der Griff ist braun und schmal, die Klinge kurz. In der Garconniere hat er sich nicht mit der Beseitigung seiner Spuren aufgehalten. Das Material über Haumer hat er mitgenommen, um es bei nächster Gelegenheit zu vernichten.
»Ziehen Sie sich aus«, heißt sein nächster Befehl.
Also doch Vergewaltigung, denkt Erna Kovarik fast schon gleichgültig und kommt seiner Aufforderung nach.
»Schwein«, sagt sie.
»So sind Sie für mich am ungefährlichsten«, behauptet Lund.
Das stimmt zwar zum Teil, andererseits gefällt es ihm, hier seine Macht auszunutzen, die nur von einem kurzen Messer gesichert wird. Sie streift die Schuhe, die Bluse und den Faltenrock ab. Ihre Überlegungen, ob es eine Chance gegen den um einen Kopf größeren Mann geben könnte, führen nicht weit. Sie hat vorhin nicht gelogen. In der ganzen Wohnung gibt es keine Waffe, wenn man von den Wellschliffmessern in der Küchenlade absieht. Vielleicht hätte sie den Judokurs, den sie vor ein paar Jahren begonnen hat, doch zu Ende besuchen sollen?
Er fordert sie stumm zum Weitermachen auf. Sie kommt zuerst aus dem gelben Slip, auf dem Monday steht. Heute ist Mittwoch. Dann zieht sie den gelben BH ohne Körbchen, der sich nicht öffnen lässt, über den Kopf. Außer den weißen Socken, die ihr etwas über die Knöchel reichen, ist sie nackt. Sie verschränkt die Arme vor ihren Brüsten und schaut zu Boden. Ein bisschen Restbräune vom Vorjahr ist zu sehen. Auf dem rechten Oberschenkel befindet sich ein dunkler Fleck, der dicht behaart ist. Die Haare zwischen den Schenkeln sind heller.
Erna Kovarik sammelt ihre Kleidungsstücke ein, behält dabei ihren linken Arm weiterhin vor den Brüsten. Sie bringt das Gewand ins Badezimmer, legt es auf die Waschmaschine.
»Und jetzt?«
»Habe ich Hunger. Was haben Sie im Kühlschrank?«
»Buttermilch, Extrawurst, Emmentaler und zwei Schweinsschnitzel.«

»Gut«, sagt Lund. »Sie kochen. Wiener Schnitzel habe ich noch nicht gehabt, obwohl ich schon einige Tage hier bin. Die werden Sie doch zustandebringen?«

»Ja.«

Sie macht ihn nicht darauf aufmerksam, dass zu einem richtigen Schnitzel Kalbfleisch gehört. Sie nimmt die beiden Fleischstücke aus dem Eiskasten und aus einem Fach daneben die Schachtel mit der Fertigpanier. Lund hat sich zum Küchentisch gesetzt. Er legt das Messer mit der nun eingezogenen Klinge auf die grüne Tischplatte.

Erna Kovarik holt die Sicherheitspfanne aus dem Hängekästchen hinter Lund. Im Kästchen steht auch der schwere Drucktopf. Er verfolgt sie ausnahmsweise nicht mit seinen Blicken. Sie stellt sich vor, wie sie den Topf auf seinen Schädel niedersausen lässt. Die ganze Küche sieht sie voll Blut. Könnte sie schnell genug sein?

»Schließen Sie den Schrank«, sagt er.

Sie macht das Kästchen schnell zu und geht mit der Pfanne zum Elektroherd. Die Platte ist schon eingeschaltet. Die Pfanne ist nicht mehr neu. Erna Kovarik benötigt schon einigermaßen Öl, damit nichts anbrennt. Die Frau bleibt bei den in der Pfanne schwimmenden Schnitzeln. Ihm imponiert das Bild mit der nackten Frau am Küchenherd. Sie hat es inzwischen aufgegeben, ihre Brüste zu verstecken.

Lund steht auf, tritt von hinten an sie heran und streichelt ihre Brüste. Die Brustwarzen reagieren nicht auf seine Berührungen. Sie schweigt, wendet die Schnitzel. Lund lässt sie los und setzt sich wieder zum Tisch.

»Au!«, schreit sie, weil sie ein hochspritzender Fetttropfen oberhalb des Nabels getroffen hat. Jetzt bekommt sie eine Gänsehaut.

Vor dem Essen öffnet Lund eine Flasche Rotwein, die neben dem Eiskasten auf ihre Verwendung gewartet hat. Der Wein hat keinen Namen, heißt nur *Tafelwein* und ist aus einem Großmarkt in die Küche von Erna Kovarik übersiedelt. Die Getränkeauslieferung, in der sie angestellt ist, beschäftigt sich ausschließlich mit Bier und Cola-Ersatz. Lund bestimmt, dass sie ebenfalls ein Schnitzel essen muss und zumindest genauso viel Rotwein trinkt wie er selbst. Der Wein schmeckt indiskutabel. Kopfschmerzen wird er davon bekommen, ist Lund jetzt schon sicher.

Er betrachtet sie auch während des Essens unentwegt. Ihre Brüste sind gar nicht besonders groß, hängen kaum nach unten. Die Streifen des BHs sind blasser geworden. Ihre Schultern sind breit, die rechte hält sie ständig etwas tiefer als die linke. Er wird sich diese Frau nicht entgehen lassen, fasst er einen endgültigen Entschluss, während sie ein paar losgelöste Panierstücke zum Tellerrand schiebt.

Nach dem Essen stellt er die weißen Teller in die Waschmuschel. Die halb vollen Gläser bleiben auf dem Küchentisch. Das Radio im Wohnzimmer liefert Jackson-Musik, die Lund auch bei geringer Lautstärke unerträglich findet. Er sucht ein anderes Programm, stößt auf die Direktübertragung eines Fußballspiels im Europacup. Dann meint Peter Alexander in der deutschen Fassung eines Presley-Schlagers: »*Bist du einsam heut Nacht?*«

»Im Moment nicht«, sagt Lund. »Danke für die Nachfrage.« Er dreht das Radio ab.

»Wollen Sie was spielen?«, fragt Erna Kovarik, um wenigstens irgendwas zu sagen, als sie die rauschende Toilette verlassen hat und im Türrahmen zum Wohnzimmer stehenbleibt.

»Spielen?«

»Schach vielleicht«, schlägt sie vor, obwohl ihr dieser Vorschlag gleich wieder abwegig vorkommt.

»Schön«, sagt er. Seit Jahren hat er nicht mehr Schach gespielt. In der Schule hat er sich manchmal an kleinen Turnieren beteiligt.

Sie holt das zusammengerollte Lederbrett und den ehemaligen Schnittenkarton mit den Figuren aus dem Sekretär. Ein schwarzer Turm fehlt, den Lund durch ein eingepacktes Hustenzuckerl ersetzt. Er überlässt ihr die weißen Figuren. Gespielt wird auf dem Tisch im Wohnzimmer: der zweite Esstisch in der Wohnung. Er verlangt, dass sie beide Beine unter dem Tisch auf seine Oberschenkel legt. Er streichelt sie bis zum Knie. Sie zuckt hin und wieder mit den Kniescheiben, vermeidet es jedoch, ihn anzusehen. Er bleibt bei ihren Knien, kommt nicht höher: eine selbst gesetzte Grenze. Als Gymnasiast hat er sich, wenn er mit Mädchen weg war, auch immer für jedes Treffen eine Grenze gesetzt, über die er sich nicht hinauswagen wollte.

Erna Kovarik spielt nicht besser als er, lässt sich aber mehr Zeit. Er büßt ein Pferd und einen Läufer ein, weil er sich zu schnell für die einzelnen Züge entscheidet. Als er zum ersten Mal verloren hat, lächelt sie ihn sogar an.

»Nichts Unüberlegtes unternommen«, meint sie. »Wie Sie gesagt haben.«

»Wie heißen Sie?«

»Erna.«

»Ich heiße Konrad Fellerer.« Das ist nicht gelogen, denn im österreichischen Pass steht dieser Name. Sie lächelt noch einmal. »Finden Sie Konrad komisch?«

»Ja.«

Er hebt jetzt auch seine Beine, findet mit beiden Fersen auf ihrer Sesselfläche Halt und berührt sie von links und rechts mit den großen Zehen an den Hüften. Sie gibt vor, keine Notiz davon zu nehmen.

Lund verliert auch die zweite Partie, obwohl sie (wieder mit den weißen Figuren) mit einem Turmbauern eröffnet hat. Er lässt zwei Partien Fressschach folgen: das komplette Gegenteil von Schach. Hier gewinnt, wer zuerst keine Figuren mehr auf dem Brett hat. Lund kann auch bei diesem Spiel nicht reüssieren.

Für ein paar Minuten wechseln sie wieder in die Küche. Sie stellt in einer Teekanne Wasser auf und füllt zwei Tassen mit Filterkaffee: Jacobs Monarch.

»In Jugoslawien heißt der Kaffee Republik«, behauptet Lund.

Er beordert sie ins Bad, füllt selber die Wanne bis zur Hälfte mit Wasser und misst die Temperatur mit dem Badethermometer. Sie steckt sich die Haare hoch und steigt vor ihm in die Wanne. Lund nimmt auf dem Gummistoppel Platz, der Sicherheitsabfluss drückt sich gegen seinen Rücken. Wie rücksichtsvoll, denkt sie. Er will seine Beine zwischen ihre Beine schieben. Sie presst die Beine fest aneinander. Sie beginnt sich zu waschen. Er seift ihr den Rücken ein, legt die Seife weg und zieht sie zu sich. Sie behält die Augen offen und presst die Lippen zusammen. Er lässt sie wieder auf ihren Platz in der Wanne.

»Sie finden das vielleicht romantisch. Ich nicht.«

Er dreht ihr den Rücken zu, lässt sich einseifen.

»Darf ich aussteigen?«, fragt Erna Kovarik, als sie den Schaum von ihrer Haut gespült hat.

Er nickt, während er mit der Seife seine Achseln bearbeitet. Sie nimmt das Badetuch vom Haken, trocknet sich ab, geht ins Vorzimmer, öffnet einen Kasten und legt Lund ein Handtuch (weiße Herzen auf rotem Frottee) über die Waschmuschel. Auf der weißen Tapete im Klo befinden sich rote Herzen. Sie putzt sich die Zähne, bevor sie das Badezimmer verlässt. Er hört sie ins Schlatzimmer gehen.

Sie dreht sich gleich wieder um, bewegt sich vorsichtig zum Telefon im Vorraum, hebt ab. Lund kommt nicht besonders schnell, aber noch nass aus dem Bad.

»Wen haben Sie anrufen wollen?«

»Ich weiß es nicht. Tut mir Leid.«

Schon bevor sie festgestellt hat, dass die Leitung unterbrochen ist, ist sie unsicher gewesen, ob sie wirklich die Polizei anwählen soll. Was lässt sich die Polizei in so einer Situation einfallen, hat sie überlegt. Nehmen die überhaupt auf sie Rücksicht, wenn etwa ihr aufdringlicher Besucher besonders intensiv gesucht wird?

»Das Leben ist schwer genug«, sagt Lund ärgerlich, nimmt ihr den Hörer aus der Hand und legt ihn auf die Gabel. »Es ist noch schwerer, wenn man blöd ist.« Den Satz hat er in einem Buch gelesen, das nicht von Camus ist.

»Philosophisch«, stimmt sie ihm zu. Er scheint ihren Versuch doch gelassen hinzunehmen. Sicherheitshalber tritt sie einen Schritt zurück. Lund versetzt ihr zwei schallende Ohrfeigen mit der verkehrten Hand. Sie heult los, flüchtet ins Bett.

»Tut mir Leid«, sagt er, obwohl sie das bestimmt nicht mehr hören kann. Im Bad rasiert er sich mit dem Nassautomaten aus seiner Reisetasche und vergisst auch nicht eine Portion Hautbalsam hinterher.

Er löscht das Licht im Schlafzimmer, bevor er auf der rechten Seite von ihr ins Bett steigt. Die Abschlusswände des Bettes sind aus Bambusrohr. Die Katze hat er auf dem Gang gelassen: nicht gerade Corinnas Lieblingsplatz. Das Bett ist Lund viel zu weich.

Erna Kovarik schluchzt noch immer. Die beiden Schläge haben die über Stunden in ihr aufgestauten Angst- und Hassgefühle entladen. Ihr Polster ist nass geweint, bemerkt Lund. Er schiebt einen Arm unter ihren Nacken und dreht sie auf den Rücken. Wie ein Kind seiner Puppe Bewegungen aufzwingt, findet sie. Mit der rechten Hand zeichnet er Quadrate und Kreise auf ihren Bauch. Das kann er lang machen, glaubt sie. Er kommt schließlich unter die Tuchent, leckt an ihren Brüsten, bevor er sich mit dem Kopf zwischen ihre Beine drängt. Sie will ihn zurückhalten, hat nicht genug Kraft dazu, weil sie ihre Fingernägel nicht einzusetzen wagt. Der Unbekannte ist der erste Mann, der das bei ihr versucht. Ihr Installateur-Mann hat es für pervers gehalten, die wenigen nachfolgenden Bekanntschaften konnten sich nicht dazu entschließen. Er muss das oft gemacht haben, nimmt sie an, denn die Bewegungen seiner Zunge beginnen zu wirken. Sie hält sich den Polster gegen das Gesicht, versucht sich immer wieder wegzudrehen, beißt in den Polster. Er drückt mit den Händen ihre Oberschenkel gegen die Matratzen. Er erreicht, was er vorgehabt hat: Sie kommt ihm nicht aus, wimmert, schreit, dass er aufhören soll. Angenehm war es bestimmt nicht, denkt sie, als er den Griff lockert. Sie zieht die Beine an. Zu weinen hat sie aufgehört.

Lund dreht sie zur Seite und hebt ihr rechtes Bein hoch. Jetzt spürt sie gar nichts mehr, nur seine langsamen, gleichmäßigen Bewegungen. Sie ist fast froh über diese Veränderung. Auf keinen Fall will sie ihn in Wut bringen und überlegt, ob sie ihm etwas vorschwindeln soll. Als sie sich dafür entschieden hat, hält er ihr die rechte Hand gegen den Mund. Er beeilt sich nicht, bleibt bei seinen Bewegungen stur wie ein Metronom. Zuletzt umfasst er mit beiden Händen ihren Hintern.

Als er fertig ist, sagt er: »So«, und zieht sich nach einer weiteren Minute aus ihr zurück. Er hat die ganze Zeit keinen Laut von sich gegeben, nur immer wieder lang den Atem angehalten.

»Schauen Sie zu mir«, verlangt er.

Sie dreht sich zu ihm, liegt mit der rechten Wange auf seinem Oberarm und der Schulter. Sie ist schläfrig. Dabei müsste sie aufgeregt sein. Nicht einmal der Bohnenkaffee wirkt. Lund betrachtet die Lichtflecken an der Decke. Ein Fleck sieht aus wie ein Colt.

Das Bett ist für zwei zum Schlafen recht unbequem. (Das Ehebett hat Erna Kovarik noch am gleichen Tag, an dem das Scheidungsurteil Rechtskraft erlangte, abholen lassen.) Andererseits wird Lund auf jeden Fall durch jede ihrer Bewegungen während der Nacht aufwachen. Sie wird ihn, falls sie etwas vorhat, nicht überraschen können. Sie ist wirklich beim Einschlafen, spürt er. Zuerst zuckt sie mit einem Bein, dann mit dem ganzen Körper. Keine üble Situation, urteilt Lund, für einen Tag, an dem er fast für immer ins Gefängnis geraten wäre.

Bevor Erna Kovarik am Morgen (nach sechs) richtig wach ist, fällt Lund noch einmal über sie her. Sie hat die Augen offen und beobachtet ihn. Um sieben Uhr rasselt der Wecker.

»Ich muss weg«, erklärt sie und richtet sich im Bett auf. »In die Arbeit.«

»Heute haben Sie frei«, sagt Lund gönnerhaft, der bereits aufrecht im Bett gesessen ist und eine unangezündete Zigarette im Mund hat. Er will sehen, wann der Pyromane in ihm die Oberhand behält.

»Ich verliere die Stelle.«

»Na gut. Rufen Sie eben an, melden Sie sich krank.«

»Das Telefon ist kaputt.«

»Von der Telefonzelle aus können Sie das ebenso gut erledigen.«

»Kommen Sie mit?«

Ihr Gesicht ist verdrückt.

»Ich warte hier.«

Sie kann sich beim besten Willen nicht vorstellen, dass er plötzlich jede Vorsicht vergisst und sie aus der Wohnung lässt. Die Socken hat sie die ganze Nacht über angehabt.

Sie wäscht sich über der Waschmuschel, er über der Badewanne, die noch den Schmutzrand von gestern aufweist. Die Katze bekommt frische Leber aus dem Eiskasten in einer Schüssel. Lund nimmt das zerlegte Gewehr aus seiner Reisetasche, setzt es beim Wohnzimmertisch zusammen.

»Wollen Sie aus meiner Wohnung auf jemand schießen?«, will Erna Kovarik wissen. Sie steigt nur in ihre Töffler, die sie etwas größer erscheinen lassen.

»Nein. Gehen Sie noch nicht?«
»Wer garantiert Ihnen, dass ich wiederkomme?«
»Ich kann Sie von der Haustür bis zum Fernsprecher sehen. Sie werden zurückkommen.«
Er hält das zusammengestellte Gewehr in ihre Richtung.
»Ich geh schon.«
»Außerdem haben Sie die Geisel vergessen.«
Lund berührt mit dem Gewehr den Kopf der Katze, die plötzlich noch kleiner aussieht. Die Katze hat ihre Leber bereits verzehrt und streift mit der Schnauze zweimal den Gewehrlauf, der auf sie gerichtet ist.
»Läuten Sie nirgends im Haus an«, gibt er Erna Kovarik als Rat mit auf den Weg. »Das kann ich hören. Wenn Sie nicht in dreißig Sekunden vor dem Haus auftauchen, ist die Katze tot.«
Lund sperrt die Wohnungstür auf, hört Erna Kovariks Schritte zum Lift, während er die Katze zurückhält, die ihrer Besitzerin folgen will. Dann postiert er sich im Schlafzimmer beim Fenster. Den blauen Vorhang schiebt er auf die Seite. Von draußen kann ihn wegen des Spitzenvorhangs bestimmt niemand erkennen. Die Katze streicht jetzt um seine Füße.
Erna Kovarik verlässt das Haus. Sie nimmt den kürzesten Weg zum öffentlichen Fernsprecher, der sich neben dem jetzt leeren Kinderspielplatz befindet. Sie dreht sich kein einziges Mal um. Das Gewehr ist schussbereit. Lund beobachtet sie durch das aufgesetzte Zielfernglas. In der Telefonzelle kann er sie nur von hinten betrachten. Er zielt zwischen ihre Schulterblätter. Nach nicht einmal vier Minuten ist sie wieder in der Wohnung.
»Was sagt die Firma?«, erkundigt sich Lund. »Oder haben Sie woanders angerufen?«
»Alles in Ordnung. Ich hab Angina.«
Lund steht mit dem Gewehr im Vorzimmer. Sie weiß, was kommt: die Wiederholung der Striptease-Vorstellung von gestern. Heute will er, dass sie sich nur oben freimacht und aus der Unterhose steigt. Den Faltenrock darf sie anlassen. Dieses Gefühl, sie ständig in Reichweite, ständig zu seiner Verfügung zu haben, findet er aufregend. Erna Kovarik fügt sich. Ihre Verachtung ist nicht kleiner geworden. Auf der heutigen Unterhose steht *Tuesday*. Sie bleibt hartnäckig um zwei Tage zurück.
Um acht Uhr fünf läutet es an der Wohnungstür.
»Wer ist das?«, fragt Lund.
»Vielleicht der Briefträger.«

Sie zieht rasch den Morgenrock über, der auf einem Kleiderhaken an der Außenseite des Vorzimmerkastens hängt. Der Kleiderhaken fällt auf den Boden. Für Lund klingt das Geräusch wie Poltern.

»Sie werden nicht aufmachen.«

»Der kann mich gesehen haben«, warnt sie, »als ich telefoniert habe.«

»Ich bleibe hinter der angelehnten Tür im Wohnzimmer«, gibt Lund nach. »Mit dem Gewehr. Nehmen Sie Ihre Post in Empfang, unterschreiben Sie, falls das notwendig ist, aber halten Sie den Mann nicht auf.«

Beim dritten Klingeln öffnet sie. Es ist ein Mann vom Telefondienst, der die mehrfach gemeldete Störung beheben will. Er stellt seine Arzttasche neben das Telefon. Den Schnitt im Kabel findet er schon nach wenigen Sekunden. Er schaut Erna Kovarik vorwurfsvoll an, die sich auf die Katze ausredet.

»Kräftiges Biest«, meint er und wechselt das Zuleitungskabel aus: eine Arbeit, die er bald erledigt hat.

»Was kostet das?«

»Nichts. Den Preis finden Sie auf der nächsten Telefonrechnung.«

Beim Eintreten ist ihm ihre leichte Bekleidung gleich aufgefallen. Er macht sich geile Hoffnungen und will das Vorzimmer nicht verlassen.

»Ich muss der Verrechnungsstelle nicht unbedingt die Reparatur melden«, sagt er und stößt mit zwei anzüglichen Bemerkungen nach. Erna Kovarik zeigt auf die Schuhe Lunds, die unter der Kleiderablage stehen. Lächerlich, ist ihr erster Gedanke, dass sie sich gegen die beginnenden Aufdringlichkeiten mit einem Hinweis auf den Mann wehren muss, der sie seit gestern terrorisiert.

»Mein Mann ist zu Hause«, erklärt sie.

Lund hat die Situation erfasst und beginnt im Wohnzimmer zu pfeifen. Jetzt hat es der Telefonmann eilig. Bevor Lund ins Vorzimmer treten kann, hat Erna Kovarik den Morgenrock wieder ausgezogen.

»Schnell begriffen«, lobt Lund. »Bedanken wollen Sie sich nicht?«

»Bestimmt nicht. Hätten Sie zuschauen wollen?«

Er schickt sie zum Einkaufen weg. Für das Mittagessen bestellt er sich einen Bauernschmaus. Zeitungen soll sie ebenfalls mitbringen.

Während ihrer Abwesenheit überprüft er die Utensilien, die zu seiner vorübergehenden Veränderung notwendig sein werden. Er wird die Reise in den Westen Österreichs mit fast schwarzen Haaren und dementsprechendem Bart antreten. Das Foto im Pass ist auf diese Veränderung vorbereitet.

Als Erna Kovarik zurück ist, weiß sie Bescheid. Sie hat die Artikel in den Zeitungen gelesen, die en face- und Profilfotos gesehen. Lund studiert den Bericht über seine Fahndung.

»Warum verschwinden Sie nicht?«, fragt Erna Kovarik.
»Sie sind verrückt. Da draußen rennt jeder zweite mit einer Zeitung in der Hand durch die Gegend und hält nach mir Ausschau.«
»Sie können nicht ewig hier herumsitzen.«
»Habe ich nicht vor.«
»Wie lang, glauben Sie, halte ich das aus?«
»Stellen Sie sich nicht an.«
Beim nächsten Stop am Schlafzimmerfenster sind die auffällig vielen unauffälligen Herren im Freien nicht zu übersehen. Er zerrt sie zum Fenster.
»Was haben Sie gemacht?«
»Nichts«, verteidigt sie sich.
Nur wenig später ist Lund beruhigt. Die Hochhausanlage wird umstellt. Wahrscheinlich hat sich der Briefträger an sein Gesicht erinnert. Jetzt kommen auch uniformierte Polizisten dazu. Zwei Männer in Übergangsmänteln und dreieckigen Hüten verlassen das Hochhaus. Gleich darauf betreten es ein paar andere in kugelsicheren Westen. Ihre Köpfe sind ohne Schutz. Er würde sie nicht verfehlen, ist Lund sicher, wenn er dieses Aufgebot noch in der kleinen Wohnung drüben empfangen müsste. Als er Schüsse im Hochhaus hört, schmunzelt er.

14

Was ist das bloß für ein beschissenes Land,
wo schon morgens um sieben die Sonne aufgeht?
Udo Lindenberg

Adolf Kottan betritt kurz nach sieben das Büro. Schremser hat im Nebenzimmer mit dem Kopf auf dem Computertisch geschlafen und dabei zwei Schnellhefter als Kopfpolster verwendet. Der Bundespräsident an der Wand hat die ganze Nacht kein Auge zugemacht. Beim Eintreten Kottans wacht Schremser auf und taumelt zu seinem Schreibtisch. Er rollt den Kopf, weil er Schmerzen im Nacken hat.

»Wie war die Nacht?«

»Nicht aufregend«, berichtet Schremser gähnend. »Die Hinweise sind überschaubar geblieben. Ließen sich praktisch alle durch Funkstreifen überprüfen. Ich hab das Zimmer nicht verlassen müssen, hab sogar Zeit zum Lesen gehabt.«

Kottan ist bekannt, dass sich Schremser hin und wieder lateinische Texte im Original vornimmt; bevorzugt Catull, Ovid und Sallust.

»Ein paar intelligente Herren haben allerdings Polizei gespielt«, setzt Schremser fort.

Ein schwedischer Torhüter ist attackiert worden, wobei er Gesichtsverletzungen und einen Armbruch davongetragen hat. Der Schwede ist gestern nach Wien gekommen, um bei der *Austria* ein Probetraining zu absolvieren. Die Täter sind flüchtig. Im 16. Bezirk hat ein Konditor einen Jugoslawen angeschossen, weil er den gesuchten Killer vor sich zu sehen glaubte. Der Jugoslawe weist nicht die geringste Ähnlichkeit mit Lund auf.

»In den letzten Stunden war überhaupt nichts mehr los«, beschließt Schremser seinen Bericht zur Lage des Dezernats. Er nimmt Kottan die mitgebrachten Zeitungen ab. Auf den ersten Seiten gibt es keine Meldungen außer vom *internationalen Mörder in Wien*. Nur ein paar kleine Anzeigen ließen sich nicht von den Titelseiten verdrängen. Die Zeitungen konstruieren Zusammenhänge mit der OPEC, dem Konferenzzentrum und den für nächste Woche erwarteten europäischen Außenministern.

Schrammel, der heute auch früher kommt, wirft zuerst einen Blick auf die Sportseite. Das Ergebnis des Europacupspiels ist allerdings deprimierend.

Eine ganz andere Meldung hat es Schremser angetan, der sie nicht für sich behalten kann: Ein amerikanischer Sheriff hat ein UFO gesehen und angeblich mit dem Revolver abgeschossen.

»Ufo?«, sagt Schrammel.

»Ein unbekanntes Flugobjekt«, erklärt Schremser. »Der war besoffen. Dagegen ist unser Pilch direkt nett.«

»Stimmt«, bestätigt Kottan, der seine leblose Gesichtshälfte mit den Fingerknöcheln der rechten Hand massiert. »Der hat es auf höchst realistische Flugobjekte abgesehen.«

Endlich kommt die erste viel versprechende Meldung in der Lund-Fahndung. Ein Aushilfsbriefträger im 22. Bezirk gibt an, gestern in der Früh Lund in einem Hochhaus begegnet zu sein. Er kann sich sogar an die Stiege erinnern. Nach Durchsicht der Wohnungsliste kommt nur eine Garconniere im zweiten Stock in Frage. Sie ist vor Wochen gemietet und im voraus bezahlt worden.

Die notwendige Aktion wird eine Spezialtruppe der Staatspolizei übernehmen, die für solche Fälle theoretisch und praktisch vorbereitet ist. Der Leiter dieser Spezialeinheit ist Heinz Bauer persönlich. Der STAPO-Chef ähnelt seinem Bruder Heribert Pilch durchaus: rechthaberisch und eingebildet. Kottan und Schremser werden an der Aktion, die die Festnahme Lunds zum Ziel hat, nur am Rande teilnehmen. Die Verantwortlichkeit liegt völlig bei Oberstleutnant Bauer, der sich keine besonderen Probleme vorstellen kann.

»Für jede Eventualität ist in den letzten Monaten ein detaillierter Plan ausgearbeitet worden«, belehrt Bauer die Beamten vom Morddezernat. »Im vorliegenden Fall gilt Plan vier. Zuerst werden wir die benachbarten Wohnungen räumen. Auch die einen Stock höher und einen Stock tiefer gelegenen. Dann wird angeläutet. Da nicht anzunehmen ist, dass dieser Lund freiwillig öffnen wird, brechen wir die Tür auf und stellen ihn.«

»So einfach ist das?«, sagt Kottan.

Kein sensationeller Plan, den Bauer mit herausgestreckter Brust vorgetragen hat.

»Die Zustimmung der Hausverwaltung wurde bereits eingeholt«, verkündet Bauer, der dem ersten Auftritt seiner Einheit tatendurstig und erwartungsvoll entgegensieht. »Von mir aus kann es losgehen. Bis zur Räumung der Wohnungen werden nur Zivilbeamte das Hochhaus umstellen.«

Das findet sogar Kottan vernünftig.

Um acht Uhr 50 ist es so weit. Die Wohnungen sind geräumt. Das hat keine erheblichen Schwierigkeiten verursacht, weil die meisten Mieter ihre Wohnungen ohnehin in der Früh verlassen haben. Die Spezialeinheit, die zwei Überfallkommandowagen füllt, kann aus der Bereitschaft anrücken. Bauer hat sie selbst mit Hilfe eines kleinen Sprechfunkgerätes in Bewegung gesetzt. Kottan und Schremser ergänzen in sicherer Entfernung beim Dienstwagen das Kontingent der Zivilbeamten.

Mit seinem Assistent Mörtl begibt sich Bauer zur Wohnungstür im zweiten Stock und läutet an. Sie warten links und rechts neben der Tür ab, falls Lund mit Schüssen durch die Tür antworten sollte. Bauer hat das erst kürzlich in einem italienischen Western gesehen und nicht vergessen.

Die Tür wird wie angenommen nicht geöffnet. Bauer ist aber sicher, im Wohnungsinneren Schritte gehört zu haben.

»Er muss drinnen sein«, gibt er auch gleich darauf über Funk bekannt. Er gesellt sich zu den Beamten, die das Haus umstellen, bleibt mit einem Megaphon, das er nicht verwendet, hinter einem der Ahornbäume. Kottan kann ihn vom Auto aus beobachten. Bauer hat zurzeit kurz geschnittene Haare und blutunterlaufene Augen. Die Krawatte steckt er ins Hemd.

Drei Männer sollen in die Wohnung vordringen, vier weitere bleiben im Stiegenhaus. Wolfgang Muckenhuber ist der erste. Das Eintreten der Tür gelingt auf Anhieb, beim nächsten Schritt stolpert er über den von Lund extra da im Vorzimmer placierten Koffer und stürzt zu Boden. Peter Nemecek, der als nächster kommt, stürmt über den am Boden liegenden Kollegen ins Zimmer rechts und fällt über den anderen Koffer. Beim Sturz löst sich ein Schuss aus der Dienstwaffe, der seinen Weg durch das großflächige Fenster ins Freie findet.

Ein Polizist hinter den Fliedersträuchern fühlt sich betroffen und erwidert das Feuer aus seiner MP. Nur knapp entgeht Nemecek in der Garconniere zwei Kugeln, die von den Wänden abprallen. Eine Kugel bleibt in der umgehängten *Weste* stecken.

Auf einer Nebenfahrbahn sind zwei patrouillierende Funkstreifenautos unterwegs gewesen. Beim ersten Schuss wurde der vordere Wagen jäh gebremst, der zweite ist heftig aufgefahren. Den Fahrern ist nichts passiert, die Autos sind schwerst verletzt.

»Idioten!«, schreit Bauer durch das Megaphon und wirft seinen Hut in den Rasen.

Der dritte vorgesehene Eindringling öffnet in der Küche das Fenster und gibt eines der verabredeten Zeichen: Lund ist nicht da. Kottan geht jetzt mit Schremser auf das Haus zu. Wenn Bauer Glück hat, wird seine nicht eben beispielgebende Aktion mit der Anordnung *Nicht für die Öffentlichkeit bestimmt* versehen. Dieses Glück wird ihm Heribert Pilch nicht lassen.

Schremser und Kottan inspizieren die Kleinwohnung. Zwei Pässe, die Lund benützt hat, können sichergestellt werden. Einer lautet auf den Namen Schroth. Im Fach über dem Bett liegt ein Taschenbuch:

Der Fremde. Es beginnt mit den Worten: *Heute ist Mama gestorben.* In den zurückgelassenen Kleidungsstücken findet sich nicht der geringste Hinweis. Schremser stochert mit einer Krücke hinter eine lockere Sesselleiste an der Wand, bückt sich und entdeckt eine Fotografie: Erwin Haumer als Besucher eines Fußballspiels. Das Bild ist Lund gestern aus der Mappe gerutscht, die er eilig in die Reisetasche gepackt hat.

»Haumer hat ihn also doch engagiert«, glaubt Schremser, der die Fotografie nur an den Kanten berührt.

»Möglich«, sagt Kottan.

Er findet die (sich ständig etwas erweiternde) Gedankenkette unlogisch und sinnlos: Haumer besorgt das Auto, in dem er umgebracht wird. Er besorgt auch die Waffe und dingt einen professionellen Mörder, der den Schuss abgibt? Warum, zu Kuckuck?

Schrammel, der im Büro zurückgeblieben ist, strahlt unübersehbar. Er hat auf Anordnung Kottans mit dem Finanzamt telefoniert.

»Dem Uhrmacher gehören verschiedene Häuser in mehreren Wiener Bezirken«, erzählt er. »Es sind zum Teil tadellose Häuser, aber auch Abbruchobjekte dabei!«

»Und warum grinst du wie ein Hutschpferd?«, fragt Kottan.

»Zwei Häuser gehören ihm mit Alfons Stoiber gemeinsam«, sagt Schrammel und nickt jetzt auch noch wie ein Hutschpferd.

»Egal.«

»Den hat er gestern noch gar nicht gekannt.«

»Ein peinlicher Kurzschluss«, gibt ihm Kottan recht.

Der Major lässt sich vom Kellner und der kämpferischen Sekretärin nicht bremsen. Jakob Uhrmacher ist am Schreibtisch gesessen, hat die Zeitungen durchgesehen und offenbar beim Polizeifunk mitgehört, stellt Kottan fest, als er in Uhrmachers Büro-Wohnzimmer tritt. Durch den Lärm, den die Überwindung des Personals verursacht hat, ist Uhrmacher gewarnt worden. Die Kenntnis der einzelnen Codes, die von der Polizei verwendet werden, will Kottan ihm nicht zutrauen.

»Wir hatten noch nicht das Vergnügen«, sagt Uhrmacher, der zwischen der abgeschalteten Funkanlage und dem Schreibtisch steht.

»Wird auch nur ein kleines«, erwidert Kottan. Er variiert immerhin den Satz, den Dr. Suhrada neulich in der Leichenhalle als Einleitung gebraucht hat. Kottan nimmt automatisch den Ausweis aus der Stecktuchtasche.

»Ist Ihr Chef heute nicht mitgekommen?«, wundert sich Uhrmacher, der schon zu den Ledersitzen zeigt.

»Ich bin der Chef.«

»Und was Wichtigeres haben Sie nicht zu tun?«

Uhrmacher deutet auf den Bericht über Lund in der Zeitung seiner Wahl. Kottan nimmt Platz, überhört den Einwand. Er hat sich keine Umwege überlegt.

»Sie besitzen mit dem Stoiber gemeinsam zwei Häuser.«

»Stört Sie das?«, meint Uhrmacher lässig.

»Gestern haben Sie meinem Assistenten die Frage, ob Sie den Stoiber kennen, mit nein beantwortet.«

»Da muss er den Namen undeutlich ausgesprochen haben«, sagt Uhrmacher seelenruhig. »Wollen Sie ein Bonbon?« Er hält dem Kriminalbeamten ein raschelndes Päckchen hin.

»Leck mich.«

»Bussi.«[34]

So leicht steckt der das weg, muss Kottan begreifen, der mit Optimismus angeilt ist. Uhrmacher muss gestern noch aufgefallen sein, dass er in Bezug auf Stoiber einen Fehler gemacht hat. »Stoiber wird heute zurückerwartet«, redet Kottan weiter, dem es plötzlich an Fragen mangelt.

»Ganz recht.«

Kottan ist völlig durcheinander, will sich mit Zynismus über seine Schwäche schwindeln.

»Sie haben schon die ersten Fürsprecher gefunden, die uns Ihretwegen in die Ermittlungen pfuschen wollen.«

»Das ist lieb«, sagt Uhrmacher. »Der Fritz muss das gewesen sein. Der ist mit mir in der Schule in einer Bank gesessen. Der macht sich halt Sorgen.«

Eselsbank, denkt Kottan.

»Warum hat Sie der Haumer erpresst?«

»Niemand hat mich erpresst. Reden Sie kein Blech.«

»Wie ist das mit den Häusern, die Ihnen mit dem Stoiber gehören? Wie ist es zu den gemeinsamen Käufen gekommen?«

»Der Alfons ist erst seit kurzem an Realitäten interessiert. Er hat sich an mich gewendet, weil ich da schon lang aktiv bin. Einen Riecher muss man bei dem Geschäft schon haben.«

»Wozu?«

»Man kann nicht irgendein Haus oder irgendein Grundstück kaufen. Man muss schon spüren und ahnen, wo zum Beispiel eine Grundstücksumwidmung durch die Gemeinde kurzfristig möglich ist.«

»Und wenn den Riecher gar nicht Sie haben?«, unterbricht ihn Kottan.

»Ich verstehe nicht.«

»Wenn es nur der Riecher dieses *Fritz* ist?«

»Sie phantasieren.«

»Der weiß natürlich früher Bescheid.«
»Nehmen Sie das zurück.«
Uhrmacher ist aufgestanden und laut geworden. Kottan macht sich nichts vor: So ein Zusammenspiel würde sich kaum beweisen lassen.
»Ich nehme es zurück«, sagt Kottan.

In einer Imbissstube, die sich »*Zum gierigen Geier*« nennt, trinkt Kottan ein kleines, offenes Bier. Das Imbisslokal ist kleiner als das *Bacino*: eigentlich eine Likörstube. Wenn mehr als fünf Personen im Lokal sind, kann man sich nicht mehr bewegen. Jetzt ist außer einem dösenden Alten mit Stirnfransen und Vollbart, der im Schlaf sein Weinglas streichelt, niemand da.

Kottan bleibt bei der kurzen Theke stehen. Der Pächter, der selber ausschenkt, fordert Kottan zu einer Partie mit den Pokerwürfeln auf. Wenn der Wirt verliert, ist Kottans Bier kostenlos, gewinnt der Wirt, muss Kottan ein zweites Bier trinken und beide bezahlen. Kottan willigt ein. Er gewinnt mit einem Damen-Drilling, während beim Wirt die erwartete Straße ausbleibt, obwohl er doppelte Chancen hatte. Der Major nimmt dann doch ein zweites Bier, das ihm fast zu kalt ist. Er trinkt das Glas nicht leer.

Die Frau des Pächters schreibt auf die grüne Tafel einer Bierbrauerei vor dem Lokal mit Kreide das Menü-Angebot von heute: Fritattensuppe, Faschiertes, Erdäpfelsalat und Pudding. Alles zusammen um 45 Schilling. Es riecht wie bei einer richtigen Schultafel, findet Kottan. Er geht einmal um den Häuserblock, bevor er ins Auto steigt. Der Ärger über das Gespräch mit Jakob Uhrmacher ist wenigstens halbwegs weggeschwemmt.

Hermes berichtet, dass Schrammel und Schremser vor einer halben Stunde zum Handelskai aufgebrochen sind. Kottan überlegt, ob er den beiden hinterherfahren soll. Er entschließt sich zum Gegenmittel für das vorher getrunkene Bier: ein Kaffee im Papierbecher aus dem Automat. Kottan verhilft auch einer Reinigungsfrau, die nicht weiß, mit welchem Fußtritt sich der Automat beeindrucken lässt, zu einer Flasche Fanta. Der Präsident, der schnuppernd vorbeikommt, kann über so viel Brutalität nur den Kopf schütteln.

Schremser und Schrammel lassen nicht lange auf sich warten. Sie haben den mutmaßlichen Schießstand besichtigt: ein altes, unbenütztes Stellwerkhäuschen auf dem Bahngelände neben dem Handelskai. Von da aus ist ziemlich sicher auf Haumer geschossen worden. Das Häuschen war seit der Nichtverwendung ständig versperrt und ist am Montag von den suchenden Polizisten nicht beachtet worden, *weil* es versperrt war. Ein Gleisarbeiter hat in der Früh eine zerbrochene Scheibe entdeckt. Einem zweiten ist aufgefallen, dass die Scheibe von innen eingeschlagen wurde. Die Scherben lagen im durch den Sand sprießenden Unkraut. Ein Vorgesetzter der beiden Fast-Polizisten hat daraufhin die Tür geöffnet und die Polizei verständigt.

Der Erkennungsdienst bekommt es mit einer Patronenhülse, einem Campingsessel und einer geöffneten Sardinenbüchse zu tun. Der Inhalt der Dose ist zum Teil verzehrt worden, zum anderen Teil verfault.

»Das ist die richtige Hülse«, ist Schremser schon vorm Ergebnis der Untersuchung überzeugt.

»Ist die Tür aufgebrochen worden?«, will Kottan wissen.

»Es war kein widerspenstiges Schloss«.

Schremser behält recht. Die Patronenhülse passt zur Kugel, die im Kopf des Erschossenen gefunden worden ist. Das zweite Ergebnis kommt unerwartet: Auf der Fischdose sind Fingerabdrücke von Erwin Haumer. Schremser schleudert die rechte Krücke auf den Boden. Schrammel apportiert sie.

»Der geht mir auf die Nerven!«, brüllt der Dezernatsleiter fassungslos. »Soll der Haumer jetzt auf sich selber geschossen haben?«

»Wieso?«, sagt Schrammel. »Das beweist nur, dass Haumer dort war. Kann ja auch früher gewesen sein. Er hat eben den besten Standort zum Schießen ausgesucht.«

»Für Lund?« Schremser nimmt die Krücke mit einer geschwinden Bewegung an sich.

Schrammel hat drei komplette Sätze von sich gegeben: fast ein Monolog. Kottan würdigt diese Ausnahme mit einem anerkennenden Pfiff. Schrammel ist noch gar nicht am Ende: »Außerdem kann die Dose auch ein anderer hingestellt haben.«

Zumindest diese Möglichkeit wird nach fünf Minuten von der Erkennungsdienstlerin Sonja Krbavec ausgeschlossen. Auf dem Fensterrahmen im Stellwerkhäuschen hat Haumer ebenfalls Abdrücke zurückgelassen.

»Ich glaub ganz was anderes«, sagt Kottan. Schrammel findet seine Kette der Vernunft abrupt unterbrochen. »Der Haumer hat selber geschossen.«

Schremsers Kommentar: »Plem-plem, wie die Chinesen sagen.«

Kottan wählt die Telefonnummer von Dr. Suhrada im Haus. Der Arzt ist nur schwer zu verstehen. Die Verbindungen im Haus sind ungebrochen schlecht.

»Ist unsere Leiche noch da?«

»Bis um zwei. Dann wird sie abgeholt.«

»Schwein gehabt«, sagt Kottan zu Schremser und Schrammel, die ihn in trauter Verständnislosigkeit betrachten.

Dem Polizeipräsidenten, der endlich Ergebnisse und Pressekonferenzen sehen will, ist die Niederlage seines Bruders nicht genug. Er kommt mit gezischten Forderungen mit in den Keller. Schremser kann ihn nicht von der Dringlichkeit des Ausflugs in den Keller überzeugen, zumal er selbst noch nicht weiß, was dort so dringlich sein soll. Die geknickte Haarspraydose im Papierkorb des Präsidenten geht Schremser ans Schweineherz.

Kottan und Schrammel stehen bereits bei Dr. Suhrada. Der Arzt hält ein graurotes Fleischklümpchen mit einem zangenähnlichen Instrument.

»Was ist das?«, ärgert sich Pilch, der das Klümpchen nur unappetitlich findet.

»Die rechte Tonsille des Erschossenen«, sagt der Arzt. »Fast unversehrt.«

»Was?«

»Eine Rachen- oder Gaumenmandel«, erklärt Dr. Suhrada, »auch nur Mandel genannt. Normale Größe, nicht vereitert, wie sie selber feststellen können.«

Pilch schluckt und schaut Kottan an.

»Erwin Haumer hat sich vor zehn Jahren seine Mandeln herausschneiden lassen.«

»Und?«

»Der Tote kann also auf keinen Fall Haumer sein. Leuchtet das ein?«

»Es leuchtet«, nickt Pilch. »Kruzitürken! Wer ist es dann?«

»Ein anderer«, sagt Kottan kühl. Er macht schwungvoll kehrt und geht zur Tür.

»Genügt Ihnen die eine?«, ruft ihm Dr. Suhrada nach und wedelt mit seiner Zange.

Kottan kaut an seinem linken Daumennagel. Die Spekulationen reißen nicht ab. Haumer hat, daran führt kein Gedanke vorbei, anscheinend den Eindruck erwecken wollen, selbst erschossen worden zu sein. Zumindest bei ein paar Leuten. Er hat fast alles bedacht. Nur die Fingerabdrücke und die Patronenhülse im Stellwerkhäuschen kommen Kottan unverzeihlich leichtfertig vor. Vielleicht hat sich Haumer aus irgendeinem Grund zu besonderer Eile entschließen müssen. Kottan ist jetzt absolut sicher: Haumer war der Schütze. Wie hat er aber sein Opfer in das gestohlene Auto gebracht? Bewusstlos, ist sein erster Gedanke, mit dem er keinesfalls richtig liegen kann. Das Opfer ist ja noch gefahren. Über eine Fernsteuerung wird das Auto nicht verfügt haben.

Schremser hat eine Stelle im gestern fertig gewordenen, umfangreichen Bericht über den Unfallwagen gefunden, die sie bisher übersehen haben wie Kleingedrucktes. Unter dem Armaturenbrett wurde ein Kanister entdeckt, der beim Aufprall zerplatzt ist. Der könnte von Haumer an diesem (für Reservebenzin nicht gerade idealen Platz) montiert worden sein, um den Brand nach dem Zusammenstoß sicherzustellen.

Wenn das Foto Haumers in der Garconniere von Lund verloren wurde, was als sicher gelten kann, musste das bedeuten: Lund wurde von jemand anderem beauftragt, Haumer zu ermorden. Haumer könnte gemerkt haben, was ihm blüht und hat sich selbst sterben lassen, indem er einen anderen erschossen hat. Wen?, versucht Kottan mit geschlossenen Augen zu überlegen. Alfons Stoiber fällt ihm ein. Der muss nicht in Griechenland gewesen sein. Kottan sucht die Nummer Stoibers aus seinem Kalender und ruft an. Eine Frau meldet sich.

Sie sagt: »Ja, Stoiber.«

»Ist der Herr Stoiber aus Griechenland zurück?«

»Eben angekommen.«

»Kann ich mich darauf verlassen?«

»Ich war schließlich mit. Wer spricht denn?«

»Sie sind seine Frau?«

»Ja.«

»Vielen Dank.«

Schremser isst heute aus einer kleinen Pressglasschüssel nur ein Kompott: Südseefrüchte in kantigen Stücken aus der Dose.

»Ich nehme ab«, behauptet er.

»Geheim?«, fragt Kottan.

Schrammel darf kosten.

»Gut«, meint er und nimmt einen zweiten Bissen. »Wie heißen die?«

»Guano«, sagt Schremser.

Schrammel nickt und kümmert sich im Nebenraum um die Überprüfung der Vermisstenanzeigen dieser Woche. Schremser wäscht die Schüssel aus, trocknet sie ab und steckt sie in seine Aktentasche.

»Kommst du mit?«, sagt Kottan.

»Wohin? Gern.«

»Einem Zahnarzt auf den Zahn fühlen.«

Als Kottan die Türschnalle schon in der Hand hat, fällt ihm ein zusätzlicher Auftrag für Schrammel ein.

»Ruf den Pellinger an!«, schreit er ins Nebenzimmer. »Erzähl ihm ohne Ausschmückungen, dass der Haumer nicht tot ist.«

»Der Pellinger wird die Nachricht schnellstens dem Uhrmacher und dem Stoiber stecken«, nimmt Schremser an.
»Vielleicht bringen wir den Club so zum Rotieren.«

Die Tür zum Wartezimmer bei Dr. Peyerl ist verschlossen. Schremser trifft, ohne mehrere Versuche zu benötigen, mit der rechten Krücke den Klingelknopf. Die beiden Beamten vernehmen schlurfende Schritte durch das Wartezimmer, bevor die Tür geöffnet wird: nur einen Spalt. Der Kopf von Dr. Peyerl kommt zum Vorschein.

»Die Ordination ist um!«, stellt Dr. Peyerl fest, zieht den Kopf zurück und will die Tür zuwerfen. Schremser fährt im letzten Moment mit einer Krücke dazwischen. »Lassen Sie das!«, wird der Arzt ärgerlich. Er grölt schon. »Die Ordination ist um!«

»Ich bin von der Polizei«, sagt Kottan. »Können Sie sich an mich nicht mehr erinnern?«

»Doch«, dämmert es Dr. Peyerl. »Sie kommen wegen der verpfuschten Plombe. Sehr vernünftig, aber die kann ich Ihnen heute nicht mehr machen.«

Das haben Kottan und Schremser auch begriffen. Dr. Peyerl ist schwer betrunken. Er riecht nach Brandy.

»Ein leichter Rausch«, flüstert Schremser Kottan zu. »Delirium clemens, wie der Lateiner sagt.«

Dr. Peyerl entpuppt sich als weinerlicher Alkoholiker. Wahrscheinlich hat er deswegen nur so kurze Ordinationszeiten. Kottan und Schremser drängen ins Wartezimmer.

»Sie haben mir das letzte Mal etwas Falsches erzählt«, sagt ihm Kottan ins müde Gesicht.

»Ich hab Ihnen die Behandlungskarte übergeben. Was stimmt da nicht?«

»Ist es möglich, dass Sie die Männer verwechselt haben? Könnten die Eintragungen auf Ihrer Karte zu dem Gebiss des Mannes passen, der zugleich mit Haumer da war?«

»Ist möglich«, gibt Dr. Peyerl zu. Er wankt zur Bank und versucht sich zu erinnern. »Einer war auf Behandlungsschein da, der andere war Selbstzahler. Dabei war der, den Sie mir gezeigt haben, auf jeden Fall. Das weiß ich genau.«

Kottan zweifelt nicht daran. Er nimmt auch mit Gewissheit an, dass sich Haumer Dr. Peyerl nicht zufällig ausgesucht hat. Wie es ihm allerdings gelungen ist, den später Erschossenen dazu zu bringen, mit ihm diese Ordination aufzusuchen, ist ihm schleierhaft.

»Können Sie den anderen Mann beschreiben?«

Dr. Peyerl schüttelt den Kopf. Das hat er schon beim ersten Besuch nicht gekonnt; mit der Begründung, sein Wartezimmer sei meistens voll. Kottan ist vom Gegenteil überzeugt. Jetzt will der Zahnarzt die Beamten, die sich der Tür zuwenden, nicht mehr weglassen und wird mitteilungsbedürftig. Er habe 40 Jahre lang gesoffen, grölt er, und trotzdem im Russlandfeldzug Zähne gezogen, sogar in Stalingrad. Die Leber sei allerdings hin. Dr. Peyerl bedauert das nur kurz. Es mache ihm nichts aus. Seit einem Jahr trinke er eben auf der Milz und der Bauchspeicheldrüse weiter. Er wird stiller, weil er die Polizisten nicht aufhalten kann. Dass er für den Krieg zu jung war, fällt keinem der Beamten auf.

»Kommen Sie in der Früh«, empfiehlt der Zahnarzt den Flüchtenden. Kottan kann sich vorstellen, dass Dr. Peyerl mit den ersten Gläsern an den Vormittagen die zitternden Hände bekämpft.

Auf einem Kanalgitter im Rinnsal neben dem Trottoir vor dem Haus liegt eine gestauchte Bierdose von einer holländischen Brauerei. Schade, denkt Kottan. Die hätte in seiner Sammlung noch einen Platz. Die Dose stammt vielleicht aus dem Lebensmittelgeschäft auf der anderen Straßenseite, das jetzt geschlossen ist. Kottan wird sich auf jeden Fall die Adresse einprägen.

15

Hübsch, dachte ich. Wirklich nett.
Ein wunderschöner Flecken zum Sterben.
Mickey Spillane

Die Fahndung nach Lund schläft trotz der großen Presse. Die Hinweise sind durchwegs Nieten. Die letzte: Eine 43jährige Heimarbeiterin hat ihren Mann, der seinen zweiwöchigen Urlaub ausschließlich auf dem Diwan verbringt, durch einen anonymen Anruf angeschwärzt, um ihn für ein paar Stunden aus dem Haus zu haben.

Schremser geht mit Kottan gemeinsam den Akt Haumers von Anfang an durch. Anhaltspunkte würden sie dringend benötigen, etwa über den möglichen Aufenthaltsort von Haumer. Schremser hat es telefonisch bei Weilhartner versucht, der aber auch passen musste. Er will sich umhören. Das einzige, was ihnen weiterhelfen könnte, ist eine Notiz, die besagt, dass Haumer vor 19 Jahren für vier Monate verheiratet war. Es ist auch das Standesamt genannt, in dem die Hochzeit stattgefunden hat.

Durch das Standesamt erfahren Kottan und Schremser auch, dass Frau Regina Haumer, geborene Blemenschütz, nach der Scheidung wieder ihren Mädchennamen angenommen und vor fünf Jahren noch einmal geheiratet hat. Sie heißt jetzt Kloiber. Die bei der zweiten Heirat angegebene Adresse ist vielleicht immer noch gültig.

Kottan will sich allein auf den Weg machen. Der Präsident ertappt ihn im Hof beim Einsteigen und lässt ihn nicht ohne Schrammel weg.

Die Adresse im zweiten Bezirk stimmt. Regina Kloiber ist aber nicht zu Hause. Eine korpulente, etwa 70jährige Nachbarin, die auf einem runden Sessel beim Blumenfenster im Stiegenhaus sitzt und in den leeren Lichtschacht starrt, weiß den Namen der Fabrik, in der Frau Kloiber beschäftigt ist. Sie beschimpft daraufhin ohne Überleitung ihren Mann, der unterwegs oder längst gestorben ist.

Kottan fordert über Funk die genaue Adresse der Fabrik an, während Schrammel den Wagen in Richtung Fünfhaus lenkt. Den Bezirk hat die Nachbarin gewusst.

Regina Kloiber muss auf ihrem Weg zum und vom Arbeitsplatz jedes Mal durch die halbe Stadt. Es handelt sich um eine kleinere Fabrik, die auf die Produktion von Plastikgeschirr spezialisiert ist. Regina Kloiber arbeitet in der Verpackung. Der Leiter der Abteilung Fertigstellung und Versand, ein 50jähriger mit tiefem Scheitel, holt Frau Kloiber in einen Vorraum, schenkt Kottan einen langen Blick und lässt ihn mit der Arbeiterin allein. Ein ungestörtes Gespräch wird nicht möglich sein.

Die geweißten, nur grob verputzten Wände des Vorraums werden durch vier Türen (alle aus Blech) unterbrochen. Hinter der großen Schiebetür ist regelmäßiges Poltern und Zischen zu hören. Regina Kloiber hat ein kaum sichtbares Netz auf dem Kopf und einen braun glänzenden, viel zu langen Arbeitsmantel an. Kottans Frisur hat ein Windstoß vor dem Fabriktor durcheinander gewirbelt. Frau Kloiber hat sich einen Kriminalbeamten anders vorgestellt. Vielleicht wie Schrammel, der im Wagen warten muss.

»Wird es lang dauern?«, fragt sie.

»Werden Sie nach der Anzahl der verpackten Teller bezahlt?«

»Nein. Ich bin nur mit meinem Pensum für heute hinten und muss noch die Pakete für den Bahnversand fertigmachen.«

Sie ahnt nicht, was Kottan von ihr wollen kann.

»Sie waren früher mit Erwin Haumer verheiratet?«

»Man kann es so nennen. Er hat mich geheiratet, weil ich ein Kind von ihm erwartet habe. Nach der Fehlgeburt war er bald auf und davon. Und gerade dann endgültig, als ich wieder schwanger war. Das hat er allerdings nicht gewusst.«

»Haben Sie das Kind ausgetragen?«

»Ja. Eine Tochter. Petra heißt sie.«

»Hat er das erfahren?«

»Sicher. Er wollte auch zurückkommen. Ich hab es verhindert.«

»Warum?«

»Ich war froh, ihn los zu sein.«

»Warum?«

»Er war der erste Mann, den ich kennen gelernt hatte. Bei einem Hausball. Ein kleinlicher, egoistischer Mensch, wie sich leider herausgestellt hat. Ich hab kein vernünftiges Wort mit ihm reden können.«

»Hat er sich um die Petra gekümmert?«

Kottan betrachtet seine Schuhspitzen. Die Schuhe haben die gleiche Farbe wie der Steinboden. Tarnschuhe, denkt Kottan.

»Bezahlt hat er nichts. Das war mir nur recht, weil ich mich sonst auch wieder mit ihm abgeben hätte müssen. Er hat ihr Geschenke gemacht hin und wieder. Dann ist er immer seltener bei uns aufgetaucht. Die letzten drei Jahre überhaupt nicht mehr. O ja, nur einmal, vor ein paar Monaten. Er ist hierher gekommen, wie sie. Genau hier sind wir gestanden. Er hat herumgeschrieen und mir Vorwürfe gemacht.«

»Welche?«

»Die Petra ist kurz vor ihrem 17. Geburtstag ausgezogen. Er hat sich aufgeregt, weil ich ihn nicht davon verständigt hatte. Ich hätte ihn gar nicht verständigen können. Wo hätte ich ihn denn erreicht?«

»Was ist mit Ihrer Tochter?«

»Ich weiß es nicht.« Sie macht eine Pause, scheint einen plötzlichen Zweifel niederzuringen. »Ich hab sie zum Schluss überhaupt nicht begriffen. Sie ist von einem Tag auf den andern zu einem Freund gezogen. Ich wollte es ihr verbieten, weil ich immer alles verboten hab. Sie hat es sich nicht verbieten lassen.«

»Ist sie nicht mehr zu Ihnen gekommen?«

»Zunächst schon, ist aber nur stumm bei uns in der Küche gesessen. Dann ist sie ganz weggeblieben.«

»Haben Sie ihr Vorhaltungen gemacht?«

»Zu wenige.«

»Hat Ihr Mann versucht, mit der Petra daraufhin näher in Kontakt zu kommen?«

»Kann ich nicht sagen. Er war ja nur das eine Mal hier. Er hat mich verantwortlich dafür gemacht, was aus der Petra geworden ist.«

»Was ist aus ihr geworden?«

Regina Kloiber zuckt die Achseln und zieht ihr Haarnetz in die Stirn.

»Wo kann ein Mädchen, das nichts fertig gelernt hat, schon hingehen, hat der Erwin gesagt. Zum Film?«

»Sie sind wieder verheiratet seit ein paar Jahren. Können die Probleme zwischen Ihnen und Ihrer Tochter mit Ihrem jetzigen Mann zu tun haben?«

»Bestimmt nicht.« Sie macht ein empörtes Gesicht. »Der Edi ist ordentlich. Reifenmonteur. Wir haben noch ein Kind bekommen.«

»Was hat der Haumer beruflich gemacht, als er mit Ihnen verheiratet war?«

»Bei einer Spedition war er. Angeblich. Im Nachhinein bin ich mir nicht mehr so sicher.«

Kottan verabschiedet sich, drückt Frau Kloiber (wie bei einer Kondolenz) die Hand. Auf dem Weg zum Auto schnuppert der Major an seiner Hand. Sie riecht nach Tabak. Ist er durch den Bericht Regina Kloibers Erwin Haumer einen Schritt näher gekommen?

Schrammel gibt dem Computer den von Kottan erfragten Namen. Vergeblich. Petra Blemenschütz ist derzeit ohne ordentlichen Wohnsitz in Wien. Der Computer nennt eine Ahnhaltung vom Jänner dieses Jahres und eine Aktennummer der *Sitte*.

Kottan lässt den Akt ausheben: ein Äktchen. Petra Blemenschütz ist (wie Ilona Rössler) wegen Geheimprostitution festgenommen worden. Sie war im Iquisitenspital zur Kur, nachdem eine Geschlechtskrankheit bei ihr festgestellt wurde. Die Eltern (bzw. die Mutter) wurden mittels Brief verständigt. Der Brief ist hinterlegt und nicht abgeholt worden.

Ein weiterer Versuch in dieser Richtung wurde nicht unternommen, weil Regina Blemenschütz mittlerweile großjährig war, sich registrieren lassen wollte und eine Übersiedlung nach München ankündigte. Anscheinend ist sie wirklich nach München gegangen. Eine Registrierung in Wien ist unterblieben.

Die Fotografie zeigt ein junges Mädchen, das die Unterlippe nach außen stülpt; durchschnittliches Aussehen. Einen verlässlichen Eindruck lassen Polizeibilder nie zu.

Schremser telefoniert mit München. Er will eine mündliche Aufenthaltsbestätigung vom dortigen Einwohnermeldeamt einholen. Kottan steht auf und geht zur Tür.

»Musst du weg?«, fragt Schremser.

»Nur ins Kino«, sagt Kottan.

Elfriede Kahlbeck zieht die Tür am runden Drehknopf nach innen, nachdem sie einen Blick durch das rechteckige Guckloch mit Klappe geworfen hat. Sie steckt (abweichend von der Regel) in einem dünnen, blauen Kleid ohne Blumen, das ungarischer Herkunft sein dürfte. Dazu trägt sie lange Stiefel. Mit Kottan hat sie nicht gerechnet.

»Sie schon wieder?«

»Sind Sie besetzt?«

»Nein. Kommen Sie.«

Ein Mann mit heller Stimme, der sich strenge Behandlung ausbedungen hatte, wollte zwar vorbeischauen, ist aber überfällig. Viele der Anrufer, die ihr Kommen ankündigen, treffen nie ein, wollen meistens nur detaillierte Gespräche über ihre Wünsche führen. Frau Kahlbeck berührt Kottan am Rücken, als er vor ihr das Wohnzimmer betritt. Die Tür zum Balkon ist offen. Der Zug erfasst Kottan und die Wohnzimmertür. Kottan greift nach seiner toten Wange. Die Tür schlägt zu. Frau Kahlbeck steigt aus ihren Stiefeln.

»Ich möchte Ihre Filme anschauen«, sagt Kottan.

»Doch Nachholbedarf?«

»Dienstlich.«

»Ja, ja.« Sie hält das für einen schlechten Vorwand. »Sonst kann ich nichts für Sie tun?«

»Nein.«

»Ihr Bier ist noch da.«

»Das nehme ich.«

Sie holt die Dose aus dem Eiskasten und bringt sich selber ein Glas Mineralwasser mit.

»Der Vorführraum ist bei mir das Schlafzimmer«, sagt sie. »Muss ich wegen Ihnen umbauen?«

Kottan reißt die Dose auf und folgt ihr ins Schlafzimmer. Sie schaltet den Recorder an und schiebt eine Kassette ein. Kottan setzt sich auf die Bettkante.

»Was sind das für Filme?«

»Wissen Sie das nicht?«

»Ich meine, wo kommen sie her?«

»Bei einer Postfachfirma in Salzburg hab ich sie bestellt.«

»Anonym?«

»Inzwischen würde ich mich in jeden Laden trauen.«

»Ich nicht.«

»Bequemer können Sie es schon haben«, sagt sie und macht eine auffordernde Armbewegung.

Kottan kommt der Aufforderung nach, schnürt die Schuhe auf, stellt sie nebeneinander, setzt sich am Kopfende auf die Bettdecke: Türkensitz. Er kann sich gegen die mit schwarzem Jeanssamt tapezierte Wand lehnen.

»Was wollen Sie sehen?«, will die Frau wissen und leiert die idiotischen Titel herunter.

»Die Filme, die Sie dem Haumer gezeigt haben.«

»Ich kann mich nicht erinnern. Sie werden das komplette Programm aushalten müssen. Sind aber insgesamt nur vier Filme.«

Sie drückt die Play-Taste. Der erste Streifen trägt den Titel »PS und heiße Höschen«. Elfriede Kahlbeck entschuldigt sich im voraus für die schlechte Qualität aller Filme.

»Soll ich mich zu Ihnen setzen?«

»Bleiben Sie, wo Sie sind.«

Sie antwortet mit dem jetzt vertrauten Lachen und setzt sich am Fußende des Betts hin. Sie kennt alle Filme auswendig: die Gesichter, die Gesten, die gespielten Orgasmen. Die einzige Überraschung für sie besteht darin, welche der vier Kassetten im Recorder ist. Die mit Farbbildern versehenen Videoschachteln hat sie einem interessierten Besucher mitgegeben.

Die Handlung des ersten Films ist simpel. Zwei Motorradfahrer nehmen zwei Stopperinnen mit, die schon halb nackt am Straßenrand stehen. Die Männer biegen mit ihren schweren Maschinen beim nächsten Seitenweg in den Wald. Die Mädchen haben nichts anderes erwartet und werden neben und auf den Motorrädern beschlafen. Einer der Motorradfahrer fühlt sich bemüßigt, mit einer Autokurbel nachzuhelfen. Woher er die plötzlich nimmt, wird nicht erklärt. Der Film dauert keine 20 Minuten.

»Brauchen Sie mich jetzt?«, will Frau Kahlbeck wissen, als sie die Kassetten wechselt.

»Nein«, sagt Kottan.
»Gefällt Ihnen so was nicht?«
»Nein.«
Er muss zugeben, dass der Film vielleicht stimulierende Wirkung haben kann. Andererseits findet er das verlogene, automatische Agieren der Mitwirkenden widerlich. Die Geschichten werden nicht besser. Im zweiten Film findet eine Hochzeit statt. Der Bräutigam wird infolge überhöhten Alkoholgenusses bewusstlos. Die beiden Trauzeugen ersetzen ihn tatkräftig. Im dritten Film werden zwei junge Negerinnen mannstoll, nachdem sie drei Züge aus einer Haschischpfeife inhaliert haben. Kottan stöhnt, lässt die Vorführung des dritten Films nach fünf Minuten abbrechen.
»Langt es Ihnen?«
»Legen Sie die letzte Kassette ein.« Kottans vage Hoffnungen sind gedämpft.
»Am Anfang hab ich einen kleinen Stummfilmprojektor gehabt. Ein paar Kunden haben von mir dann die fehlenden Töne hören wollen.«
»So?«
»Ich bin keine Synchronsprecherin.«
Im letzten Film sind zwei weibliche Pfadfinder in extra kurzen Hosen mit einer Sammelbüchse unterwegs. Ein Tankwart, der geerbt haben muss, spendiert 1000 Mark. Dafür teilen die Mädchen mit ihm das Matratzenlager zwischen Öltonnen, Autoreifen und Kanistern.
»Können Sie das Bild anhalten?«, fragt Kottan.
Frau Kahlbeck drückt *Pause*. Das ausfransende Bild bleibt stehen. Die beiden Mädchengesichter sind unverwechselbar, obwohl sie Kottan nur von Bildern kennt: Petra Blemenschütz und Ilona Rössler.
»Sie können abschalten«, sagt Kottan. »Danke.« Er trinkt die Dose aus und stellt sie auf den Platz, auf dem er seine Schuhe abgestellt hatte.
»Die Kassette würde ich gern mitnehmen.«
»Fürs Heimkino? Die können Sie woanders billiger kriegen. Haben Sie überhaupt einen Recorder?«
»Im Büro.«
»Verstehe. Sie wollen den Film nicht bezahlen.«
»Sie kriegen eine Bestätigung.«

Schrammel hat die Telefonnummer von Petra Blemenschütz, unter der sie in München erreichbar ist, herausgefunden, auf ein leeres DIN A 4-Blatt geschrieben und auf Kottans Schreibtisch gelegt.
»Ich hab noch nicht angerufen«, sagt er.

Kottan legt die Kassette, die ihm Frau Kahlbeck in braunes Packpapier gewickelt hat, auf die höchste Spitze seines Akten- und Zettelberges. Er schaut Schremser auffordernd an.

»Du darfst auspacken.«

»Hab ich meinen Geburtstag verschwitzt?«

Nach zwei schnellen Handgriffen hat Schremser die Kassette in der Hand.

»Warst du wirklich im Kino?«

»Ein österreichischer Film«, berichtet Kottan. »Du kannst ihn dir mit dem Schrammel anschauen.«

Schremser verlässt mit der Kassette, einer halb verrauchten *Reyno* und einem erstaunten Schrammel das Büro. Kottan wählt die Freileitung, die Vorwahl von Deutschland und München, dann die von Schrammel notierte Nummer. Nach dem ersten Klingeln wird abgehoben.

»Ja bitte?«

»Kann ich Fräulein Blemenschütz sprechen?«

»Am Apparat. Das Fräulein ist schmeichelhaft, aber ein Schmarren. Willst zu mir kommen?«

»Ich rufe aus Wien an.«

»Das ist weit«, gibt sie zu.

»Sie sind doch auch aus Wien.«

»Hört man das nicht?«

»Ich bin Polizist in Wien.«

Eine Pause entsteht, die fast eine halbe Minute andauert. Kottan kreist die notierte Telefonnummer mit grünem Filzstift ein. Daneben zeichnet er ein nach links gerichtetes Profil mit Knollennase.

»Sind Sie noch dran?«, sagt er.

»Schon. Sie haben angerufen.«

»Ich wollte mit Ihnen wegen Ihres Vaters sprechen.«

»Uninteressantes Thema.«

»Wieso?«

»Den hab ich in den letzten zehn Jahren vielleicht viermal gesehen.«

»Wann zum letzten Mal?«

»Ende November oder Anfang Dezember. Da war ich noch in Wien. Er ist in der Früh gekommen, hat getobt, weil er mich in einem Film entdeckt hatte.«

»Den Film hab ich auch gesehen.«

»Gefallen?«

Sie hustet.

»War das Ihr einziger Film?«

»Nein. Die Bezahlung war nicht ganz schlecht. Für die Fixer in Naturalien.«

»Was?«
»In Gramm.«
»Sie sind doch von daheim zu einem Freund gezogen.«
»Hab ich nur geglaubt. Der sympathische Herr war nur Geschäftsmann. Zuerst hat er mich auf Heroin gebracht, dann die Arbeiten vermittelt. In den Filmen und...«
»Was noch?«
»Anschaffen nennt man das in München.«
»In Wien auch. Warum sind Sie nicht weg?«
»Ich konnte nicht weg. Zu dem Zeitpunkt hätte ich fast alles gemacht, um meine Ration nicht zu gefährden. Ich bin sogar bei dem Vogel geblieben, bis kein Platz mehr für mich war.«
»Wie heißt er?«
Regina Blemenschütz schweigt. Kottan hat dem Profil Stielaugen gezeichnet und dann das ganze Kunstwerk durchgestrichen.
»Wollen Sie ihn noch schützen? Haben Sie Angst?«
»Nein. Er heißt Harald Rögl.«
»Wer hat die Filme produziert?«
»Da bin ich überfragt. Mich hat der Rögl hingebracht.«
»Wohin? Ins Studio?«
»Wer braucht ein Studio? Die haben in Privatwohnungen gedreht. Ein perfektes Unternehmen. Die haben an uns dreifach verdient. Beim Heroin. Beim Strich. Bei den Filmen.«
»Der Rögl hat das mit mehreren gemacht?«
»Er und andere. Die große Nummer war er nicht.«
»Für wen hat der Rögl gearbeitet?«
»Ich sag nichts.«
»Wieso nicht?«
»Ich weiß nichts«, verbessert sie sich.
»Kennen Sie das *Diabolo?*«
»Da hab ich den Rögl getroffen.«
»Was ist mit der Ilona Rössler?«
»Die ist hin.«
»Waren Sie mit ihr befreundet?«
»Nein.«
»Wie ist das morgendliche Zusammentreffen mit Ihrem Vater ausgegangen?«
»Ich hab ihm gesagt, dass er sich schleichen kann. Er hat angeboten, dass ich mitkomme. Der hat keine Ahnung gehabt, was er da verlangt. Ich glaub, der hat meinen Namen im Jänner selber bei der Polizei verlautbart.«
»Er hat eben keine andere Möglichkeit gesehen.«

»Die Behandlung im Spital war der Anfang vom Entzug. Derzeit bin ich sauber, trocken, alles, was Sie wollen. Eine kleine Blasenentzündung ist meine momentan einzige Schwäche.«

»Wissen Sie, dass Ihr Vater wahrscheinlich ihretwegen Amok läuft?«

»Was macht er?«

»Er hat jemand umgebracht.«

»Blödsinn. Wen?«

»Das wissen wir noch nicht. Wissen Sie, wo er sich aufhält?«

»Nein. Glauben Sie, ich hab ihn versteckt?« Sie schreit von der Muschel weg in das Zimmer, in dem sie telefoniert. »Hallo Papa! Komm her. Die Polizei will sich mit dir unterhalten.«

»Warum so spöttisch?«

»Der beste Schutz. Und der einzige.«

Das weiß Kottan selbst. Er hat eine Zierleiste (eine Wellenlinie mit Punkten) angefertigt.

»Haben Sie Ihrem Vater den Namen Rögl genannt?«

»Kann sein.«

»Ja oder nein?«

»Ja.«

»Kann er Kontakt zu Ilona Rössler aufgenommen haben?«

»Hat er bestimmt. Sie hat mir erzählt von einem Typ, der ein Gespräch mit ihr auf Tonband aufgenommen hat. Das war mein Vater. Bestimmt. Fragen Sie weiter?«

»Warum hören Sie jetzt nicht auf?«

»Sie reden wie mein Vater. Mit was soll ich anfangen? Ich will nicht aufhören. Jetzt bleibt mir wenigstens was übrig.«

»100 Prozent?«

»Das wird nirgends gespielt.«

Kottan verabschiedet sich, wählt gleich noch einmal: eine Nummer im Haus. Er lässt die Adresse von Harald Rögl feststellen; falls der eine Adresse in Wien aufzuweisen hat. Die Telefonnummer Regina Blemenschützs, die täglich in den Münchner Zeitungen zu finden ist, überträgt Kottan in seinen Kalender. Das Blatt wirft er weg. Schremser kommt allein wieder.

»Schöner Film?«, fragt Kottan.

»Entzückend«, sagt Schremser im Tonfall eines pensionierten New Yorker Kollegen.

»Unser Trio setzt anscheinend auf Arbeitsteilung. Uhrmacher ist für Beschaffung und Vertrieb der Rauschgifte zuständig, Pellinger organisiert die Verwertung der Mädchen im Geschäftszweig Prostitution, Stoiber ist der Mann für die Filmproduktion und den Vertrieb der Videos.«

»Der Stoiber?«, bleibt Schremser skeptisch. »Nur weil er ein paar Fotogeschäfte hat?«

»Weißt du eine andere Funktion, die für ihn bleibt? Der Uhrmacher hat das Geld verwaltet, mit Grundstücken und Althäusern spekuliert. Kein nennenswertes Risiko, wenn man den richtigen Freund hat. Der Haumer hat die drei erpresst oder auch nur in aufdringlicher Weise bedroht. Sie haben geglaubt, unbedingt reagieren zu müssen.«

»Lund?«

»Jemand aus ihrer Organisation wollten sie nicht für die Beseitigung Haumers heranziehen. Ist ihnen zu gefährlich gewesen, wo sie doch schon bei den täglichen Geschäften überaus vorsichtig sind. Die haben Lund kommen lassen. Vielleicht haben sie nicht einmal ihre besseren Mitarbeiter etwas von Haumer wissen lassen. Wie findest du das?«

»Wie im Roman«, sagt Schremser.

Das Telefon läutet. Harald Rögl wohnt in der Stromstraße. Kottan kennt den Wohnblock: fast neue Zwei- und Dreizimmerwohnungen. Trotzdem ist der beträchtliche Klassenunterschied zu den Behausungen Uhrmachers und Pellingers deutlich. Schremser besorgt den Hausdurchsuchungsbefehl. Kottan bestellt einen Schlosser. Beide Beamten glauben nicht, dass Rögl seit Montag (14 Uhr) in seiner Wohnung gewesen ist. Sie sind sich einig und sicher: Haumer hat Rögl ermordet.

In der Wohnung stoßen die Polizisten zunächst auf eine verstörte 16- oder 17jährige, die nicht vernehmungsfähig ist: vermutlich Rögls Ersatz für Regina Blemenschütz. Das Mädchen hat die Wohnung offenbar wegen der tagelangen Abwesenheit Rögls nach Ampullen durchsucht. Schremser verständigt die Rettung.

Sie finden einen Blutspendeausweis Harald Rögls: Blutgruppe B1 positiv. Ansonsten können sie nichts entdecken, was sicherstellen könnte, dass der am Montag Erschossene mit Rögl identisch ist. Nicht einmal ein Foto Rögls lässt sich auftreiben, mit dem man noch einmal den Zahnarzt strapazieren könnte. Vorbestraft war Rögl nicht.

Alfons Stoiber ist tatsächlich seit ein paar Stunden aus Griechenland zurück. Die Urlaubstage waren regenfrei. Er hat auch seine bisher mangelhafte Technik im Windsurfen verbessern können. Jakob Uhrmacher will er erst am späten Abend treffen. Mit Gunda, seiner vierjährigen Colliehündin, die er 14 Tage zurücklassen musste und vermisst hatte, ist er vor einer Stunde im *Senator* die Höhenstraße hinaufgefahren. Den Wagen hat er auf dem fast leeren Parkplatz bei der Jägerwiese abgestellt und ist mit dem Hund zum Leopoldsberg marschiert. Der

Hund ist ihm kaum von der Seite gewichen. Im Restaurant neben der Kirche hat er eine *Melange* getrunken.

Auf dem Rückweg fällt ihm schon bald ein Mann auf, der in einem rostroten Trainingsanzug mit weißen Streifen auf dem gleichen Weg unterwegs ist. Der Mann überholt ihn, schaut sich misstrauisch nach allen Richtungen um. Er trägt, was Stoiber ebenfalls gleich bemerkt hat, einen länglichen Gegenstand, der in ein blitzblaues Tuch gewickelt ist, in der rechten Hand. Stoiber hat das Gefühl, dass der Mann, der zwischendurch immer wieder ein paar Schritte im langsamen Trab einlegt, sein Paket loswerden will.

Als Alfons Stoiber bei der Jägerwiese ankommt, ist der Mann nur wenige Schritte vor ihm, schaut sich immer noch um, bevor er in die Sträucher am Wiesenrand taucht, um nach einer Minute an einer Stelle weiter vorne die Wiese wieder zu betreten: ohne den eingewickelten Gegenstand. Den Collie hat Stoiber losgelassen. Der Hund rennt zur Mitte der Wiese und beäugt eine Dogge. Der Mann überquert die leicht ansteigende Wiese Richtung Wirtshaus und dreht sich jetzt nicht mehr um.

Alfons Stoiber ist neugierig geworden, biegt die Zweige der Sträucher zur Seite. Er entdeckt ein paar Meter vom Wiesenrand entfernt den unbekannten Gegenstand im blauen Tuch, das neu oder zumindest frisch gewaschen aussieht. Er zieht an einem Zipfel, rollt den Gegenstand aus dem Tuch, der gleich darauf vor ihm liegt. Jetzt weiß Stoiber, dass er einen Fehler gemacht hat. Den letzten in seinem Leben, das 44 Jahre und 127 Tage gedauert hat.

Die Detonation bringt die wenigen Hundebesitzer, die Kinder und die Hunde auf der Wiese in Panik. Die meisten laufen weiter nach oben, zwei Männer werfen sich ins Gras, die Kinder quietschen. Ein Aushilfskellner kommt aus dem Gasthaus und läuft die Wiese hinunter zur Explosionsstelle. Noch vor ihm trifft der Collie ein. Die Hündin packt das rechte Bein des Herrchens am Hosenstoff. Sie schleppt das Bein, das sich selbständig gemacht hat, auf die Wiese. Erwin Haumer besteigt sein Sportfahrrad und rollt die Höhenstraße hinunter.

16

> *»Oh, das tut mir so Leid«,*
> *sagte Mrs. Murdock.*
> **Dorothy Parker**

Über die Mutter Harald Rögls hat Schrammel ein älteres Foto ergattert, mit dem er zu Dr. Peyerl fährt, der daheim auf Schrammel warten will.

Alfons Stoiber ist durch die Explosion buchstäblich zerlegt worden. Die Polizisten mehrerer Funkstreifen haben die makabre Aufgabe, die weit verstreuten Leichenteile einzusammeln, was beinahe eine Stunde in Anspruch nimmt.

Die Meldung von der Sprengung eines Menschen wird in der nächsten Nachrichtensendung gebracht, worauf zahlreiche Wiener mit den Autos zur Jägerwiese pilgern und von weiteren Polizisten zurückgedrängt werden müssen.

Kottan und Schremser bleiben nur kurz am Tatort. Als sie angekommen sind, ist bereits festgestanden, dass der abgestellte Senator Alfons Stoiber gehört. Ein Anruf bei Frau Stoiber bestätigt: Ihr Mann war zu einem ausgiebigen Spaziergang mit dem Hund aufgebrochen. Die Colliehündin verteidigt wütend das von ihr sichergestellte Bein.

Ein Sprengstoffexperte der Staatspolizei gibt sich nachdenklich und wichtig. Kottan ist aber an der Beschaffenheit des Sprengstoffs nicht besonders interessiert. Eigentlich gar nicht.

Schremser und Kottan kündigen sich bei Uhrmacher an und bestellen außerdem Pellinger zum Kaffeehausbesitzer. Zuerst will Pellinger verweigern. Auf die eindringliche Feststellung, es sei nur in seinem Interesse, stimmt er doch zu.

Pellinger verspätet sich. Als er Uhrmachers Geschäfts- und Wohnraum betritt, warten die beiden Beamten des Morddezernats schon 20 Minuten auf dem dreiteiligen Fauteuil. Uhrmacher nascht unbekümmert tunesische Rosinen aus einem Nylonsack. Pellinger hat einen Cowboyhut auf dem Kopf, mit dem er sich noch dazu wohl fühlt.

»Ein Stetson ist das«, beantwortet er Schremsers verwunderten Blick. »Ich bin zu Fuß gegangen«, rechtfertigt er seine Verspätung, »weil ich mein Auto verschrottet habe.«

»Wo?«

»Auf der Westautobahn.«

Pellinger präsentiert sich wie der schlechte Bilderwitz eines Mannes, der über Nacht zu Vermögen gekommen ist.

»Der Kommissar will uns unbedingt eine Geschichte erzählen«, erläutert Jakob Uhrmacher die Situation. »Warum sie auch Ihnen gilt, weiß ich nicht.«

»Kommissar gibt es erst recht keinen«, berichtigt ihn Kottan. »Und eine Geschichte ist es zuerst einmal auch nicht, nur eine Information. Alfons Stoiber ist tot.«

In Uhrmachers Gesicht regt sich nichts. Pellinger verschluckt dafür fast eine der drei Rosinen, die er sich aus dem Nylonsack genommen hat.

»Ein Bluff?«

»Vor zirka zwei Stunden ist er in der Nähe der Höhenstraße in die Luft gesprengt worden.«

»Gesprengt?« Uhrmacher zeigt jetzt doch eine besorgte Miene. »Ein Unfall?«

»Wir nehmen an, dass es sich um einen sorgfältig geplanten Mordanschlag gehandelt hat.«

»Von einem Verrückten?«, entfährt es Uhrmacher.

»Von Erwin Haumer. Da sind wir sicher. Sie können sich ja ausrechnen, wen er sich als nächsten vornehmen wird.«

»Sie phantasieren schon wieder. Wir kennen den Herrn nicht.«

»Auf einmal sagen Sie doch *wir*«, hakt Schremser ein.

Uhrmacher bewegt seine rechte Hand abschätzig in Richtung Schremser.

»Jetzt kommt die versprochene Geschichte«, kündigt Kottan an.

Pellinger wirft die restlichen Rosinen auf den Tisch. Den Stetson hat er auf die Oberschenkel gelegt. Jetzt kommen seine abstehenden Ohren besser zur Geltung. Kottan hält seine Redeübung.

»Es gibt da ein Geschäft, das von drei Herren geleitet wird. Das Geschäft geht ausgezeichnet, obwohl oder weil es ein bisschen verboten ist. Ein Betroffener will sich wehren: durch Erpressung und Drohung. Die Geschäftsführung holt zum Gegenschlag aus. Der Erpresser weicht aus, indem er die Geschäftsführung an sein Ableben glauben lässt. Er findet einen anderen, der unter seinem Namen stirbt. Ungestört bereitet er seine eigentliche Absicht vor: die Eliminierung der dreiköpfigen Geschäftsführung.«

»Ich kenne bessere Geschichten«, sagt Uhrmacher.

»Nicht einmal gut erfunden«, ergänzt Pellinger.

»Vielleicht verstehen Sie die Pointe, wenn ich Ihnen den Namen des Toten nenne. Harald Rögl.«

Jakob Uhrmacher reagiert immer noch nicht. Er drückt die Kiefer fest gegeneinander. Auch Pellinger spielt den Ausdruckslosen.

»Geht Ihnen der Rögl nicht seit ein paar Tagen ab?«

»Ein Herr Rögl gehört nicht zu meinem Personal.«

»Ich denke weniger an Köche und Kellner.«

»Was wollen Sie wirklich?«

Uhrmacher springt fast aus dem Fauteuil.

»Den Haumer finden. Vor dem dritten Mord.«

»Sie glauben *Ihre* Geschichte?«

»Wollen Sie Polizeischutz«, bietet Schremser an.

»Nein«, sagt Uhrmacher, der nicht mehr auf sein Lederfauteuil zurückkehren will. Auch Pellinger lehnt ab.

»Sie kriegen ihn auf jeden Fall«, erklärt Kottan. »Je zwei Beamte werden wir dafür erübrigen.«

»Sehr ehrenvoll.«

»Vielleicht nehmen Sie es auch als bescheidene Geschäftsstörung unsererseits«, schlägt Kottan vor.

Er hat kapiert, dass von Pellinger und Uhrmacher keine Hinweise hinsichtlich Haumers zu erwarten sind. So viele Befürchtungen können die beiden gar nicht haben.

Im Büro liegt bereits ein vorläufiges Protokoll des Erkennungsdienstes vor. Vom Mann, der gesprengt worden ist, gibt es Fingerabdrücke. Kottan schickt zwei Beamte in die Wohnung Stoibers, um völlig sicher zu gehen. Dieses Mal muss es ja wenigstens Fingerabdrücke zum Vergleichen geben. Stoiber wird in seiner Wohnung nicht ständig in Handschuhen herumgelaufen sein.

Der Polizeipräsident kann von den Entwicklungen des Nachmittags nicht informiert werden, weil er das Sicherheitsbüro früher als üblich verlassen hat. Er hält um 20 Uhr beim ›Wiener Verein für Kriminalsoziologie‹ ein Referat über seine Erkenntnisse, die er über die Kriminalpolizei in Belgien gewinnen konnte. Der Vortrag findet in den Räumen des Vereins in der Spiegelgasse und unter Ausschluss gewöhnlicher Öffentlichkeit statt. Pilch kommt der Einladung gerne nach. Schon bei der Gründerversammlung sind ihm die mit Fliegengitter versehenen Fenster angenehm aufgefallen.

Die Protokolle von Montag und Dienstag hat Heribert Pilch retournieren lassen, weil er zwei Rechtschreibfehler und vier Beistrichfehler aufgespürt hat, die beim Tippen passiert sind. An einer Stelle ist ihm die Satzstellung nicht recht gewesen. Pilch hat korrigiert wie ein Deutschlehrer.

»Sprachpolizist«, sagt Kottan.

Die Stichproben in der Lund-Fahndung an den Ausfallstraßen dauern noch bis in die Morgenstunden des Freitags an. Bisher sind nur vier Lenker ohne Führerschein und ein Autodieb ins Netz gegangen.

17

»Ist aber doch gefährlich, oder?«
»Ach was.«
Dan Sherman

Die graue Wolkendecke am Freitagmorgen hängt tief und drohend über der Stadt. Lund soll sich in einer Schrebergartenhütte in Floridsdorf aufhalten. Jedenfalls wollen ihn drei Nachbarn in den letzten beiden Tagen da gesehen haben. Auch nach Besichtigung der Polizeifotos ändern sie ihre Meinung nicht. Laut Angaben der Nachbarn steht die verwitterte Holzhütte mit dem geteerten Dach seit mehreren Jahren leer.

Heinz Bauer darf mit seiner Truppe noch einmal mitmachen, muss sich aber mit dem kontrollierenden Kommando Kottans abfinden. Er hält diese Verschiebung der Verantwortung trotz seiner gestrigen Pleite für eine Zumutung. Pilch hat sich sein Mitkommen heute nicht nehmen lassen.

Die taktische Besprechung findet erst in unmittelbarer Nähe der Hütte, hinter einem neutralen VW-Bus statt. Kottan lässt Bauers Pläne nicht gelten. Er will es zunächst mit Megaphon-Aufforderungen versuchen. Das nur etwa 200 Quadratmeter große Grundstück ist umstellt. Die Gemüsebeete sind verwahrlost, dem einzigen Gartenzwerg verklebt der Vogeldreck die Mütze und vor allem die Augen.

»Der kommt nicht freiwillig«, ist Bauer überzeugt.

Kottan hat da auch keine Illusionen. Er drückt den Megaphonknopf und gibt die einfallslosen Sätze durch: »Alles umstellt! Keine Chance! Seien Sie vernünftig! Kommen Sie mit erhobenen Händen heraus!«

In der Bretterhütte rührt sich nichts. Bauer nickt zufrieden. Er sieht die Möglichkeiten zum Eingreifen rapid größer werden. Kottan wiederholt seine Phrasen. Es beginnt zu tröpfeln. Für die fünfzig Männer gibt es keinen einzigen Schirm. Zum Glück bleiben nach einer Minute die Tropfen wieder aus.

Als Bauer seinen Einsatz für unausbleiblich hält und die Rede darauf bringen will, wird die Tür des Häuschens geöffnet. Ein Mann humpelt ins Freie, trifft allerdings keine Anstalten, die Arme hochzustrecken. Kottan erkennt das Gesicht gleich. Lund ist das bestimmt nicht. Der Mann, der vor der Hütte stehen geblieben ist, heißt zweifellos Erwin Haumer.

Zwei gepolsterte Polizisten laufen auf Haumer zu, ergreifen ihn an den Oberarmen. Ein dritter tastet Haumer ab, der aber unbewaffnet ist.

Schremser glaubt einen Moment, vor einem Spiegel zu stehen. Haumer bewegt sich mit zwei Krücken auf den Bus zu, sein rechtes Bein steckt in einem Beugegips. Er macht einen verächtlichen Blick zum Hackstock neben der Hütte, aus dem eine langstielige Hacke ragt. Nur wenige, zerkleinerte Holzstücke liegen im Schotter.

»Für *die* Arbeit bin ich nicht geeignet«, sagt Haumer nur. Er streckt die Hände vor und mustert die Beamten. Die Ärmel der Anzugsjacke sind ihm zu kurz. Schrammel nimmt die Handschellen aus seiner Tasche.

Pilch beeindruckt die Verhaftung des mutmaßlichen Doppelmörders nur kurz. Er hat neben dem Drahtzaun eine gemeine Stechfliege (Stomoxys calcitrans), im Volksmund auch Wadenstecher genannt, erspähen und entschlossen zertreten können.

Die STAPO und Bauer nehmen sich die leere Hütte vor, als ob sie voll mit Komplizen Haumers wäre. Training sozusagen.

Bei der Einfahrt zur Schrebergartensiedlung Sonnenplatz befindet sich neben einem Verkehrszeichen, das die Breite des asphaltierten Weges nennt, eine zweite, angerostete Tafel: *Achtung! In der Jagdzeit täglich zwischen 15 und 19 Uhr Schussgefahr.*

Lund lenkt den Leihwagen, einen samtgrünen Austin Allegro, den Erna Kovarik unter ihrem Namen bei einem Verleih im Zentrum abgeholt hat. Lunds Gesicht und Haarfarbe sind dem Passfoto mittlerweile angeglichen. Eigentlich hat er sich nach Westösterreich mit der Katze auf den Weg machen wollen, um sich das Schweigen Erna Kovariks zu sichern. Dagegen hat sich die Frau heftig gewehrt. So musste er eben dafür sorgen, dass sie auf keinen Fall der Polizei Angaben über seine Abreise machen konnte. Ihre eigene Schuld, bestätigt sich Lund.

Das Material über Haumer hat er in der Waschmuschel im Badezimmer verbrannt. Dabei ist ihm der Verlust der Fotografie Haumers aufgefallen. Ein dummer Fehler. Zumindest kann das wahrscheinlich in der Garconniere verlorene Foto die Fahndung der Polizei gegen ihn nicht erleichtern. In einer der Telefonzellen auf dem Bahnhof Praterstern wählt er die Nummer des Auftraggebers, der nicht mehr fröhlich klingt.

»Haumer lebt«, sagt der Auftraggeber sofort.

»Ich reise ab«, teilt Lund mit.

»Und Ihr Auftrag?«

»Bin ich zum Suchen engagiert?«

Lund hängt ein. In der heutigen Zeitung, die er noch bei sich hat, ist kein Wort davon gestanden, dass der *Unfalltote* nicht Haumer ist. Den Rest des Geldes will Lund ohnehin nicht beanspruchen: ein überflüssiges Risiko. Mit dem zweiten Anruf stellt er die Weiterreise ab Bayern sicher. Lund wird am Nachmittag die Grenze zur Bundesrepublik zu Fuß überschreiten. Die Telefongespräche hat er hier vorgenommen, weil dieser Bahnhof seiner Meinung nach keine unerwünschten Gefahren birgt. Die Fahndung findet auf dem Bahnhof Praterstern nicht einmal im Schongang statt. Nur die Schnellbahn hält hier und ein paar Lokalzüge.

Die Zeitung will Lund in den Metallkorb beim Ausgang werfen. Wenige Schritte vor dem Gitterkorb kommt ihm ein verwitterter Alkoholiker in die Quere.

»Die ist für mich«, meint der Mann, der über dem Stoffmantel einen durchsichtigen Nylonumhang trägt. Er greift nach der Zeitung.

»Nein«, antwortet Lund.

Sein fast verhängnisvolles Erlebnis auf dem Westbahnhof ist ihm zu präsent.

Der Mann lässt Lund nicht weiter, hält ihn an der Jacke zurück. Die Zeitung will er nicht einmal lesen, nur in sein Quartier tragen, wo er Zeitungen hortet. Derzeit übernachtet er ausgerechnet in einem in Bau befindlichen Büroturm der Krankenkasse, bei der er früher Mitglied war. Den Absturz zum ständigen Asyl-Schläfer hat er bis jetzt vermeiden können.

»Schmeißt du die Zeitung lieber weg?« Der Obdachlose ist lauter geworden und alarmiert damit ein paar Bekannte in der Stehweinhalle.

Lund will sich befreien. Der sekkante Mann lässt nicht locker, klammert sich jetzt auch noch mit der zweiten Hand fest. Lunds kurzsichtiger Blick macht ihm Mut. Er kann nicht wissen, dass Lund diesen Blick nach Bedarf verwendet, um von seinen Gegnern unterschätzt zu werden. Lund, dessen Prinzip es in der Vergangenheit war, stets unbewaffnet zu sein, greift nach dem Springmesser, das in der angenähten Seitentasche neben der ungeöffneten Kaugummipackung liegt. Er sticht zweimal zu. Der Gegner sinkt mit dem Messer im Magen zu Boden. Lund lässt die Zeitung fallen und läuft zum Ausgang. Die Zeitung zerflattert. Ein Doppelblatt (*Lokales und Horoskop*) bedeckt den Liegenden wie eine Leiche. Bis die Kollegen des Niedergestochenen begriffen haben, was vorgefallen ist, sitzt Lund längst im Austin und verlässt den Kreisverkehr, der den Bahnhof Praterstern einschließt.

Für die Polizisten aus dem Wachzimmer neben dem Bahnhof ist ein Streitfall zwischen Obdachlosen nichts Ungewöhnliches. An die Beteiligung eines Außenstehenden verschwenden sie keine Frage. Erst nach Stunden steht fest, dass es sich um den letzten Auftritt Edvin Lunds in Österreich gehandelt hat.

Erwin Haumer verzehrt die serbische Bohnensuppe aus der Kantine. Ein Bier hat ihm Kottan nicht genehmigt. Haumer sitzt dem Major im Büro gegenüber. Außer den beiden ist nur die mitstenographierende Sekretärin im Zimmer. Vor der Tür lauern zwei Beamte. Haumer zögert mit keiner einzigen Antwort, spricht nur leise und gibt alles zu. Er hat (wie angenommen) gegen Uhrmacher, Pellinger und Stoiber Material beschafft, zunächst nur, um sie zu erpressen. Uhrmacher sei sogar hinhaltend auf den Erpressungsversuch eingegangen. Als Haumer einsehen musste, dass zu einer Erpressung seine Bemühungen nie ausreichen würden, verlegte er sich in Gegenwart Uhrmachers und Pellingers auf herausgebrüllte Drohungen. Ursprünglich wollte er alle drei ausnehmen, ausquetschen und dann doch der Polizei ausliefern. Der Zorn über die Zerstörung seiner Tochter, wie er es nennt, war bald der Wut über das Riesengeschäft der drei gewichen: ein Geschäft, das nicht zu gefährden war. Jetzt fiel ihm zum ersten Mal die Untauglichkeit seiner seit fast zwei Jahrzehnten erprobten Mittel auf. Der Risikolosigkeit des Trios hatte er nur Originalität gegenüberzusetzen. Die Erpressung war kläglich misslungen, die laut prophezeiten Drohungen sollten nicht scheitern. Anders sind die drei nicht zu erwischen, heißt Haumers Credo.

»Mit Ihrer Aussage«, meint Kottan, »kommen wir weiter.«

»Gar nicht. Was weiß ich denn? Ist ja nur meine Meinung, nicht belegbar.«

»Sie haben sich an Rögl herangemacht?«

»Ja. Der war *ansprechbar*. Ich hab mit ihm zusätzliche Geschäfte abgesprochen. Der hat mir geglaubt, war interessiert.«

»Wie haben Sie Rögl in die Ordination von Dr. Peyerl gebracht?«

»Keine Schwierigkeit«, grinst Haumer. »Der konnte einer für ihn kostenlosen Reparatur mit meinem Zahnbehandlungsschein nicht widerstehen.«

»Wieso hat er sich in das gestohlene Auto gesetzt?«

»Er sollte beim Winterhafen eine von mir organisierte Lieferung holen. Er hat den Weg über den Handelskai nehmen müssen.«

»Sie haben alles gemacht, um als tot zu gelten. Warum haben Sie nicht gleich ihre Papiere im Auto zurückgelassen und uns erst bei der Kahlbeck herumfragen lassen?«

»Sie werden lachen. Ich besitze keinen einzigen Ausweis auf meinen richtigen Namen. Nur falsche Visitenkarten.« Er hält eine Karte, auf die der Phantasiename einer Versicherung gedruckt ist.

»Wieso haben Sie im Häuschen auf dem Bahngelände so deutliche Spuren zurückgelassen?«

»Rögl ist früher vorbeigekommen, als ich angenommen habe. Nach dem Schuss bin ich weggelaufen. Früher oder später, war mir klar, kommen Sie sowieso drauf, dass ich nicht tot bin. Mir hat es genügt, für ein paar Tage tot zu sein.«

»Wieso haben Sie gewusst, dass Lund hinter Ihnen her ist?«

»Lund?«, wundert sich Haumer. »Ich hab nur meine Beschattung gemerkt. In einem Kaufhaus hab ich den Verfolger abgeschüttelt und bin nicht mehr zurück in meine Wohnung.«

Haumer stellt die Schüssel weg, trinkt Wasser aus einem Papierbecher. Dann nimmt er eine zerknitterte Zigarette mit seinen gelben Fingern. Kottan hat nichts dagegen.

»Wie geht es meinen Streifenhörnchen?«

»Die sind tot. Verhungert.«

»Unmöglich.«

»Die Futterschalen sind entfernt worden.«

»Das schaut der Firma ähnlich.«

»Glauben Sie im Ernst, der Pellinger und der Uhrmacher waren persönlich bei Ihnen? Die haben wahrscheinlich Dealer geschickt, denen ein paar Gramm in Aussicht gestellt wurden. Was haben die gefunden?«

»Es gab nichts zu finden.«

»Woher hatten Sie das Gewehr?«

»Kann Ihnen egal sein.«

»Wir wissen es schon. Das nächste Mal besorgen Sie sich Ihre Waffen weiter weg vom Tatort.«

»Werde ich mir merken.«

»Sie können schießen?«

»Schaut so aus.«

»Wo ist der Sprengstoff her?«

»Wissen Sie das ausnahmsweise nicht?«

»Leider.«

»Alles kann man kriegen. Ist vor einem Wachzimmer übergeben worden. Bester und sicherster Platz für so ein Geschäft.«

»Wie war das mit dem Stoiber?«

»Ein neugieriger Esel. Der hat zwar von mir gewusst, mich aber nicht gekannt. Ganz einfach war das.«

Kottan lässt nicht mehr mitschreiben. Fräulein Domnanovics legt ihre Unterarme abwartend auf ihre Oberschenkel. Haumer hat die Beine übereinander geschlagen.

»Tut es Ihnen Leid, gegen Uhrmacher und Pellinger nichts mehr ausrichten zu können?«

»Ja.« Er nickt lang. »Ihr kriegt sie sowieso nicht.«

»Das wird sich herausstellen.«

Dass Uhrmacher und Pellinger nach der Verhaftung Haumers nicht leicht anzutasten sind, davon muss Kottan nicht erst überzeugt werden. Es gibt nur fast lückenlose Vermutungen, keine Handhabe. Kottan wird jede Kleinigkeit überprüfen lassen, über die die beiden stolpern könnten. Der zuständige Richter hat sich noch nicht einmal mit der beantragten Abhörung der Telefongespräche Pellingers und Uhrmachers auseinandergesetzt. Vielleicht unterschätzt Haumer seine eigenen Recherchen. Vielleicht sind sie als Ausgangspunkt brauchbar.

Kottan übergibt Haumer an einen Wachebeamten, begleitet ihn aber dann doch bis zur Zelle. Haumer kommt mit den Krücken nur langsam vorwärts. Er ist sie noch nicht gewöhnt.

»Die Details gehen wir morgen durch«, sagt Kottan.

»Ja.«

Haumer betrachtet seine vorläufige Wohnung.

»Kommen Sie nicht auf blöde Gedanken.«

Haumer lacht. Die Hosenträger sind ihm abgenommen worden. Sogar die Bänder der Safari-Schuhe, die seine durchgetretenen *Milano* abgelöst haben, hat er abgeben müssen.

»Soll ich mit dem Kopf gegen die Wand rennen?«

Nachdem sich Erna Kovarik geweigert hatte, Lund die Katze auf die Reise mitzugeben, hat er ihr zwei Liter Tafelwein innerhalb weniger Minuten eingeflößt. Erst nach Stunden wird sie zerzaust, taumelnd und immer noch ohne Unterhose vor einem Wachzimmer aufgegriffen, das sie ohnehin betreten wollte. Sie hat Mühe beim Sprechen, stottert, muss sich an der Tischkante im Wachzimmer festhalten. Sie stinkt nach Wein und Erbrochenem.

»Ich bin vergewaltigt worden«, ist ihr erster Satz.

»Am helllichten Tag?«, sagt der große Polizist hinter dem Pult. Er hat ein Pflaster im Mundwinkel. Der zweite Polizist, der mit Erna Kovarik ins Wachzimmer gekommen ist, bleibt fast verlegen neben ihr.

»Dreimal«, fügt sie hinzu.

»Mitgezählt?«

Der große Polizist zwinkert dem zweiten zu, der lieber wegschaut. Ein leichtfertiger Satz, der an Erna Kovarik allerdings abgleitet. Sie hört gar nicht hin.

»Er hat Geld dagelassen«, berichtet sie langsam weiter. Lund hat vor seiner Abreise auf dem Küchentisch 60.000 Schilling deponiert.

»Dann ist es ganz was anderes«, meint der Polizist mit dem Pflaster.

Erna Kovarik stürzt. Der Polizist neben ihr kann sie nicht auffangen, hilft ihr aber sofort auf. Der andere beißt in ein zusammengelegtes Brot mit Mortadella.

»Wann soll denn das gewesen sein?« Er findet Gefallen an der Unterhaltung.

»Vorgestern und gestern. Es war der Lund, nach dem gefahndet wird.«

Jetzt macht auch der Polizist hinter dem Pult ein betroffenes Gesicht, obwohl er der *gnädigen Frau*, wie er sich ausdrückt, nicht glauben will.

Auch im Sicherheitsbüro reißen die Vorhaltungen nicht ab. Erna Kovarik gerät zuerst in Schrammels Büro. Schrammel ist ungeduldig, verdächtigt sie der Begünstigung und Fluchthilfe. Die Katze als Geisel findet er einfach lächerlich. Kottan erfährt erst nach ein paar Minuten von der Vernehmung Schrammels. Er mischt sich ein und chauffiert Erna Kovarik im Skoda nach Hause, obwohl er das anscheinend endgültige Untertauchen Lunds nur verärgert zur Kenntnis nehmen kann.

Das Geld vom Küchentisch wird polizeilich sichergestellt. Voraussichtlich wird es die Kovarik behalten können, wenn es niemand als gestohlen meldet. Kottan opfert eine Schlaftablette (Mozambin plus) aus seiner Mantelapotheke. Er selber mischt sich Bier und Magenbitter und trifft gegen Mitternacht auf eine Polizeisperre.

»Geben Sie mir den Führerschein freiwillig?«, sagt ein junger Beamter.

»Kann ich nicht.«

Ausfahrt

»*Worauf warten Sie?*«
»*Auf eine andere Zeit.*«
Guy Trosper

Das Rote Kreuz hat Kottan einen mit Wachsmatritzen vervielfältigten Brief geschickt, der auf dem Telefontischchen liegt. Die Überprüfung des von ihm gespendeten Bluts hat nicht zum ersten Mal einen erhöhten Leberwert ergeben. 222 ist mit Kugelschreiber notiert worden. Der tolerierte Wert liegt zwischen sechs und 33. Die Konsultation eines Arztes wird empfohlen. Kottan stellt sich vor, wie der Sack mit seinem Blut in einen Müll-Container geworfen wird.

Ilse Kottan hat den Brief am Vormittag geöffnet und mit einer herausgerissenen Seite aus einer Illustrierten ergänzt. Ein Dr. Frei, der Ferndiagnosen stellt und Therapievorschläge gibt, nennt Symptome der durch Alkohol bedingten *Fettleber* (dem Vorstadium der Leberzirrhose): Müdigkeit, Juckreiz, Druckschmerz in der rechten Rumpfhälfte.

Kottans Vater ist auf Besuch. Er sitzt im Wohnzimmer und unterhält sich mit Gerhard. Seit er nach einer Operation vor zwei Jahren eine Silberplatte im Kopf hat, bezeichnet er sich als wertvoller Mensch. Das Telefon läutet, Kottan hebt ab. Hat es ihn jetzt am rechten Unterarm gejuckt?

Es handelt sich um eine lakonische Mitteilung. Erwin Haumer hat sich nicht den Kopf an der Zellenwand zerschmettert, er hat sich vergiftet. Das noch nicht identifizierte Gift hat sich in den Krücken befunden. Den Gips, eine Attrappe, hat Haumer wahrscheinlich selbst angefertigt. Kottan bleibt (wie ausgestopft) neben dem Telefontischchen. Seine Frau kommt ins Vorzimmer.

»Kommst du nicht herein?«, fragt sie.
»Gleich«, sagt Kottan mit schiefem Gesicht.
»An was denkst du?«
»An nichts.«

Epilog (lyrisch)

Ein jeder
im Sicherheitsbüro
hat die Nase voll.
Der Präsident
lässt Schnäuztücher verteilen.
Kostenlos.

Wieder ein Liebesbrief an Heribert Pilch. Er ist eingeschrieben und express gekommen. Kampagnen gegen Präsidenten scheinen in Österreich nicht aus der Mode zu kommen. Kottan, den Pilch am liebsten in dieser Sache ermitteln lassen würde, liegt krank im Polizeispital. Der Präsident kennt nur eine egoistische Sorge: Wird sich der Major bald vom Krankenlager erheben?[35]

ANMERKUNGEN

1 Die Staatspolizei wird üblicherweise und erwartungsgemäß mit STAPO abgekürzt. Bei Pilch heißt sie allerdings POPO, was er mit *politische Polizei* übersetzt.

2 Ab der zweiten Auflage ist das Buch Paco Ignacio Taibo II gewidmet.

3 Kein Druckfehler.

4 Sie sind ein Rätselfreund? Dieser Anfang[5] steht auch in einem anderen Buch. Wenn Sie wissen welches, dann haben Sie zwei der fünf Polizeisterne schon einmal sicher. Das *Schrammel-Rätsel (Rätsel für Rätsler)* finden Sie unter Anmerkungen[15]. Die Lösungen der Rätsel aus „Kottan ermittelt – Nachtruhe" finden Sie in Anmerkungen[10]

5 Der vorgesehene und im letzten Band angekündigte Anfang wird auf den übernächsten Kottan Roman *(Sterben verboten)* verschoben.

6 In zwei Tagen wird Präsident Pilch deswegen bei einem Redlein für tapfere Polizeibeamte mit der rechten Schuhsohle kleben bleiben und unfreiwillig den polierten Schuh verlassen.

7 In der Erstausgabe 1979 lauteten die Namen der Funkstreifenpolizisten noch Walter Webora und Robert Jellinek. Die sind aber mittlerweile in *Der vierte Mann* (1987) verstorben. Hannes Schwandl und Franz Kölminger sind dafür in *Geschichte aus dem Wiener Wald* in Erscheinung getreten und am Leben geblieben.

8 Noch ein Wort zu dieser bearbeiteten Auflage. Kottan ist (wie gewohnt) 41 Jahre alt. Er ist also nicht nur seit der Erstauflage ein Jahr jünger geworden, er wird auch noch ein paar Romane lang 41 bleiben.

9 Sehr zärtliche, anschmiegsame, schlanke, 173 große, häusliche, attraktive Nichtraucherin (38) sucht ihren Traummann. Er soll groß, niveauvoll, gepflegt, positiv, verlässlich und trotzdem modern sein. Unter „Lifestyle mit Herz" an den Verlag.

10 Beim *Nachtruhe*-Rätsel hat niemand gewonnen. Gefragt war, wieso Al Capone, obwohl er in *Nachtruhe* nichts zu suchen hat, im Roman trotzdem vorkommt. Lösung: Schrammels Autonummer 40.886 entspricht der Gefangenennummer Al Capones. In *Nachtruhe* war aber auch zum ersten Mal ein *Rätsel für Aufmerksame* versteckt. Einen Fehler, auf den extra hingewiesen wird, kann ja jeder finden. Lösung: Auf Seite 34 bestellt sich Schrammel ein Taxi, um sich auf den Weg zum Rendevouz zu machen. Auf Seite 39 fährt er im eigenen Auto (Colt) nach Hause. Der Fehler wurde von Michael Scharang[16], A-1210 Wien, und Dieter Frauenholz, D-5960 Olpe/Biggesee gefunden. Beide erhielten ein (durch Unterschrift der Autoren entwertetes) Exemplar von *Schussgefahr*.
PS: Ein unbeabsichtigter Fehler in Nachtruhe ist bis jetzt unentdeckt geblieben. Auf Seite 9 ist Josef Popala, späteres Mordopfer, 62 Jahre alt; auf Seite 12 nur mehr 58. Die Autoren (Helmut u. Margit Zenker) reden sich aufeinander und den Computer aus. Der Computer schweigt.

11 Für den Fall, dass Sie sich eben in Bali aufhalten. Die Polizeiärztin Dagmar Schnett, 34, hat ein ovales Muttermal (Durchmesser: drei Zentimeter) auf der rechten Schulter.

12 *Rätsel für Aufmerksame*: Wenn Sie wissen, in welcher TV-Folge von Kottan ermittelt Paul Schremser den Major in gleicher Weise belehrt hat, erhalten Sie zwei weitere Polizeisterne.

13 *Verdammt* hat der Dezernatsleiter bestimmt nicht bei Mickey Spillane gelesen. Eigentlich ist es ein Lieblingswort Schrammels; beim Reden und Denken. Er hat es zuerst im Hammer-Roman „*Das Unding*" entdeckt.

14 Vier Sterne: ausgezeichnetes Bier. Drei Sterne: sehr gut. Zwei Sterne: gut. Ein Stern: annehmbar. Biere, die mit keinem Stern versehen sind, scheinen einen solchen nicht verdient zu haben.

15 *Rätsel für Rätsler*. Wo Renate Murawatz den Weg des Majors zum ersten Mal gekreuzt hat, sollte keine zu schwere Frage sein. Hierfür erhalten sie den letzten der fünf Polizeisterne!

16 Besonderer Gruß und Dank gehen an Michael Scharang. Anscheinend einer der wenigen Autoren, die schreiben und lesen.

17 Sessel für zu verhörende Personen.

18 Nein! Dieses kurze Wort hat sich Kottan nicht bei den vereinigten TV-Kriminalisten abgeschaut. Das hat er Charlie Chan und dem Roman „Das Haus ohne Schlüssel" zu verdanken. (Wenn Sie es ganz genau wissen wollen, der Heyne-Ausgabe 1979, Seite 57, Zeile neun.)

19 Wollen Sie dem Präsidenten zuvor kommen? Bewilligt. Die heute eingetroffene Nachricht besteht aus zwei Teilen. Auf einem Blatt steht ein mit Maschine geschriebener Text, der mit FORTSCHRITTE überschrieben ist. Auf einem zweiten, karierten Zettel findet sich in bekannter Schrift und bekanntem Ton, was zu erwarten war.

FORTSCHRITTE

Irgendein Papst hat vor etwa 400 Jahren den ersten Prozess gegen einen gewissen Galileo Galilei angestrengt und auch durchführen lassen, nur weil dieser Galilei behauptet hatte, die Erde sei eine Kugel und befinde sich auf einer regelmäßigen Bahn um die Sonne.

Aber – der Fortschritt ist nirgends aufzuhalten – schon kürzlich hat Johannes Paul II. gebilligt, dass Galileis Behauptung möglicherweise doch der Wahrheit entsprechen könnte. Wenn man also diese fast 400-Jahre-Erkenntnisfrist zum Maßstab nimmt, kann ihnen jeder progressive Heimcomputer sagen, wie die Zukunft der Kirche und des Heiligen Stuhls aussieht. Also:

2240 n. Chr.: Papst Pius XIV. verkündet, dass – vorausgesetzt, die Ehe wurde in einer Kirche geschlossen und dieser Ehe sind bereits vier oder mehr Kinder zu verdanken – die gelegentliche Verwendung von Präservativen und Antibabypillen erlaubt sei und keine Sünde mehr darstelle.

2485 n. Chr.: Ausgedehnte wissenschaftliche Untersuchungen des Heiligen Stuhls haben Papst Cherubin II. zur Erkenntnis gebracht, dass es anscheinend Paare gibt, die schon vor der Ehe geschlechtlich miteinander verkehren. Das dafür vorgesehene Strafausmaß wird von sechs Vaterunser auf drei reduziert, falls es sich bei den zur Sünde notwendigen Partnern um Katholiken oder wenigstens um Altkatholiken handelt. Ausgenommen sind Protestanten, Anhänger des Islam, Juden und Heiden.

2637 n. Chr.: Papst Johannes Paul XXIII. erklärt, dass in manchen südamerikanischen Diktaturen passiver Widerstand der gläubigen Bevölkerung unter Umständen toleriert werden könnte.

2934 n. Chr.: Papst Leander I. verkündet, dass Homosexualität auch eine Form der Liebe unter menschlichen Wesen ist.

3410 n. Chr.: Februar: Papst Mitsubishi III. gibt per Enzyklika zu, dass es wissenschaftlich nicht gelungen sei, den Teufel nachzuweisen. Zudem zweifelt er zum ersten Mal an der päpstlichen Unfehlbarkeit.

3410 n. Chr.: März: Mitsubishi III. wird als Ketzer verbrannt. Noch im Feuer rezitiert er aus der UN-Charta der Menschenrechte.

5623 n. Chr.: Päpstin Johanna Paula I. erklärt die Lehre von der ausschließlich männlichen Besetzung des Heiligen Stuhls nachträglich als gottverdammte Irrlehre.

8003 n. Chr.: Papst Sergej I. stellt einen Antrag auf Selbstauflösung des Vereins. Die Vereinspolizeien aller Länder haben nichts dagegen einzuwenden.

Präsident Heribert Pilch wird den tendenziösen Brief erst, wenn dieser Roman dem Ende zustrebt, mit einer Mischung aus Verachtung, Grinsen und Unbeteiligtheit lesen. Eigentlich ein Fall für die Popo. Was könnte die blasphemische Liste mit Heribert Pilch zu tun haben? Die Handschrift, die Pilch doch noch erblassen lässt, zeigt auf kariertem Grund den Weg: Wann kommt für das Sicherheitsbüro endlich das Jahr 8003? Wie lange kann sich ein Behämmerter auf dem polizeilichen Stuhl halten?

20 *Kieberei*, die - Polizei; auch: die *Poli*, die *Putzerei*, die *Höh'*, die *Schmier*, das *Clorophyl* (wegen der grünen Polizeiuniformen). In letzter Zeit auch gebräuchlich: *fünf Meter grüner Stoff und ein blödes Gesicht*. (Angeblich von Major Kottan angesichts des untalentierten Uniformpolizisten Fritz Schreyvogel erfunden.) Vergleiche: die *Oberhöh'* – Kommissariat.

21 *Wachter*, plural – Polizisten; auch: *Bauern, Blaunasen, Hundefänger, Mistelbacher, Pickelhauben, Schmierige, Schwammerl, Streber* und *Zänkerer*.

22 Die Lieblingszahl von Schrammel, Teilzeit-Schlagzeuger bei *Kottans Kapelle*, ist eins. Er zählt Musikstücke auch mit „eins, eins, eins!" ein.

23 Siehe Anmerkung 18.

24 Telefonnummer: 43 46 57.

25 Erraten. Es handelt sich um Franz Kölminger, der Kottan in den Mittelpunkt einer Amtshandlung stellt.

26 Schrammel versäumt den Termin beim Präsidenten, obwohl ihm die lauten Rügen für seine Vorgesetzten gefallen hätten. Er muss im Büro einen künstlerischen Tiefschlag wirken lassen. Nicht einmal der Kottan Verlag konnte sich für seine Romane und Geschichten[27] erwärmen. Ein ablehnender Vordruck, kräftig unterzeichnet mit Matt, ist Ablehnung 200. Das Buch der Rekorde wird sich der Aufnahme Schrammels nicht mehr lange verschließen können.

27 Völlig ernst gemeintes Angebot für Alt- und Neureiche. Sollten Sie an einer wirklich exklusiven Kottan-Geschichte interessiert sein, schreibt Ihnen der Autor (gegen € 700) eine Original-Kottan-Geschichte (Umfang fünf bis acht Seiten). Bedingungen: zahlbar im Voraus mit Scheck oder auf das Konto 244-109-144-64 BAWAG; Lieferzeit: vier Wochen; kein Umtausch; Die Geschichte bleibt mit allen Druckrechten bis zum Ableben des Autors Ihr ganz persönliches Eigentum. Sie können auch mehrere Geschichten bestellen und, wenn Ihnen danach ist, ins Verlagsgeschäft einsteigen und ein ganzes Buch veröffentlichen. Das Angebot gilt auch für die Verlage Heyne, Piper und alle anderen.[28]

28 Studenten, Schüler, Pensionisten, Polizei- und Gendarmeriebeamte und Arbeitslose haben € 2000 Nachlass.

29 © 1979 Margit Zenker.

30 Oberhöh', wie gesagt.

31 Rätsel zwischendurch: Welcher Kriminalbeamte hat erst kürzlich die fast gleichen Schwierigkeiten bei Fahrscheinkontrollen erlebt? Nur falls Sie vorher nicht alle Polizeisterne bekommen haben, erhalten Sie hierfür einen halben Polizeistern.[32]

32 Schremser

33 Auch der Kriminalist Schrammel ist damals unter den angeberischen Schreibern gewesen. Sein Pseudonym lautete zu dieser Zeit: Hubert Panosch, Richter. Das Automatenbild hat er insgesamt 40mal zurückbekommen, bevor er sich endgültig einem Fotostudio anvertraut hat.

34 Bussi, das - Küsschen.

35 Bald nicht, aber bis zum nächsten Roman.

Der Autor

Helmut Zenker
1949 - 2003

Seit 1973 freier Schriftsteller, seit 1989 auch Regisseur. Romane, Theater, Kinderbücher, Lyrik, Drehbücher, Comedy, Essays, Comics, Lieder. Seine Bücher sind in 23 Sprachen erschienen. Mitbegründer der Literaturzeitschrift „Wespennest" 1969. Zahlreiche Literaturpreise. TV- und Filmpreise (für „Kottan ermittelt" und „Tohuwabohu") u.a.: Goldene Kamera, Adolf Grimme-Preis, Preis der Berliner Filmfestspiele, UNESCO Preis, Romy, New York Video Award. Alle Drehbücher für „Kottan ermittelt" (ORF und ORF/ZDF 1976 – 1983) und für „Tohuwabohu" (ORF und ORF/BR 1990 – 1998) / auch Regie, Schnitt). Zahlreiche Fernsehspiele. Drehbücher für neun Kinofilme. 15 Hörspiele (z. T. gemeinsam mit G. Wolfgruber). Lieder, Texte und Arrangements für diverse Pop-Produktionen. 1984-88: Pop-, Literatur- und Kabarett-Produktionen für das eigene Label Ron-Records, mit Lukas Resetarits, Hans Krankl, Kottans Kapelle, u.v.a. Helmut Zenker war Lastwagenfahrer, Briefträger, Sonderschullehrer in Wien, Mathematik- und Musiklehrer in Tirol.

AUCH ERSCHIENEN IM

Die Drehbücher

Gauxi Himmel aus dem Genre Krimikomödie und Rita Flamm im Thriller Fach sind die ersten Protagonisten der neu geschaffenen Buchserie im Drehbuchverlag.

Es ist angerichtet

Nehmen Sie sich Zeit für ein reichhaltiges Menü an delikaten Kurzgeschichten, bei denen Sie sich schaurige, bizarre und fantastische Begegnungen einverleiben können. Für garantiert packenden Spannungsgenuss sorgen zweimal "6 Menüs", in denen übergewichtige Ratten, schießwütige Blondinen und finstere Mächte im Internet ihr Unwesen treiben.

DREHBUCHVERLAG

NEUERSCHEINUNGEN

Kottan ermittelt:

Der Kriminalbeamte und Möchtegern-Rockmusiker Major Adolf Kottan feiert mit seiner Abteilung ein unwiderstehliches Comeback wie Phoenix aus der Asche.

„Es ist erschreckend, weil alles der Wahrheit entspricht."   **Anonymer Polizist**

IM DREHBUCHVERLAG

NEUERSCHEINUNGEN

Kottan ermittelt:

Der Kriminalbeamte und Möchtegern-Rockmusiker Major Adolf Kottan feiert mit seiner Abteilung ein unwiderstehliches Comeback wie Phoenix aus der Asche.

„Vielleicht ist das alles gar kein Spaß, sondern nur eine tiefere Einsicht in die Zusammenhänge unseres gesellschaftlichen Lebens." **FAZ**

IM DREHBUCHVERLAG

AUCH ERSCHIENEN IM

Minni Mann

Die erfolgreiche Detektivin ist rothaarig, kaum 1,20m groß und gehbehindert. Sie ist alkohol-, kitschsüchtig und intellektuell. Ihre Partner sind ein riesiger Hund und ein übergewichtiger Dauerstudent, der sich manchmal als Fotograf nützlich macht. In der Rubrik „besondere Leidenschaften" nennt Minni regelmäßig in ihren Kontaktinseraten: Das Quälen von Polizeioberst Lucky Bittner, Morddezernat Wien.

DREHBUCHVERLAG